U0024397

有華人的地方就有

龍人的作品

笑破蒼穹

6 神魔大會

龍人策劃／易刀◎著

故事背景

大荒紀年。天鵬王朝。

大鵬王死後不到三年，古蘭叛亂。後五年，大荒群賊蜂起。

天泰帝繼位後，勵精圖治，平定大荒局勢。後來繼位數帝，窮奢極欲，民怨載道。

景河繼位，雖欲中興天鵬，但帝國積弱已久，又逢天災連連，盜王陳不風登高一呼，大荒亂賊四起。

大荒三六六一年，天鵬瑞吉十年，陳不風率奇兵攻破大都，天鵬帝國宣告滅亡。

次日，河東慕容無雙起兵，誓言復鵬，天下群雄紛起響應。

大荒史上，一個延綿兩百多年的戰國亂世就此拉開了序幕。

笑傲小辭典

＊憲軍——蕭國軍隊的執法部隊，負責軍隊內部紀律，人數雖不多，卻隸屬於天機，是軍中實力最強悍的一支部隊，在蕭軍中享有極高的威望。

＊玄心大法——一種可以控制人心神的法術。

＊霄泉——無憂軍所屬的情報機關。由秦鳳雛帶領，直接對柳隨風及李無憂負責。

＊雪滿京華——大荒三八六五年五月初一的夜晚，五萬黃州軍展開一場發洩式的大屠殺，士兵們在殺盡九千心驚膽戰的城守軍後，闖入民宅瘋狂地屠殺，血腥和殺氣直沖霄漢，夏夜裡竟然破天荒地下起了鵝毛大雪。

＊四大神器——江湖流傳上古有四大神器流落人間，分別是倚天劍、破穹刀和古琴蒼引及蚩尤刀。四者皆威力驚天動地。

＊祝融大法——爲天巫門最高心法。傳說上古洪荒之時，人皆不懂用火，茹毛飲血爲生，有大英雄祝融不畏艱險，向火神赤炎求得天火，荒人得以告別無火時代。祝融飛升前，曾將運用火的秘密散布人間，歷兩千餘年傳承，及至八百年前，一代奇女子李九真以通徹天地的大智慧，總結前人用火經驗，並自出機杼，寫成《朱雀寶典》並開闢了天巫一派，寶典中所載的祝融大法，正是昔年祝融求自赤炎的無上用火法門。

＊牽機術——魔門秘術的一種，乃是修爲高深到足以以意御物的時候，以精神力去控制另一個人整個身體或身體的一部分活動，彷佛是一根絲線牽動機關木偶，是以叫做牽機術。

人物簡介

◎驚世帝王榜

＊大鵬王忽必烈——

天鵬王朝開國之君。駕崩後，帝國即陷入動盪不安的局勢。

＊景河——

天鵬王朝亡國之君。本欲東山再起，卻時不我予，只能抱憾以終。

＊陳不風——

人稱「盜王」，義軍首領。亦為造成天鵬王朝亡國之人。具有木水二性的金風玉露神功，打遍天下無敵手；與「大荒四奇」齊名。

＊慕容無雙——

風州王。天鵬瑞吉十年，陳不風率奇兵攻破大都，天鵬帝國宣告滅亡，慕容無雙起兵復鵬，率八十萬大軍與陳不風決戰於天河。

＊楚問——

新楚國當今皇帝，號稱「龍帝」。對李無憂青眼有加，屢屢賜封李無憂爵位及各種恩賞。

＊珉王——

新楚國四皇子。玉樹臨風，具有讓人臣服的帝王之相。文武雙全，一身武藝出自禪林無相禪師門下，一套般若神掌於京城罕逢敵手。

＊靈王——

新楚國大皇子。年約四十，身形粗壯，雙手過膝，環眼圓睜，狀似鄉下農夫，與珉王氣度截然不同。

＊蕭如故——

蕭國皇帝。統領煙雲十八州。弱冠之年即削平叛亂，一統蕭國。絕世用兵天才。

＊蕭如舊——

蕭國南院大王。蕭如故的哥哥，又封攝政王，蕭如故南征其間，國內一切軍機國事都由他代理。

＊李鏡——

平羅國王。文采蓋世，但非治國之才。

＊陳羽——

陳國文帝之三皇子。吃喝嫖賭樣樣通，文武學識卻無一會。

＊楚九歌——

新楚淮南王。楚問的親弟弟。

＊靖王——

楚國九皇子。相貌清秀，仿如女子。

◎異界英雄榜

＊李無憂——

如彗星般崛起的傳奇人物，五行齊備的千年奇才。號稱「大荒雷神」。原是市井無賴，絕處逢生時誤食五彩龍鯉，更得隱世高人傳藝，從此使他脫胎換骨，逐漸步上至尊之路。

＊龍吟霄——

禪林寺弟子。武術雙修，小仙級法術高手。正氣譜十大高手中排名第九。

＊柳隨風——

江南四大淫俠之首。身具江湖第一神偷柳逸塵的獨門絕技「如柳隨風」。與寒山碧為生平摯友。

＊蘇慕白——

昔年江湖第一風流才俊，人稱「風流第一人」。十二歲就做到新楚宰相。著有膾炙人口、傳頌一時的《淫賊論》。與魔門古長天共稱絕代雙驕。《鶴沖天》為其獨門內功心

人物簡介

法！

＊古長天——

百年前一統魔門的魔皇，燕狂人的傳人。爲魔道第一高手，曾經一日夜間盡屠十萬楚軍，讓黑白兩道聞名喪膽。當時唯一能與他抗衡的只有正道第一高手蘇慕白。

＊文治——

正氣盟盟主文九淵的獨子，年僅十九，官居平羅國的正氣侯。正氣譜排名第十九位。與李無憂比武後，甘願拜李爲師。

＊謝驚鴻——

人稱「劍神」。天下公認當世第一高手，胸懷俠義，重然諾，輕錢財。

＊慕容軒——

當世四大世家之一慕容世家的家主，慕容幽蘭之父。大荒三仙之一。十大高手排名第六。屬大仙級的法師。

＊司馬青衫——

新楚國右丞相，最大特點是好色如命。看似毫無鋒芒、才能平庸，卻被柳隨風認爲是心中第一英雄。

＊獨孤羽——

「邪羽」之稱，地獄門弟子。名列妖魔榜第十。冥神獨孤千秋的嫡傳弟子。

＊任獨行——

擁有「劍魔」之稱。天魔門弟子。名列妖魔榜第十一。

＊獨孤千秋——

三大魔門之一地獄門的門主，有「冥神」之稱。其兄獨孤百年爲蕭國國師。

＊冷鋒——

神秘殺手，傳說中從未失過手。不達目的絕不甘休。

＊宋子瞻——

妖魔榜排名第一的神秘人物。

＊吳明鏡——

有「大荒第一刀」之稱。

＊厲笑天——

有「刀狂」之稱。與劍神謝驚鴻齊名。正氣譜排名第二。

＊任冷——

人物簡介

＊古圓——

人稱「天魔」，與冥神獨孤千秋，妖蝶柳青青並稱爲三大魔門宗主。

＊夜夢書——

文殊洞住持，人稱「封狼小活佛」。

＊王維——

與王定、喬陽、寒士倫共稱「無憂四傑」。

＊司徒松——

軍神王天的孫子。年僅十六，但膽略非凡，隱有一代名將風采。王天逝後，由其繼任統兵大任。

＊賀蘭缺——

昔爲楚國通天監博士。與古長天同爲魔門中人。

＊陳過——

賀蘭凝霜之父。

＊東海葉十一——

平羅大將。曾匹馬戍梁州，一劍削下平羅十五將腦袋。

謝驚鴻唯一公開承認的入室弟子。其貌不揚，卻有驚人氣勢。

＊蕭天機——

蕭國的情報網路「天機」的領導人。

＊師蝶雲——

四大世家之一的師家的大少爺。

＊師蝶秋——

即左秋。師家的四少；蕭如舊麾下七羽大將。

＊文伯謙——

文載道之子。

＊謝長風——

謝驚鴻之父。有「劍聖」之稱。

人物簡介

◎絕色美人榜

＊寒山碧——

風華絕代、國色天香。武術雙修，人稱「長髮流雲，白裙飄雪」。邪羅刹上官三娘的弟子，行事極爲狠辣。江湖十大美女中排名第三。妖魔榜排名第九。

＊程素衣——

菊齋傳人。人稱「素衣竹簫，仙子凌波」，江湖十大美女中排名第一。正氣譜排名第十。

＊諸葛小嫣——

玄宗門掌門諸葛瞻的獨女。人稱「一笑嫣然，萬花羞落」，江湖十大美女中排名第二。身懷玄宗法術之外，更自創獨門法術「彈指紅顏」。正氣譜上排名十五。

＊師蝶舞——

人稱「蝶舞翩翩，落霞秋水」，江湖十大美女中排名第五；正氣譜上排名第二十。一身「落霞秋水」劍法極是了得。

＊師蝶翼——

師蝶舞的妹妹，師家的三小姐。貌美無雙，傳言比師蝶舞還要美艷動人。素有「冰玉女」之稱。

＊慕容幽蘭——

十大美女排名第六。胭脂馬和火雲裳為其獨門標誌。其父即正氣譜十大高手排名第六的慕容軒，法術獲其父真傳。與李無憂一見鍾情。

＊唐思——

大荒四大刺客組織之一「金風雨露樓」排名第一的刺客，從無失手的記錄。妖魔榜排名第十四。與慕容幽蘭互為表姐妹。

＊朱盼盼——

人稱「羽衣煙霞，顧盼留香」；十大美女排名第七。

＊劉冰蓮——

柳隨風對其曾有救命之恩，因之與柳展開一段情緣。

＊芸紫——

天鷹國的三公主，有「天鷹第一才女」之稱。性喜遊歷，常年輾轉於大荒諸國，豔名亦播於四海。

人物簡介

＊賀蘭凝霜——西琦國女王。

＊柳青青——妖魔榜排名第四。無情門門主。有「妖蝶」之稱。

＊石依依——超萌正妹，石枯榮之妹。爲了行動方便，在無憂軍團中變身成粗聲粗氣的壯漢謝石。

＊秦江月——絕世美女。憑欄關外庫巢的守將，有「玉燕子」之稱。

＊若蝶——異界妖女，原被封印於溟池之中，意外被李無憂打開封印而出。前世與莊夢蝶有過一段驚天動地的孽緣。

＊陸可人——四大宗門年輕一代最傑出的四人之一。與龍吟霄、諸葛小嫣、文治齊名。行蹤神秘，極少露面。

＊蘇容——

「捉月樓」頭牌美女，亦爲金風樓主的二弟子。

＊朱如——

金風玉露樓樓主。朱盼盼的母親。

＊上官三娘——

妖魔榜排名第五的邪羅刹；學究天人，武術雙修。寒山碧的師父。

＊葉三娘——

馬大刀的老婆。雅州王王妃。

＊秦清兒——

一代奇女子。對夜夢書情有獨鍾。

＊清姬——

獨孤千秋的寵妾。

＊葉秋兒——

天資過人，爲十二天士之首。對藥草身負特殊靈識。

＊燕飄飄——

天巫掌門。雖年已近百，卻風華絕代貌似妙齡女子。

人物簡介

◎超級仙人榜

＊諸葛浮雲——

道號青虛子。玄宗創始人。已兩百多歲。與禪僧菩葉、真儒文載道、倩女紅袖並稱「大荒四奇」，李無憂的結拜大哥。水滴石穿爲其獨門法術。

＊菩葉——

異界禪門的得道高僧。李無憂的結拜二哥。

＊文載道——

正氣門的創始人。也是李無憂的結拜三哥。獨門武功爲天雷神掌。

＊紅袖——

貌美無雙，聰慧過人。李無憂的結拜四姐。

＊莊夢蝶——

曾一人獨對三千高手，折劍而還，毫髮無損；與若蝶有過一段孽緣。

＊大鵬神——

掌管異界溟池之神。原形爲修煉千年的大鵬。最得意的絕技爲三千須彌山。

＊雲海、雲淺——

禪林寺高僧，年齡已在一百八九十歲之間，長年隱匿潛修，傳其功力已臻至白日飛升之境界。

＊太虛子——

人稱「太虛道人」。神光內斂，骨骼清奇，已達返老還童之境。

人物簡介

◎奇人異士榜

＊王天——
憑欄關守關元帥。用兵如神。人稱「軍神」。

＊張龍、趙虎——
楚國斷州城大將。後爲李無憂吸收，納爲手下。

＊段冶——
善於製鐵的奇人，後追隨李無憂，忠心不貳。又稱「匠神」。

＊朱富——
既無資歷又不懂兵法、不會武功卻被李無憂任爲航州參將。

＊秦鳳雛——
楚軍梧州六品游擊將軍，卻幫助李無憂將百里溪殺死。

＊韓天貓——
盤龍寨山寨老大，法力高強。妖魔榜上排名第九十三。

＊張承宗——

楚國斷州軍團最高統帥。

＊石枯榮——

潼關總督。其妹石依依爲絕色美女。

＊耿雲天——

楚國太師。以小氣出名，實則城府極深，爲靈王人馬。

＊王戰、王猛、王紳、王定——

結義兄弟，王門四大戰將。軍神王天手下。

＊馬大刀——

土匪頭子。以「除奸黨，靖敵寇」的旗號揭竿而起，起義暴動。自號平亂王。

＊馬大力——

馬大刀之弟。

＊虛若無——

平亂王馬大刀的軍師。

＊蕭承、蕭未、哈赤——

蕭國鎮守庫巢城頭的大將。

＊文笑——

正氣盟的高手。

＊唐鬼——

之前在崑崙山上將李無憂逼入懸崖、被李無憂暗自命名爲「天下第一醜」的男子。

＊玉蝴蝶、冷蝴蝶、青蝴蝶——

淫賊公會眾成員。對李無憂佩服的五體投地。

＊耶律楚材——

蕭國鎮南元帥。正氣譜排名十八。

＊耶律豪歌——

耶律楚材的侄子，亦爲其手下大將。

＊秋無傷、葉無鋒——

蕭國將領。

＊戰劈之——

蕭國隧陽城守將。

＊葉青松——

無憂軍萬騎長。

＊青魯——

蕭軍萬夫長。

＊鹿沉——

憲軍首領。

＊莫如降——

蕭國魯魯嗱爾的守將。擁有「內褲將軍」之名。

＊秦夢——

蕭國秦州守將。

＊呼延斬神——

蕭國天州守將。頗有謀略，曾試圖以奇兵姿態與秦州秦夢一起裏應外合將李無憂擊潰，仍全軍覆沒，無奈歸降。

＊牧先生——

靖王手下的一名謀士。

*黃公公——大內得勢太監，身分神秘，擁有不凡功力。

*小三——李無憂落難時遇到的童子。天資聰穎。

*馬翼空——玄宗太虛門下子弟。

目錄

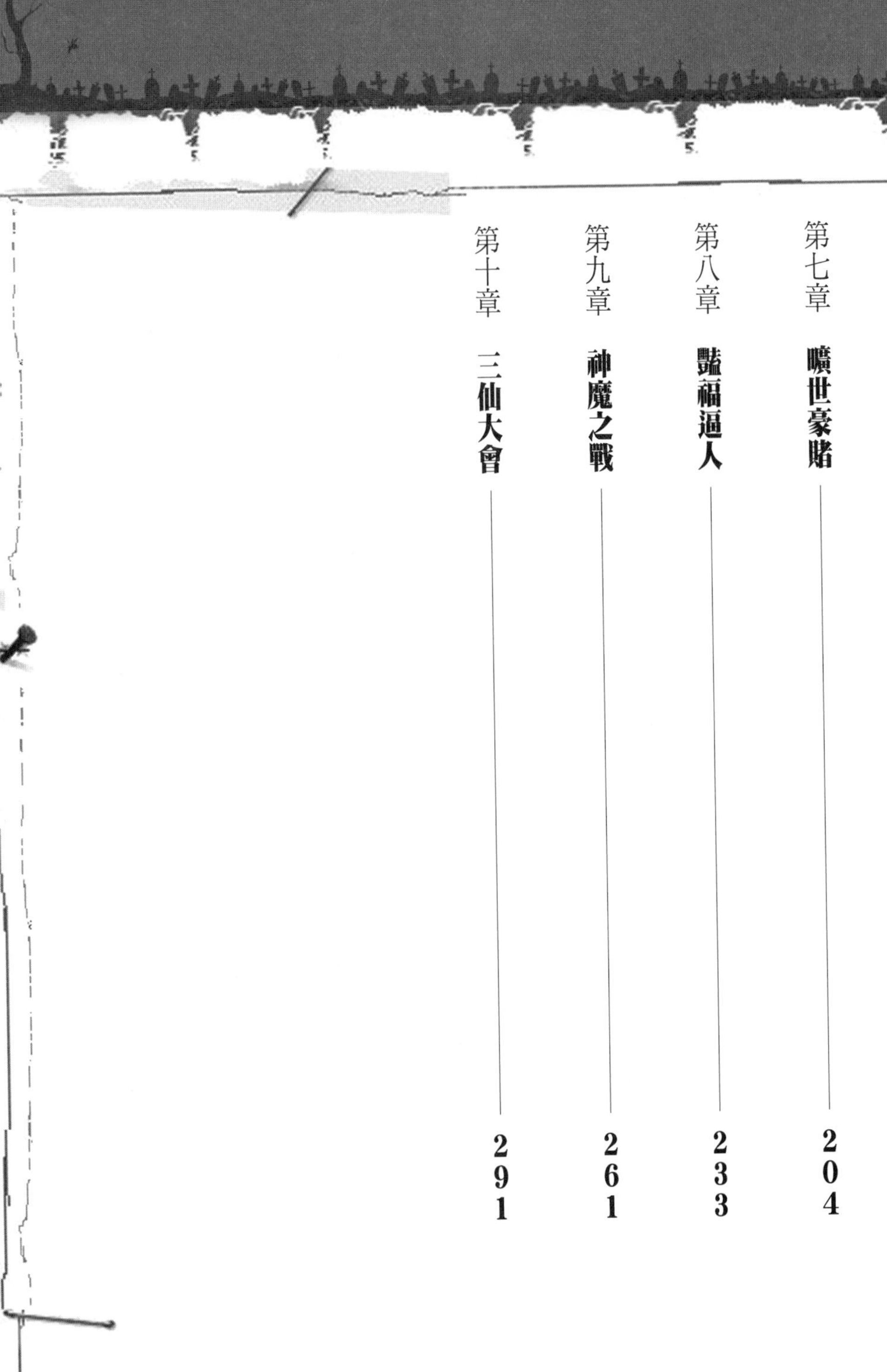

第一章　落葉知秋

「能使出『衝冠一怒爲紅顏』這樣的激烈的自殺招法，葉三娘如此烈性的女子，大王你如此罵她，不嫌太輕慢了嗎？」

一個聲音悠悠響起，頓將馬大刀的心神從悲息間拉了回來，驀然回首，那昏迷的書生不知何時已醒轉過來，正手搖摺扇長吁短嘆。

「你說三娘用的自盡功法就是失傳已久的衝冠一怒……你究竟是誰？」

馬大刀終究是馬大刀，很快從巨大的懊悔、悲痛、憤恨中清醒過來，但這份鎮定冷靜落在他對面那書生的眼裏，卻又成了他的一個罪狀：

「遭此巨變，居然冷靜如斯，難怪無憂要除你而後快了！」

「你是李無憂派來殺我的人？來的竟是這麼的快……」馬大刀恍然大悟，「我就奇怪了，今天剛出去沒多久就有個小孩來通知我說，家中有大事發生，原來是你計謀的一部分！你假裝勾引三娘，故意遣人來告訴我，事到臨頭，卻假裝暈倒，讓我二人兩敗俱傷，再坐收漁人之利！你要對付我，不從戰場上來，卻要這樣的陰謀詭計，你……你們真是一群卑鄙小人！」

「過獎，過獎！你竟不知道嗎？卑鄙是我的本名，無恥是我的外號！」書生笑容可掬地回應，直將馬大刀氣得七竅生煙，末了才笑道：「你也把我想得太那個了點。我本意不是要搞得你們兩敗俱傷，只是希望通過三娘接近你，趁你妒火攻心擒下你，瓦解了雅州的馬家軍便算成功。卻沒想到你們夫妻居然有此一段恩怨，三娘下手也夠狠的，不知覺間居然用上了江湖奇毒『落葉知秋』。唉！做鬼到了閻王那裏可別怪我，要怪就怪你娶了這麼個好妻子卻不懂珍惜呢！」

「哼哼，說起來你倒是一番好意，那我是不是該謝謝你了？」

「可不就是？我原來也想，只要你不輕舉妄動，朝廷也不會動你，大家都拖到蕭國滅亡之後，喝喝酒，你將兵權交出來，皇上賞你幾千頃肥田，交代下場面就行了！只是很可惜，有人昨天就將你弟弟今天將臨陣叛國與蕭人勾結的消息傳了過來，要我帶兵設計滅了你雅州城內的馬家軍。你也知道了，我這人慈悲慣了，最是見不得兵火連綿。當即決定私人解決此事，澡都沒洗就從潼關風塵僕僕地趕了過來，一路上累死了好幾匹千里馬。嗯，待會走的時候得順手捎帶點珠玉寶石什麼的走，這點小事你不會介意吧？」

「鳥盡弓藏，鳥盡弓藏，沒想到鳥未盡，你們卻已開始藏弓，是我棋差一著……你是柳隨風？」馬大刀頓悟懊悔之餘，終於猜出眼前這人是誰來。

「呵呵，不才正是區區！」柳隨風展顏一笑，彷如春風綠江，說不出的動人，但落在馬大刀眼裏卻不啻蚩尤的微笑。他寧願獨自面對千軍萬馬，也不願意直接對上李無憂和眼前這人。

「柳兄！」中了葉三娘落葉知秋劇毒的馬大刀狂吐鮮血，聲音斷斷續續，並漸漸低沉，「我……我即將遠去，你……你能否答……答應我一件事？」

「先說來大家研究研究！」柳隨風從來不輕易承諾什麼。

「我……我有一私生女，住在揚州瘦西湖東岸，這十多年來，我忙於江湖事務，一直沒有來得及去照看她，你……你能否幫我照顧她？作為報酬，我願意將我這幾年所得傾囊相……相贈……你……你可答應？」

柳隨風輕輕嘆息道：「你明明命不久矣，每說一個字都要費吃奶的勁，也明知與我交易不啻與虎謀皮，卻不泯最後一念，堅持要得到我一個也許永遠也兌現不了的承諾，難道這就是所謂的『人之將死，其言也善』嗎？罷，罷，罷，我答應你！你說那些東西你都收藏在何處吧！」

他說到此處，輕輕走到馬大刀身邊，俯耳傾聽後者細若游絲的聲音。

「那……那些東西……就……就在東花園的……的……」馬大刀張大著嘴，努力想說清楚什麼，但這最後一句話卻終於沒有說完，頭一偏，再無聲息。

「靠！不是吧，話都沒有說完你好意思就這麼掛了？」眼前已經金光亂晃的柳隨風不禁大怒，使勁踢了馬大刀幾腳，後者卻已然死透，渾作不出任何回應。

「奶奶的，難道老子這次要做虧本生意了嗎？」柳隨風踢了幾腳沒有回應，氣勢頓時衰竭，「罷了罷了，老子就去東花園找找，憑我的絕世才智，不定能找到也不定……」

語聲至此，足下卻猛地一轉，身形一折，已然瞬間移動到三尺之外，亮光閃處，一柄飛刀齊柄沒入牆壁。

馬大刀的「屍體」躍了起來，見本該是一具死屍的柳隨風正笑嘻嘻地站在不遠處搖著扇子和自己打招呼，頓時大驚失色，正要說話，心臟卻是一陣痙攣，巨大的疼痛讓他不得不軟倒在地。

「馬大刀，生得太笨並不是你的錯，無知也不是不可以原諒，但要是想和我鬥，那就是你的不對了！」柳隨風眼角瞥見小紅的人頭，嘆了口氣，「『落葉知秋』毒性劇烈無匹，中毒之後狂噴鮮血也不錯，但你老人家張口就是一大堆，也太誇張了吧？再說了，裝彌留然後陰人這招確實陰險，而你連詳細的地址都說出了一半來亂我心神，但這招我三歲就不用了，你和我玩這招不是自己找罪受嗎？話說回來，三娘真是個好妻子，人家既然肯替你守了八年的活寡，又怎麼會輕易害你？你卻還是先入為主地以為『落葉知秋』是人家給你下的呢！」

「你……你說『落葉知秋』是你下的？」馬大刀狂吐鮮血，不過這次不是運功假裝出來的了。

「就是這樣了！呵，你也知道我這人，人家都叫我軍師的，用腦子當然多過用手的，殺人這種粗活怎麼適合我做呢？剛才我和三娘親熱時，順勢將那玩意混了點緩衝毒性的藥劑『夜夜香』抹到了她手心，本是想借此一會兒好控制她。唉，我本是不想一番好意，但誰叫你們夫妻情深，非要靠她那麼近呢？」

說到後來，柳隨風攤手，一臉無奈。

「原來你方才一直在看戲，只等我毒發……枉我還在那自以為得計，只不過是徒惹人笑話！」明白原委的馬大刀至此終於心服口服。

「呵呵，既然明白了一切，那你放心去吧！我也不打算給你解毒了。明日自然有人說雅州王因撞破王妃的姦情而殺妻斬婢，而自己則死於妻子臨死反擊下。呵呵，雖然姦夫最後脫逃，但證據確鑿，雅州總督也可以省不少麻煩的。王爺，你說這樣好不好？」

「你……你真不是人！」馬大刀最後雖然是在罵人，但卻已全無恨意，自己素來以智計自負，原來比起眼前這少年，其實不過是一個懵懂孩童而已。

但他絕不會就此放棄，悲涼道：「只是柳兄弟，今日君來送我命，他日送君知是誰？鳥盡弓藏，今日你如此對我，異日李無憂會不會如此對你，他日楚問會不會如此對李無憂？不如你與我合作，共創一番新天地，不用仰仗他人鼻息，豈非更好？」

「夏蟲不可語冰！這點不勞閣下操心，自請上路吧！」柳隨風瀟灑一笑，輕輕彈去白衣上的血跡，瀟灑一笑，穿窗而去。

窗外細雨已停，月色滿池，亭臺樓閣間空空蕩蕩，並無一人。

次日天方破曉，李無憂送夜夢書出城。兩個惡棍，正自依依惜別，各灑瀟瀟淚水對蒼茫，說不盡的肉麻，道不盡的噁心，秦鳳雛策馬前來，遞上柳隨風一紙法術加密的飛鴿傳書。

李無憂看罷破口大罵：「這個渾蛋，他還真把自己當成我了！」末了卻不無遺憾，「早知如此簡單，老子就把潼關那五萬人也直接帶過來了，閒著也是浪費……」

由於是絕密中的絕密，秦鳳雛先前也未曾私啓，見李無憂遞來，接過看罷卻是一臉驚愕，對李無憂道：「元帥，知己交心，軍師卻可性命相托了！」

夜夢書接過，輕吸一口涼氣：「好個柳隨風！」看罷隨手一拋，紙碎成粉，隨風而舞，墨蹟淡淡，猶有餘香：昨夜喜降好雨，雅州滌清，君可北行無憂矣！

七月二十二，夜夢書去後，李無憂開始整編那三十萬馬家軍，那虛若無也是識時務之智者，見事已至此，其餘無益，便很配合，不三日大軍整頓完畢，去蕪存菁，尚有十五萬人，除撥了五萬予張承宗補充斷州軍的損失外，另外十萬人全數編入無憂軍中。

這十萬人，李無憂又擇其中五萬訓練稍好的精卒，充入原來無憂軍的五個萬人隊中，歸原來萬騎長管轄，另外五萬人卻撥給王定，令其與虛若無一起留守煙州，一面與雷州、鵬羽等城遙相呼應，確保北伐軍後方安危，一面安撫民情，做好占領區的民眾思想工作，王定雖略微遺憾不能衝鋒陷陣，但有鑒於目前無憂軍中確實只有自己能勝任此職，識大體的他當即應允。

次日，陳西兩國方面又有消息傳來，陳國方面，自七月十六日打下夢州之後，陳過次日出兵夢州前線嘉魚城，六日不克，遂轉戰成與之成犄角之勢的樓蘭城，三日下之，遂回師嘉魚，同日即下，兵鋒直指雲州北面屏障曠州。

西琦方面，自七月二十一日破折柳城後，賀蘭凝霜次日攻破滁州，昨日更是攻陷燉州，至此西琦已連下蕭國兩州十二城，列鵬羽河的下游對龍騰關虎視眈眈，與上游的陳國遙相呼應，只要再攻取龍騰關，便可從東面直取雲州。

潼關戰後不足一月，蕭國連丟八州十八城，消息傳來，大荒震動。天知道陳和西琦兩國那個「除暴安良」的口號是如何牽強附會出來的，只是在大軍壓境的事實面前，蕭國舉國譁然，人心惶惶下，誰還顧得這些？

亂世出英雄。這個時候，留守雲州的蕭如故的哥哥，攝政王蕭如舊終於得以隆重登場。

當日得知張承宗破雷州和蕭如故戰敗後，他迅即在雲州通天台發表演說，止住民眾恐慌。緊接著三州陷落，民情洶湧，蕭如舊不顧朝中遺老勸阻，當機立斷地以雷霆手段強兵鎮壓，止住了京城附近四州的騷亂。

陳西聯軍逼近消息傳來，蕭如舊卻大開雲州四門，令少年將領秋無傷、葉無鋒二人率領中央軍絕大部分兵馬分援曠州和龍騰關，同時傳書四方守將曰：

「本王今日將京都四門大開，不留一卒，若敵能至門下，吾與城偕亡。國之存亡斷續，全在諸君之手也。」

這一看似愚不可及的蠢招，卻成功地激發出蕭人骨子裏的悍勇血氣，將軍民的憂慮惶惶轉化爲置之死地的求存之心，民間紛紛組織起義勇衛國，霎時全民皆兵，磨刀霍霍。同時蕭如舊強烈譴責陳西兩國的背信棄義，一面尋求國際援助，允諾平羅和天鷹兩國千萬白銀，請求出兵襄助，回應未知。

讓人不解的是，家裏四院起火，蕭帝蕭如故卻仿似人間蒸發，諸國偵騎四出，卻無人發現其身影。雖然李無憂一再熱情地向諸國宣布自己確實沒有擒殺蕭如故，但信者寥寥。

七月二十四，休整了近四日之後，張承宗與李無憂兩路大軍，再次分道揚鑣，前者出煙州之後，直赴瀘州，打算破牧馬關後入雲州；李無憂的無憂軍則經隧陽，穿過夢州與天州之間進雲州。

一路無事，半日之後，黃昏時分，李無憂大軍來到隧陽城下。

卻見這座僅遜於雲州、牧馬關之外的蕭國第三堅城果然名副其實，雄偉的城牆幾乎全是用對法術免疫的花崗石建成，高度更幾達二十餘丈，護城河寬達五丈之遙，其間毒刺橫行，機關密布，城上堅炮橫排，丈長大弩羅列，讓人不寒而慄。

趙虎倒吸一口涼氣，道：「以此堅城利器，只需萬人，便可擋十萬之軍。」

李無憂嘿嘿笑道：「若是我領一萬人來守，三十萬也是擋得的！」

牛皮吹得太大，眾人看這無恥賤人的眼光頓時就多了許多鄙夷，而最激憤的朱富已不滿道：「元帥，不是屬下說你，你這話說得未免太不厚道了吧！」

「就是，就是！」有膽大如張龍者立時附和，但很明顯他沒有料到自己是為虎作倀。在他一片「就是」聲中，朱富已然續道：「您老神功蓋世，乃是與創世神並肩的人物，以一敵百萬也不過是稀鬆小事，再加上趙將軍、張將軍等一班天才橫溢的屬下，怎麼著也能抵抗他個千兒八百萬人的吧？」

唐鬼大聲附和了兩聲，卻見餘眾大緘其口，悻悻然閉了嘴，一時鴉雀無聲，將眼光望向了李無憂。

李無憂抬頭望了望烏雲密布的天空，不痛不癢道：「今天天氣不錯啊！」

終將狂倒。

眼見一群穿著楚軍衣服的詭異人士在城下一片喧鬧，城頭蕭軍自然拉響警報，不時耶律楚材、耶律豪歌與另一名紅色披風的彪形猛將出現在城樓之上。

不待耶律楚材發話，眼尖的李無憂已熱情地打招呼：「哎呀，耶律元帥，好久不見，真是想死無憂了！」

「哼哼！」人家一副老朋友樣地噓寒問暖，耶律楚材滿腔仇恨立時發作不出來，只能冷哼兩聲，算是答覆。

「哎喲！耶律老哥，你這是鼻子不舒服嗎？要不要小弟給你把把脈啊，說真的，小弟的手藝還是不錯的。呵呵，別搖頭嘛，不信你可以問我手下人嘛，喂，小豬，對不對啊？」

朱富（**賣力地喊**）：「無憂神脈，杏林一絕！」

無憂軍眾人：「無憂神脈，縹緲一絕！」

城頭。

猛將兄疑惑地問耶律豪歌：「元帥和李無憂很熟嗎？」

耶律豪歌正拿著羊皮袋向喉嚨裏灌酒，聞言一嗆，噴了前者一臉，忙一面殷勤地替他抹臉，一面乾咳道：「沒有，沒有的事！戰將軍別誤會！」

當日，耶律楚材與耶律豪歌兵敗被俘，最後被李無憂釋放歸來，二人引為奇恥大辱，一直沒有對這位看似生猛其實謹慎心細的隘陽守將戰猛之提起，是以此時見李無憂如此熟絡地與耶律楚材打招呼，戰猛將如何不疑？此時既見耶律豪歌神情古怪，言辭閃爍，狐疑之心不減反增。

卻見耶律楚材拔出腰間佩劍，寒光指天，大聲道：「李元帥，何必說那麼多廢話，難道你到此是來告訴我，你已改行做了赤腳醫生嗎？」

赤腳醫生說的是江湖上一種四處流浪，不爲世俗所認同的民間郎中，耶律楚材這招可謂損人至極，城頭蕭軍聞之哄然大笑，而城下無憂軍一片憤然，卻紋絲不動，誰也沒有開口，落在耶律楚材眼裏，卻是大驚：這些人好嚴明的紀律！

李無憂一愣，隨即哈哈大笑：「耶律元帥，沒想到你與我相處不過一日時光，居然說話也如我一般有趣，真是難得！難得！」

「耶律楚材，你們被李無憂俘虜過？」戰劈之立時反應過來，大步走到耶律楚材身邊，厲聲喝道。

「戰劈之，你這是什麼口氣？我是元帥還是你是元帥？還不給我退下！」耶律楚材冷哼道。

「戰將軍，一場誤會，莫中了李無憂的奸計！且暫息雷霆之怒，聽我詳細解釋……」耶律豪歌忙上前拉住戰劈之，後者憤然地看了耶律楚材一眼，終於退到一側。

城下李無憂忽地笑容一斂，冷喝道：「耶律楚材，你我約定還算不算數？」

耶律楚材想也沒想道：「當然算數！」

「那你為何還不將戰劈之給我拿下？」李無憂運功大喝，天地為之一震，耶律楚材變色。

「賣國之賊，看戰爺爺劈了你！」戰劈之猛地一把推開耶律豪歌，拔刀猛地朝耶律楚材頭頂斬落，後者不及招架，矮身就地狼狽一滾，脫開刀光範圍，怒喝道：「戰劈之，你瘋了嗎？」

數十親衛立刻拔刀將耶律楚材護住。

「兒郎們，攘外不必先安內！給我先殺了耶律楚材這個叛國賊！」戰劈之大喝聲中，舉刀撲殺過去。

耶律豪歌忙道：「戰將軍為敵所惑，有從者當斬不饒！」

城頭軍士雖然盡皆是戰劈之部下，但耶律楚材和耶律豪歌於蕭軍中素有威望，耶律楚材更是鎮南大元帥，比戰劈之等級高了一級，三人各自發令，蕭軍頓時大亂，半數支持耶律楚材，而半數卻相信了戰劈之的話，楚軍未曾進攻，己方已是一場混戰。

李無憂如何會錯失自己千辛萬苦營造出來的局面，當即令趙虎指揮大軍攻城，而他自己則御劍朝城頭飛去，同時雙掌翻飛，無數團罡氣應勢飛出。

城頭蕭軍正鬥得不亦樂乎，眼見李無憂神兵天降，哪裏還能抵抗，頓時大亂，各自潰逃，直將紅衣火炮和大弩撞得東倒西歪。

李無憂哈哈大笑，瞬間上飛十餘丈，只要讓他進入城內打開城門，那城內蕭軍絕對無法抵擋他十萬精銳雄師。

耶律豪歌見此大恐，恨聲道：「戰將軍，元帥，別打了，李無憂來了！」

戰劈之正與耶律楚材打得不亦樂乎，當即頭也不回，冷笑道：「豪歌，你休要騙我，城高二十丈，火炮大弩這麼快就攻上來？你當李無憂真是神嗎？」

「說得好！」李無憂大笑聲中，已近城頭不過三丈，手腕一抖，發出一股玄天罡氣，擋開一部分頑強蕭軍的利箭，驀地加速，御劍如光，朝他飛來。

「乒，乒，乒，乒！」忽地四聲巨響，李無憂剛叫不好，數股大力已然撞擊過來，餘光瞟去，卻是九枚炮彈激射而來！

他無暇思索爲何這些本該是對著城下的炮彈竟會一起向自己射來，本能地御劍下沉，卻覺身周箭雨忽然厚了十倍不止，其間十餘點破風聲更是鈍響不止，回頭看去，頓時魂飛魄散，城頭內門的士兵忽然全數停止爭鬥，各自站立抵擋城下軍隊攻城，十餘張大弩正不停地向自己發射大箭。

千鈞一髮之際，心有千千結心法使出，御劍改作御風，而無憂劍化作一片劍幕擋在身周，同時浩然正氣逼出身外，而小虛空挪移與龍鶴身法也展至極限，迅速朝城牆撞去。

「轟！」的一聲巨響！

他避得雖然巧妙，但受大弩和箭雨的阻隔，三發炮彈與上百支箭還是擊中他護體的浩然正氣！

如蝗箭雨雖被浩然正氣震飛，但三發炮彈卻逐一近體爆開，到第三發時，他護體真氣正值舊力剛去新力未生之際，爆炸所產生的巨大衝擊波攜帶無數彈片穿過劍幕，射入體內。

李無憂身體如飛下墜。

「好耶！」「元帥！」城頭城下同時高呼，不過前者是驚喜，後者則是擔憂。若蝶、唐思二女大急，同時身形如電朝李無憂射出。

「啊！」下墜十丈，劍光一閃，李無憂一劍釘在牆壁上，止住下墜身形，城頭卻依舊箭如雨下，當即怒喝一聲，一揚掌，一聲龍吟，一條龍形罡氣猛地射出，正中那蓬箭雨，轟的一聲，勁箭如數射回，城頭頓時慘呼連連，人落如雨。

李無憂一掌使畢，拔出無憂劍，猛朝城牆上一刺，長劍觸牆反弓，借那反彈之力人倒射後飛。

飛出三丈，身體一輕，箭雨止息，回頭時，才知自己已在若蝶青絲網中。

唐思微一念訣，纖手一揚，叫聲「起」，指尖大風暴起，城頭蕭軍雙眼頓時睜不開來。二女乘勢架著李無憂回到城下。

城頭，耶律楚材與戰劈之哈哈大笑。

耶律豪歌大聲道：「李無憂，難道你以爲天下就你一人會用計嗎？區區一個離間計也想亂我蕭軍士氣，真是白日做夢！」

李無憂渾身浴血，聽得耶律豪歌之語，頓時怒髮衝冠，指著城頭想說什麼，張嘴卻噴出一口鮮血，隨即身體一軟，人事不省。

大荒三八六五年，七月二十九。

正是仲夏時節，才至巳時，火辣辣的太陽已將隧陽城的地面和空氣烤得如膠似漆起來。

只是隧陽城外，無憂軍十里聯營卻一片寂靜，甚至一群烏鴉在營中起起落落，竟未受一絲騷擾。

這讓早早就來到城頭，並已然站了兩個時辰的耶律豪歌口乾舌燥，恨聲罵娘：「他媽的！李無憂一死，手下人都成了膽小如鼠的烏龜了，居然招呼都不打一聲就跑了！還百戰百勝的無憂軍呢，我呸！」

耶律楚材將目光從城下一支正大搖大擺靠近無憂軍營的千人隊身上收回，道：「豪歌，你若是李無憂，自己重傷，面前又是銅牆鐵壁，酷暑劇熱，補給難繼，該不該撤兵退回煙州？」

耶律豪歌不解：「勞師遠征，這就退兵，如何與楚老兒交代啊？」

一旁的戰劈之嘆道：「這叫『擊敵其惰，避敵其鋒』。倒想不到李無憂麾下舍柳隨風、王定外，竟然還有如此名將，不會像某些人一樣只知道逞匹夫之勇！」

鬱悶的天氣本就讓耶律豪歌滿腔火氣，聞言頓時色變，冷笑道：「戰將軍言下之意，是說本將軍只知道逞匹夫之勇了？」

「耶律將軍誤會了，戰某說的是區區自己。」戰劈之陪笑，只是轉過身去，卻以一種耶律豪歌剛剛能夠聽到的聲音輕聲嘟囔，「知恥而後勇，一個人若是連恥都不知，還有勇可言嗎？」

「你說什麼……」耶律豪歌大怒，乒的一聲拔出腰刀直指戰劈之，後者卻一臉傲慢，輕輕哼了一聲，將頭側到一邊去，手指卻也看似無意地落到刀柄上。

當日煌州之戰，因耶律豪歌之失，致使他自己與耶律楚材同時被李無憂生擒，雖然耶律楚材被放歸後，引以爲恥，並不隱瞞，對戰劈之坦誠相見，後者對其人格魅力欽佩不已，二人合力，讓李無憂精心設計的離間之計竹籃打水一場空，但與之對照的是，耶律豪歌卻對自己的錯失一直堅拒不認，對軍中諸人說起，也只是說李無憂太狡猾云云，這讓戰劈之這樣的豪爽漢子鄙視不已，雖沒直說，但看他的眼光就頗有些那個意思，後者自然不會不知，先前礙於外敵在前，雖然各自看不慣，卻並無摩擦，如今大敵已退，矛盾自然一觸即發。

「住手！你們眼裏還有我這個元帥嗎？」耶律楚材冷喝道。

二人悻悻地看了對方一眼，各自還刀入鞘手離刀柄。

「啊！」一陣慘呼聲忽然劃破炎熱的寂靜。

城上三人都是一怔，忙俯身朝城下看去，卻見三千步外，箭如雨發，那隊本是去收拾楚軍殘營的輜重兵紛紛中箭慘呼。

「什麼？楚軍並無撤走！難道李無憂並沒死？」耶律楚材大驚，這個玩笑開大了！

他回過頭來，戰劈之已然一臉羞慚地跪倒在地，冷汗淋漓道：「末將失職，請元帥降罪！」

五日前，李無憂離間計被看破，反被耶律楚材和戰劈之聯手擺了一道，雖然憑藉絕世神功脫身，但已然身受重傷，當場昏迷。耶律楚材之前更是在城外設下了一支伏兵，前後夾擊，卻不想無憂軍強悍到了極致，在趙虎和另一名年輕的萬騎長葉青松指揮若定下，前抵後擋，雖敗不亂，隱然更有反擊之勢，耶律楚材雖然得勝，卻因兵力不足，深怕這是李無憂使詐調虎離山，不敢窮追，無憂軍卻也囂張無限，敗後不逃，竟就地紮營，與城頭隔護城河而對峙。

當夜若蝶盛怒下，不顧唐思等人反對，孤身一人大鬧隧陽城，只是她雖不懼五行法術，但卻對真氣頗有畏懼，而她所不知的是，因爲她原始力量是來自前任主人莊夢蝶，而今世自與李無憂確立主僕關係之後，力量便受到了李無憂的消長控制，一榮俱榮，一損俱損，此時李無憂身受重傷，她也是功力大損，加上築隧陽城牆的花崗石不受法術的特性，當即挫敗而歸。

五日間，無憂軍卻再不攻城，也不退轉，耶律楚材鬧不清李無憂葫蘆裏裝的是什麼洗腳水，謹慎起見，不敢出城。

但昨天夜裏，楚軍忽然鼓聲如雷，似要發動猛攻，耶律楚材夜半驚醒，列陣城頭迎敵，卻哪知等了良久，光見對面營中火把通明並無軍隊攻城，一干人悻悻回去睡覺，但剛剛躺下不久鼓聲又起，回頭時，卻又是虛驚一場。

如此反覆五次之後，楚軍營中鼓聲更是綿綿不絕起來。

耶律楚材猛然醒悟，哈哈大笑道：「李無憂啊李無憂，你死則死了，還想以這懸羊擊鼓之計助手下人逃走，也太小覷我了吧？」

在鼓聲又響半個時辰之後，再無懷疑，興沖沖率領蕭軍出城追擊。

但剛近楚軍營中，喊殺聲忽然鋪天蓋地席捲而來。亂軍中，卻聽一人哈哈大笑：「耶律楚材，你又中計了！」

斜眼看去，正是李無憂，當即大駭收兵，楚軍乘勢掩殺，雖未能攻進城內，但殺敵五千餘人，也算是取回一陣。

但得勝之後，整個無憂軍大營忽然安靜下來，早先時候，戰劈之令手下一名經驗豐富的偵騎前去探測敵情，那人於敵營外轉了一圈，發現裏面營帳緊閉，糧草輜重亂七八糟地丟了一地，大喜下也不細探，當即回報說無憂軍已然趁夜溜了個乾淨。

戰劈之大喜，回報耶律楚材，說楚軍撤走，李無憂多半已經身亡，後者一陣嘆息，回想起昨夜那李無憂果然有些似是而非，極可能是個西貝貨，對李無憂的算術也是嘆爲觀止，想起這位少年英雄早夭，也是不勝唏噓，當即令一支千人隊去打掃戰場，卻怎想到敵軍依然沒有撤走？

耶律楚材眼見城下士兵片片栽倒，心如刀割，卻嚴令士兵出城相救，自始至終並未看戰劈之一眼，但那慘叫一聲聲落到後者心上，臉上一陣紅一陣白，猛地拔刀立起，便要衝下城去，但剛一起立，卻被眼前景象所驚住，霎時熱血賁張，卻不知如何是好。

城下，那一千蕭國士兵已然全數倒地，無數名白衣素服的楚軍，手提大刀自營帳中猛地竄出，徑直走到蕭兵身邊，將人頭割了下來，每名拿刀楚兵一旁均另有士兵遞上一根約兩丈高的長長竹竿，二人合力將那人頭連盔帶髮掛在竹竿之上，高高舉起。

霎時完畢，遠遠看去，千餘顆血淋淋的人頭在烈日下散發著詭異的光芒，蕭軍見之，人人均覺一寒。

同樣白衣素服的其餘無憂軍眾人自軍營中邁步而出，緩緩走出軍營，集中到營外的陣前空地上，眨眼間，十萬無憂軍已然列成一個大大的方陣，烈日驕陽下，肅穆如雪，天地爲之一白。

城頭蕭軍又驚又疑之際，驀地歌聲四起：

「莽莽大荒，天河湯湯；百戰百勝，唯我楚邦。烈烈蒼瀾，英魂泱泱；披荊斬棘，衛我家鄉。漠漠伊人，昨時鏘鏘；乘舟破浪，棄我心傷……」

歌聲古樸蒼勁，正是新楚軍歌。

耶律楚材自幼隨父與楚國作戰多年，三十年前曾聽楚軍唱過此歌，當時只覺得歌詞的前兩句豪邁遒勁，聽了說不出的熱血沸騰，但後面一句「漠漠伊人，昨時鏘鏘；乘舟破浪，棄我心傷」卻陡然婉轉，自家國而入兒女情長，雖然柔情綿綿，卻於意境上終究是遜了一籌，乃是全歌的敗筆。事隔三十年，飽經人世滄桑後，再聽此歌，卻頓時領悟到其中妙處，眼眶莫名其妙地一濕。

蕭軍無一例外地爲歌聲所震撼時，城下楚軍方陣卻從中間分開，八名矯健兵士抬著一張巨大馬革所裹的長條物體緩緩走了出來。

歌聲頓止。

八名士兵走到方陣之前，高高舉起，各自撩開馬革一角，一人露出身形來！

「什麼？」雖然早料到那馬革所裹的是一具屍體，但真的見到裏面的人時，連帶耶律楚材在內的蕭軍依然是大吃一驚。

馬革中所裹那人金盔鐵甲，戎裝佩劍，雙目雖然閉合，但眉宇分明，赫然便是李無憂。

八人將李無憂的屍體放下退後，方陣中一名年輕將軍走出，輕輕一揮手，那千名手持竹竿的士兵出列，將竹竿在李無憂的兩側密密麻麻地插了兩排。

持竿士兵退後，陣前便只剩那年輕將軍與李無憂，以及兀自向下滴血的千顆人頭。年輕將軍自身後接過一支火把，一指城頭，朗聲道：「請耶律元帥回話！」

「老夫就是耶律楚材，城下是哪位將軍？」耶律楚材站到了城頭的最前面。

「本將趙虎！」年輕將軍大聲道，「耶律元帥，我軍李無憂元帥於五日前攻城戰中身受重傷，於昨夜不治身亡。死前他囑咐末將，一定要用千顆人頭來祭奠他，之前得罪之處，多多原諒！」

城頭一片蕭軍譁然，又喜又驚。喜的是李無憂這凶神終於還是死了，驚的卻是這人都死了依然如此兇頑，居然設計找千顆敵人之頭來祭奠自己！

「他媽的，李無憂當自己是你們的皇帝老兒嗎？居然要千人與他陪葬？」大聲罵的卻是耶律豪歌。

「耶律將軍此言差矣！」趙虎厲色道：「吾皇憐憫黎民，李元帥仁慈惜命，並不以國疆為轉移，豈會有如此想法？只是此次北伐，進兵千里，起因乃是爾國犯我邊境在先，不懲處不足以讓天下明公理所在！耶律將軍天縱其才，李元帥生前最為推崇，難道竟是不懂得我家元帥遺命中的深意嗎？」

耶律豪歌一慚，怒道：「他殺人就殺人了，還有狗屁的深意了？」

此言一出，蕭軍將士盡皆失望搖頭。戰勞之卻冷笑道：「李無憂此舉，是要告訴我蕭國，即便他死了，蕭國再敢犯楚境半步，楚國必定有人能進我國境千里，蕭軍若殺楚民一人，便有人殺蕭國千人，是與不是？」

「李元帥說自己出師未捷身先死，皆是天道不公，讓他碰到戰將軍這樣的絕代名將，小將初時還是不信，今日方知果然！」趙虎出口讚了一聲，隨即道，「耶律元帥，李元帥遺命末將率軍回國，至於沿途所占蕭國土地，半數算是勞軍之費，半數璧還，請你明日派人來取。但請牢記一句，犯我大楚天威之一，償之必以千倍！」

語罷忽將手中火把丟到李無憂身上，頓時烈焰滔滔，黑煙陣陣，新楚軍歌四起，只是這次雄壯的聲音中漸漸有了些哽咽。

歌聲中，楚軍士兵自趙虎、若蝶、唐思、寒士倫以降，一人一人地上前對著那烈火敬禮，盡皆戚容。

哀兵孤憤，氣壯山河，城頭蕭軍看到那千顆鮮血淋漓的人頭在煙塵裏忽隱忽現，一時竟生不出半分殺伐之心。

耶律楚材卻已然想通前因後果，漠然看著戰劈之微微翹起的嘴角，耶律豪歌不服氣的眼神，心下不禁一嘆：「連死了也有如此威勢，如此心計，真是帝王之資！李無憂啊李無憂，若你不死，五年之內，天下就必然是你囊中之物了！」

爾頃烈火燃盡，僅餘一注孤煙，時嫋時直，直沖霄宇，漸不可見。

目送無憂軍漸行漸遠，老將耶律楚材輕輕呢喃：「這一把火，什麼功名富貴，什麼王霸雄圖，都燒了個乾淨，生前種種風流，不過如這雲煙一般，隨風四散，留下那萬古英名，又有何用？」

再過片刻，一陣熱風吹來，孤煙亦渺，灰燼隨風消散，卻連金盔鐵甲也燒了個乾淨，城下僅剩下一柄帶鞘寶劍和那千顆人頭對影相吊。

耶律楚材見此一驚，暗自沉吟：「連鐵甲都化了，莫非這火竟是傳說中的三昧真火？只是這趙虎難道竟是天巫長老級高手？這柄劍居然沒有隨著那烈火所熔，該是傳說中無堅不摧的無憂劍了吧？」猛地揚聲道：「你們誰去將那劍給我取來？」

話音未落，耶律豪歌立時接口道：「末將願往！」卻再不等耶律楚材吩咐，凌空朝城下掠去，蕭軍將士齊聲驚呼。

隧陽城高二十丈，除開李無憂這樣的絕頂高手外，無人敢如此直接落下城去，耶律豪歌為了搶功居然犯此大忌，自然引來眾人側目，耶律楚材想要阻止，卻已不及。

耶律豪歌直落七丈，已是氣竭，卻不驚惶，猛一翻身，足尖在城牆壁上一點，借力回氣，身體輕輕上升三尺，再次下落，頓時引來城頭一片歡呼聲，正自得意，卻聽那歡呼聲猛地又是一漲，餘光瞥去，戰劈之人已斜飛出落到五丈之外，而空中一支勁箭正在他身後足下一排與其身法同速飛行，另一支箭卻去速更快，疾朝城下射去，顯然是剛才力竭時借了飛箭之力的緣故。

果然，再飛三丈，戰劈之身形一滯，身後那支箭已然飛到，足尖在上一點，借力又飛出五丈之外，落到無憂劍旁，連鞘高舉。

城頭歡聲如雷，剛剛踏波渡過護城河的耶律豪歌見此，恨恨一拳砸在空地上。

戰劈之手腕一揚，無憂劍如流星一般射向城頭。耶律楚材伸手抓住，手腕用力，龍吟一聲，長劍出鞘，寒光滿城。

「好劍！好劍！果然好劍！」耶律楚材只覺這劍明如秋水，寒氣襲人，自己幾乎把持不住，當即連讚三聲，微笑一瞥城下二人，猛地將無憂劍下擲，劍虹劃破虛空，落到城下戰劈之足下。

「戰劈之，這柄無憂劍就賜予你了，希望你別辱沒了它！」

戰劈之大喜，拔劍謝道：「元帥放心，末將知道！」

耶律豪歌大聲道：「元帥，這不公平！戰劈之失職害得我軍千名士兵喪命，為何你不罰反賞？」

耶律楚材臉色一沉，道：「失職的是探馬，與戰將軍何干？你技不如人，卻如此推諉，還像我蕭國男兒嗎？無須多言，給我退下！」

「元帥，耶律將軍若是喜歡這劍，便送與他吧？」戰劈之忽道。

「呸！誰要你可憐？」耶律豪歌重重吐了口唾沫，憤憤入城而去。

耶律楚材見此重重嘆了口氣，這個孩子不知道以後還要讓我操多少心呢。

戰劈之將一切看在眼裏，嘴角露出一絲冰冷的微笑，斜斜倒映在無憂劍身裏的半張臉說不出的猙獰。

第二章　鴛鴦俠侶

是夜蕭軍在校場上大開宴席，慶賀楚軍敗退，酒酣耳熱，眾人紛紛拔出兵刃起舞助興，好不歡暢。

正自開懷，忽聽一人大聲道：「各位兄弟，大家靜一靜！難得今日大家高興，耶律豪歌想與戰劈之將軍舞劍助興如何？」

卻是耶律豪歌。

「好！」蕭軍中人人悍勇，是以各種公開的私下的比武鬥毆不斷，只要不是戰時，將領們也多不禁，只當是一種磨礪屬下的方式，是以武風盛行，此時眾人聽聞耶律豪歌和戰劈之這兩位大將比武，都是哄然叫好。

耶律楚材微微皺眉，便要出言阻止，卻轉念一想，豪歌這孩子一貫心高氣傲，若能被戰劈之打擊一下也未嘗不是一件好事。

喝彩聲如雷，群情高漲，卻獨獨不見戰劈之應聲，耶律豪歌頓時大怒，冷笑道：「戰將

軍，莫非你竟如此不屑在下，連應戰也是不肯嗎？」

一片寂靜。

「戰劈之，你給老子滾出來！」耶律豪歌吼聲如雷，雙目皆赤。

耶律楚材也是皺眉，戰劈之若是不應戰，於其聲望必有大損，當即大聲問道：「戰將軍何在？」

忽有一士卒道：「回元帥，戰將軍方才說是身體不適，已然悄悄離席，怕影響您的興致，是以未向您彙報！」

耶律楚材微微頷首，心想劈之心細如塵，豪歌是萬萬不及的了。耶律豪歌卻是一呆，隨即哈哈大笑：「戰劈之啊戰劈之，你這縮頭烏龜，知道老子要向你挑戰，居然連來赴宴的膽量都沒有了嗎？」

「誰說我沒有膽量？」一個陰惻惻的聲音忽然回道。

眾人愕然，耶律豪歌回頭，卻見身後人群分開，戰劈之一步一步凝重走了進來，右手所提正是未帶鞘的無憂劍。

「劈之，你沒事吧？」耶律楚材見戰劈之雙目赤紅，滿臉是汗，關切問道。

「末將無事，謝元帥關心！」

「好，好，戰劈之你既然來了，可敢與我比試一場？」雖然覺察出戰劈之似乎有些異樣，但耶律豪歌卻無暇多想，當即邀戰。

「你要戰，那便戰！」戰劈之說畢這句話，身形一閃，已然掠身而上。耶律豪歌大喜，拔刀相抵，二人戰到一處。

二人武功皆是快厲兇悍，這一交上手，皆是以快打快，場中只見刀光劍影，風聲赫赫，卻並無兵刃交擊之聲，除開耶律豪歌有意回避無憂劍之利外，卻也說明二人武功皆已達到極高境界。

耶律楚材看得連連點頭，豪歌兵法戰術雖然粗陋，武功倒並不比戰劈之遜色多少，稍加磨礪，定然是一員難得的猛將。

二人又狂風暴雨一般地打了一陣，勁風激蕩，圍觀諸人皆被逼出三丈之外，卻不忘大聲喝彩。

耶律楚材卻終於輕輕搖了搖頭，耶律豪歌武功雖然與戰劈之相若，甚至略勝一分，只是後者的戰術卻是以柔克剛，看似快捷無倫，其實輕若鴻羽，而非像前者一般呼呼生風，那掃得地上煙塵滾滾的勁風卻九成是耶律豪歌的刀氣所化，再這麼打下去，不出百招，耶律豪歌必敗。

正自沉思，忽見眼前二人身影一錯，隨即一聲鈍響，下一刻人影分開，「噹」的一聲響，戰勇之已然手捂胸口倒地，手中無憂劍亦已墜落地上。

眾人大驚，定睛看去，卻見戰勇之指縫之間鮮血泉湧，一柄尺許長的短刀正露在外面。

「大豪飛刀！」耶律楚材失聲，臉色慘白。

蕭國鎮南的三路大軍，同歸耶律楚材掌管，而隧陽和煙州兩路大軍的守將戰勇之與耶律豪歌一向齊名，軍中人稱「小戰神箭，大豪飛刀」，說的是前者的箭法無匹，而後者的飛刀神準，至於後者所用的大豪飛刀實際最初是叫大號飛刀，因為這飛刀比之尋常飛刀大了三倍不止。

蕭人雖然強者為尊，但卻崇拜光明磊落的英雄，上陣殺敵無妨，軍中比武卻嚴禁使用暗器，若是違禁，除要遭到嚴厲得近乎苛刻的處罰外，還會引得軍中將士競相唾棄，此時耶律豪歌為求勝，竟然對戰勇之使出獨門暗器，必然掀起滔天巨浪。不行，必須立刻制止！

但卻已然遲了！

戰勇之一手捂胸口，一手指點耶律豪歌，圓睜雙目，恨聲道：「耶律豪歌，你……你竟然暗箭傷人？」語罷雙眼一翻，手腕軟落，咽氣身亡。

「將軍！」戰勇之的眾親兵失聲痛哭。

「殺了卑鄙無恥的耶律匹夫！」忽有一士兵大聲道，眾人如夢初醒，朝呆若木雞的耶律豪歌蜂擁而上。

「阻止他們！」耶律楚材大聲喝道，另外一批手持長槍的士兵迅即撲上，與戰劈之的親兵相持，後者微微止步。

耶律楚材大聲道：「這裏邊也許有誤會，各位不要太衝動了！我一定會徹查此事，給你們一個交代。」

一親兵語帶哭腔道：「元帥，雖然你秘而不宣，但全軍都知道耶律豪歌這賊子是你的侄子，我們也不是懷疑你的公正，只是這賊子卑鄙無恥，居然暗箭傷人，難保不會讓您受到蒙蔽！且讓我們殺了這廝爲戰將軍報了仇，生死由你處置！兄弟們，殺啊！」

語聲一落，帶頭衝上，眾親兵赤紅著眼，蜂擁跟上。

「誰說豪歌是我侄……」耶律楚材還想辯解什麼，聲音卻已被鋪天蓋地的喊殺聲所淹沒。

正自一呆，身體一輕，已被人帶得離開原地，落到圈外。

帶他離開那人卻是一名萬夫長，焦急道：「元帥，如今怎麼辦？」

耶律楚材定了定神，道：「青魯，別慌！你快去叫憲軍來！」

那叫青魯的萬夫長如夢初醒，點頭不迭，忙叫手下人保護好耶律楚材，迅疾去了。

憲軍是每一支上萬的蕭國軍隊中都必然要存在的執法部隊，負責軍隊內部紀律的他們，人數雖不多，卻是隸屬於天機，是軍中實力最強悍的一支部隊，在蕭軍中享有極高的威望。

雖然耶律楚材是蕭國南方軍的最高統帥，但一則隧陽蕭軍並非他的嫡系部隊，二則他近日來的連戰連敗影響了他的威望，他指揮起來便不能如臂使指，因此一直便對戰劈之多有偏袒容讓，耶律豪歌與戰劈之一戰他之所以沒有阻止，便是想讓戰劈之挫一挫耶律豪歌的銳氣，讓其心服口服，以便軍心統一，萬萬料不到耶律豪歌居然會出暗器射殺戰劈之，此刻雖然仍有小半數人願意聽他指揮，但由於大部分人是對戰劈之崇拜有加的親兵，衝突起來，局勢立告失控，這個時候，他才想到可以利用憲軍來控制局面。

但青魯去了良久，憲軍卻遲遲未到，場中已是橫屍遍地，血流成河。

戰劈之的親兵與另一部分士兵已然殺得難解難分，兩軍號衣本就一般，殺到後來，竟然是誰也分不清楚誰是敵人，只記得到了眼前的人就是自己的敵人，亂刀亂槍橫飛。奇的卻是，呆呆站在中央一動不動的耶律豪歌反而是有如神助一般，連頭髮都未掉一根。

良久之後，東南終於有如雷蹄聲傳來，耶律楚材轉頭，果然是青魯帶著三千憲軍到達，忙大喜迎上，對憲軍首領鹿沉道：「鹿將軍，快去阻止他們！」

卻見鹿沉臉色一沉，高喝道：「鎮南元帥耶律楚材涉嫌唆使煙州軍統領耶律豪歌叛變，給我拿下！」說時手一揚，憲軍如狼似虎一般撲了上來。

五花大綁之下，耶律楚材心如死水，軟倒在地，眼看著憲軍投入戰鬥，卻如一鍋油裏注入了一瓢水，戰鬥非但不減，反而激烈起來，他隱然覺得自己陷身到一個巨大的陰謀之中，但可笑的是自己什麼時候陷入卻不自知。

七月末的這個夏夜，無風。

蕭國鎮南元帥耶律楚材望著滿天星斗，滿心冰涼，竟在蕭國大軍內訌之中沉沉睡去。

不知過了多久，耶律楚材一個激靈，翻身坐起，一張微笑的臉頓時跌入眼眶，猛地嚇了一跳，身體朝後猛地一躍，丹田卻提不起氣，身體向後一個踉蹌，撞到一張冰冷的濕牆上，再難退半步，徒手摸去，身後卻又空空蕩蕩，全不著力，大駭下四處張望，卻見自己似乎是在一處陰冷潮濕所在，四周漆黑不可見物，奇的是自己和眼前那人身上卻偏帶著一層淡淡的綠光，一切又看得清晰無比。

那人向後一退，綠光流動一遍，一張微笑的臉霎時變成了嬉皮笑臉：「呵呵，數日不見，耶律元帥的膽子怎麼忽然變小了許多？」

耶律楚材愣了愣，隨即卻定下神來，冷笑道：「李無憂，你又得意什麼？現在咱們倆一樣

是鬼，你又能強我多少？」

對面那「人」正是李無憂，聞言卻嘻嘻笑道：「是啊，我是不比你強多少。我雖然設計破了你隧陽城，可始終沒有能夠親手殺死你，讓你冤死在憲軍手裏，可真是遺憾得緊啊！」

「什麼？隧陽城被破？而且是你一手設計？」耶律楚材驚呼一聲，伸手去抓李無憂的衣領，眼見揪住，入手卻空空蕩蕩，不禁一怔。隨即才想起自己二人已然身死，多半在地府之中，悵然鬆手，喃喃道：「難怪，難怪了，我就說誰人有如此手筆，居然能一手策反我部下內鬥，讓我眼睜睜看著卻全無還手之力，原來是你，這就難怪了！只是……只是……」

李無憂好笑地看了他一眼，道：「只是其中有太多謎團，若不給你一一解開，你是在此間做鬼也是不能安心了？」

「請李元帥成全，此恩此德，耶律楚材來世必定結草銜環相報！」

「不必說得那麼嚴重！」黑暗裏，李無憂擺擺手，「你不問，我也是要和你說的，這實在是老子生平的一大傑作，哈哈，不說與人聽，未免也太無趣！你倒是先猜猜，這個計畫的名字叫什麼？」

「什麼？」

「以牙還牙！」

「啊……」耶律楚材聲音拔高，卻只吐出了一個字。

「嘿嘿！」李無憂怪笑了一聲，神情變得肅穆起來：「當日憑欄事變，蕭如故借助內奸王戰，不費吹灰之力，便滅了我憑欄二十三萬大軍，軍神王天死，我大楚一直引為奇恥大辱。王元帥乃是我生平第一敬服之人，自得到這個消息開始，我便籌劃著終有一日要以牙還牙，給你們同樣地來一次。只是沒有想到，一直到了你隧陽城，才得償所願！」

「你居然如此之早就定下了這個計畫？」耶律楚材大驚。

「嘿，當然不是了，我再厲害也不會算到今日！整個計畫的誕生，其實是在我在煌州擒下你之後。」

「你……」耶律楚材這次更驚，好半晌才自喉間擠出字來，「原來放我回隧陽，你使的並非是離間計？」

「呵呵，錯了，就是離間計！只不過表面離間的是你和戰劈之，實際上卻是耶律豪歌和戰劈之。」

「這？」耶律楚材似乎明白了，但實際上卻是更加糊塗。

「你這個老傢伙非但頑固，而且精明，通過內奸的作用，我要離間你和戰劈之雖然也不是不可能，但勝算實在不高，所以就轉嫁到耶律豪歌身上了。我算定你定能識破我的第一層離間計，我再將計就計，假作強行攻城，詐作身受重傷，然後讓趙虎演出懸羊擊鼓以退兵，反覆折騰數次，讓你搞不清楚我的生死，心神不寧。到最後再上演一齣馬革裹屍焚屍疆場的好戲，讓你徹底知道我死了。之後退兵，外敵既去，你們內部的矛盾必然依此產生，你的兩位部下之間的矛盾在我故意遺留的無憂劍前面，必然更加尖銳，雖然你會鎮壓，但必然只是壓下兩座火山，只要我給他們稍微加點外力，隨時都可以爆發！」

「你……」耶律楚材想到這人死前所定毒計居然和死後發生種種無一不合，想說什麼，但吐了一個字後，卻再也作聲不得。

「此後再令埋伏在你軍中的內奸向耶律豪歌提議，讓他借比武之名將戰劈之除去，他盛怒之下，自然沒有不應允的道理！嘿，但他爲求取勝，以卑鄙手段殺了戰劈之，自然會引來戰劈之部下不滿，而他們都事先知道了耶律豪歌是你的侄子，嘿嘿，你令他們住手，矛盾自然只有更尖銳。不立刻打起來才怪，這個時候你必然會想到憲軍，如果有人再向憲軍統領說耶律豪歌是你所指使，那麼這場內戰不打起來那才叫怪了，這個時候有人不小心打開城門，然後……」

耶律楚材直驚得冷汗淋漓，好半晌才回過神來，道：「原來……原來青魯就是你們埋在我蕭國的內奸！但……但……」

他雖然幾乎已經徹底明白了事情的真相，但總覺得還有什麼地方不對，一時卻又想不起來。

李無憂卻看了出來，笑道：「你是不是想問耶律豪歌一向光明磊落，爲何竟然會使出飛刀暗箭傷人？而戰劈之武功明明比他高出一籌，爲何居然就避不開？」

「對！對！」

「嘿嘿！」李無憂詭異地笑了笑，「你想知道？」

「廢話！」

「一個條件！」

「要我投降，門都沒有！」耶律楚材反射動作般地跳了起來，但隨即望望李無憂，看看自己，卻頓時失笑──人都死了，自己卻還記掛著這個。

「呵，耶律楚材就是耶律楚材，一猜就中，不錯，不錯！」李無憂也笑了起來，「我死前第一大憾事就是沒有讓你投降於我，現在雖然你我都死了，但你要向我投降，過過乾癮也不錯！」

耶律楚材不禁莞爾。其實李無憂雖然害得他兩次敗北，丟盡顏面不說，最後這次更是送掉了他的命，但對李無憂的才情氣度，他其實是佩服至極的，如果不是自己祖上世受蕭國皇朝恩典，他早就投降了，此時生死兩茫茫，生前種種早已了了，不必再提，當即正色道：

「好！我耶律楚材在此立誓，今後當歸降新楚，唯李無憂馬首是瞻，若違此誓，天誅地滅，永世不得超生。」

「呵！多謝耶律將軍成全！」李無憂大有深意地笑了笑，「既然將軍如此爽快，那我李無憂若不坦誠相見，就似乎太對不起將軍你了！不知道將軍有沒有聽過玄心大法？」

「玄心大法？可是昔年莊夢蝶在《逍遙遊》中曾提到的那種可以控制人心神的法術？」

「老將軍淵博如此，那一切就好解釋多了！」李無憂笑了起來，「首先，戰劈之比武之前就中了這種法術，心智已然失常。其次，他也不是耶律豪歌所殺，而是自殺！」

「什麼！」耶律楚材直驚得目瞪口呆，但隨即心念一轉間，與當時情景一一對照，絲絲入扣，頓時恍然，「難怪那一飛刀我竟沒有發現刀光，原來是戰劈之自己刺的。難怪他半途離席，回來後卻滿頭大汗，想必是他的意志與玄心大法對抗得很辛苦吧？」

「呵呵！正是如此！另外，那柄大豪飛刀也正是他離席其間去耶律豪歌的房間偷來的。」

「但……但他是什麼時候中的玄心大法，心智又是被何人所攝？」

「什麼時候中的？呵呵，就是你將無憂劍賜給他的時候了！至於心智被何人所攝，耶律將軍莫非以為當今之世，除開大荒萬千少女的偶像，一代絕食天才李無憂，還有誰能使出玄心大法嗎？」

「你？就算你真的會玄心大法，你人都死了，法術應該已經失效了啊，這……這究竟是怎麼回事？」耶律楚材徹底糊塗了。

李無憂不答，卻道：「五日前我攻城本是僞攻，卻見你和戰劈之貌似不和，頓時以爲有機可乘，改變計畫，挑撥離間你兩人了。嘿，沒想到卻著了你二人的道，搞得身受重傷，只是這樣一來，卻讓我原先的計畫更加天衣無縫而已。」

耶律楚材道：「你的意思是說，『以牙還牙』計畫，是你在煙州放我的時候就已經定下，當時你第一層的離間計是對付我和戰劈之，但實質上的第二層是對付豪歌和戰劈之，而你在隧陽城頭受重傷原本該是做戲，但卻因爲你誤以爲你第一層離間計成功而臨時改變計畫，搞得你真的受了重傷，而之後的做戲則是你在煙州就已經定好的計畫，只是真的受傷這個小插曲讓你的計畫更加完美逼真而已？」

李無憂心道：「到現在才搞明白，老傢伙，你的腦袋是不是生銹了？」表面卻微笑撫掌道：「好，好！老將軍果然聰明，不枉我一番推崇。好了，將軍既然明白了這一層，難道後面的還不明白嗎？」

「你……你是說，你根本沒有死？」一語之出，石破天驚，耶律楚材被自己嚇得倒退三

步，踉蹌跌倒，再起身，額角血流不止。

李無憂掏出一方手巾，輕輕拭去他額角鮮血，指尖白光抹過，血流頓止，笑道：「老將軍，你怎麼如此不小心，傷了自己多不好？無憂還等著你爲我效力呢！」說時動了動手指，輕輕甩了個響指，一團七彩光華升起，二人周遭陰森森的氣氛不知何時已消失了個乾淨，一縷陽光不知於何處透了進來，耶律楚材這才發現自己立足之地其實是一處陰濕的牢房，但剛才爲何……

他默默地摸了摸額頭，望了望眼前少年燦爛笑容，一時再分不清人間地獄。

「作爲萬千少女的偶像，我怎麼捨得用我的死來讓她們心碎呢？這叫偶像的義務！算了，說了你也不明白！說重點吧，當日雖然受傷甚重，但因爲我是天才嘛，沒出三天就幾乎全好了。然後我費了兩日時間，以石爲骨，以水爲肌，做成了一個假身，就是在兩軍陣前燒死的那個了。至於我自己，則用出鎖魂於身的絕頂法術將自己封印在無憂劍中，戰劈之拿到無憂劍那一刻起，我就悄悄對他使用了玄心大法，卻沒想到戰劈之的意志真是太堅強了，直到晚會前我才成功將其心神影響，呵呵！」

說到這裏，李無憂忽然笑了起來，「這也算是天意吧……若是耶律豪歌早一會兒挑戰，戰劈之就不是我所希望的戰劈之，若是再晚一會兒，那我就將功力耗盡，不得不自無憂劍中彈出，當場被戰劈之格殺！」

他說來簡單，但耶律楚材聽得驚心動魄，作聲不得。

默立良久，耶律楚材踱步到那道陽光前，他早發現那裏乃是一扇小窗。

剛至窗口，陣陣啾啾鳥鳴合著醉人花香席捲而來，神情爲之一清，定眼看去，窗外卻是一片金荷碧池，自己所在，果然便是隧陽天牢了——這裏他來過數次。

李無憂誠摯道：「方才爲求得將軍一諾，先前無憂曾在此四周布下一個幽冥結界相騙，得罪之處，望請恕罪。」

耶律楚材一愣，道：「李元帥，其實你既然身具玄心大法這樣的上古玄功，即便要以牙還牙大破隧陽，當日只需放回豪歌便成。要老夫歸降，也只需使出大法即可，何須如此周折？」

李無憂笑道：「實不相瞞，玄心大法的持續效果很短，根本無法長時間控制一個人。再說了，千古用一士，李無憂想要的是老將軍甘心效力，不如此，如何能夠成功？」

耶律楚材驀然轉身，冷笑道：「你就不怕我假意歸降，到時候再將你出賣？」

李無憂淡淡一笑：「老將軍一言九鼎，這一點無憂若是信不過，也無須費盡心力，甘冒喪命之險也要博將軍一諾了！」

耶律楚材怔怔望了李無憂良久，終於長嘆一聲，拜服在地：「李元帥胸襟氣度實非常人所及，老夫願效犬馬，只是希望他日攻破雲州，能善待我蕭國百姓！」

「將軍放心，天下本一家，蕭國的百姓也是天下百姓，無憂自當一視同仁。」

日近黃昏，一蓑煙雨，竹林裏，夜夢書仗劍踽踽而行。

穿過一條溪流，驀然站定，手搭涼棚，視線穿越眼前翠綠嫣紅，前方依稀城池輪廓，當即輕輕鬆了口氣，合十低聲祝禱：「前面就是梧州了，創始神保佑，千萬別讓我再撞到那個丫頭！」

忽聽一人高呼道：「相公，我們真是心有靈犀哦！」

「哈哈，不是吧？一定是做夢！」夜夢書大笑甩頭。

「相公，天還沒黑，要做夢還早著呢！」那聲音軟語溫存，落在夜夢書耳裏卻不啻勾魂魔音，幾乎沒駭得跳了起來，循聲望去，前方一棵松竹之巔，一名紗衣少女正翹臀而坐。人在纖纖竹巔，身體卻兀自搖盪不定，一雙赤足帶得雪白修長的玉腿也搖晃不定，說不出的風情撩人。

「我什麼都沒聽到，我什麼都沒看到！」夜夢書雙手掩面，轉身便走。

「喂！人家是個女孩子耶，這麼高一不小心摔下來怎麼辦？你怎麼也不關心一下人家就跑了？」少女撇嘴呼道。

夜夢書叫道：「你要真掉下來摔斷個胳膊大腿的，老子求神拜佛的工夫就沒有白費了！」足下不停，身法展開，人在竹林間婉轉穿梭起來。

「嘻嘻，妾身知道，相公你嘴上這麼說，其實心裏還是掛念著娘子我的，不然怎麼假裝跑了一圈，又回到我身邊來呢？」

少女開口的時候人還在竹巔，話音落時，人影落地，曼妙身形已然撞到夜夢書透過指縫的眼光。

確認眼前這根松竹正是之前少女坐的那根，夜夢書欲哭無淚。

天地良心！要知道他已經將身法使到極限地飛奔了，鬼知道轉了一圈，居然又回到原地，被這妖女給抓了個正著，不用問了，這附近一定是被她布下了鬼打牆一類幻術。

知道自己再也逃無可逃，他沮喪地停步，一頭撞到那棵巨粗老竹上，捶胸頓足，號啕大哭道：「夜夢書啊夜夢書，你幹什麼不好，爲什麼走之前那天晚上非要贏得張龍、唐鬼兩位好兄弟都脫褲子還不肯罷休呢？」

少女眨眨秋水一般的眼睛，足不履塵地行了過來，一臉天真道：「爲什麼啊？這有關係嗎？」

「古聖言『賭場得意，情場必然失意』，若非老子贏得他們都脫內褲了還不肯放手，又怎麼會遇到你這妖女！秦、清、兒！」說到後來，夜夢書幾乎是咬牙切齒，一字一頓。

「嘻嘻，相公，你既然還記得娘子我的名字，無論你嘴裏怎麼損我，我都不會介意的。因爲我知道你心裏其實是有我的！」

「我……我真沒見過你這麼不要臉的女人！」夜夢書悲呼一聲，悲壯倒地。

「各位客官，說到這裏，說書人不得不交代一下！這位天仙化人的姑娘，就是當日夜大人出使雅州時候，一路尾隨他的那位神秘女高手了，芳名秦清兒的便是。只因爲當日雅州城外，夜夢書爲了國家社稷，不惜使出隱藏已久的驚天地泣鬼神的絕世法術『脫褲子大法』脫身而逃。這一脫之後，秦清兒當即芳心暗許，此後便處處與夜夢書搗亂，馬府……呵，這位爺問得好，爲何芳心暗許了反而要處處與心上人搗亂？俗話說得好：『少女情懷總是詩』，清兒姑娘乃是一代奇女子，雖然不可救藥地愛上了我們的絕世美男夜夢書，卻絕不會像寒山碧一樣，張口就說『帥哥，我想嫁給你，但能不能先問你三個問題』，也不會像慕容幽蘭一樣，說『老公，你要非禮就非禮我吧，反正我遲早是你的人』，更不會像朱盼盼一樣羞於啓齒，最後卻冷不丁節烈一把。至於唐思姑娘那樣默默朝夕注視一個人，卻冷眼旁觀，連說話也要借助公事之名，更是清兒姑娘所鄙視的，因爲清兒姑娘對她師父的名言：『愛情，是對相愛的人的一種折磨』領悟甚深，並將之付諸行動……馬府一會，她本想給情郎添些亂，卻爲一神秘人所破壞。和議達成之後，夜夢書就住於馬府，而清兒姑娘受馬夫人葉三娘之邀，做客馬府，與夜夢書朝夕相處，耳鬢廝磨，終於令夜對其日久生情，定下『非卿不娶』的海誓山盟。但月有陰晴圓缺，人有悲歡離合，不久之後秦姑娘因事東去，二人於楊柳岸曉風殘月處灑淚而別。之後夜夢書隨馬大力大軍北上，秦姑娘千里尋夫，義無反顧，何其壯哉！上天垂憐，終於讓其輾轉反側後，在夜夢書出煙州時撞了個正著……」

若干年後，一代說書大家小黃先生在捉月樓中說到這回書時，解釋這段插曲時如斯說。

但當無數夜夢書的崇拜者一臉豔羨來求證時，故事的男主角本人卻用獅子吼的無上玄功對這段被美化的歷史發表了不同意見：

「少聽那王八蛋胡扯，當時他根本不在場！事實的真相是，從雅州開始，有人就一直對我糾纏不休，聲稱要對脫褲事件負責，說是『聖人云非禮勿視，但既然妾身已經看了相公，就該和你行成婚大禮，以大禮全小禮，才不傷風化啊』，你們說說，這都叫什麼事嘛？」

但無論當事人如何辯解，整個大荒對夜夢書的飛來豔福都是持羨慕態度的，許多俠客開始每日在但凡有水的地方神出鬼沒，一面深情輕吟「所謂伊人，在水一方」，一面刻苦學習脫褲

子大法。

當然，東施效顰的直接後果是引來過往正妹一片慘叫和刑事房捕快的風聲鶴唳。事後一代情聖柳隨風先生檢討這一現象時，指出了一個重要的原因：當時的夜夢書根本打不過秦清兒！夜夢書的眾粉絲這才恍然大悟，於是紛紛開始自殘並千方百計降低自己的功力，這讓無數老前輩頓足捶胸，仰天悲呼世風日下，一代不如一代……

但此刻夜夢書斷斷沒有可能想到自己的豔遇經歷對後來大荒風氣的影響，只是露出一臉苦笑，道：「大小姐，我這一路上爲了躲避你，已經耽誤了三日的路程了，成親一事，咱們以後再談成不？」

秦清兒輕輕搖了搖頭，脆生生道：「你們中土的人不是有句話叫什麼大丈夫一言既出，四匹馬也追不上的嗎？是人就該言而有信啊！此時後悔，未免也太不算個男人了吧？」

本是委頓的夜夢書聽到這句話，精神頓時一振，眼珠一轉，一臉吃驚道：「什麼什麼？清兒，你怎麼把這話和我是不是大丈夫扯上關係了？該不會是我聽錯了吧？」

「難道這話不是這個意思嗎？」秦清兒對大荒語本不是很熟，見夜夢書大嘴張得足以咽下恐龍蛋，一副「這丫頭指鹿爲馬」的古怪神情，立時不免惴惴。

夜夢書搖頭，一本正經道：「清兒，那話其實是叫『一鹽既出，是馬難追』，看你那麼冰雪聰明，想必也知道，這所有的馬呢，其實都是不吃鹽的，所以呢，你要想讓你的馬跑得快些，就可以在牠屁眼上抹一把鹽巴，那樣的話，是匹馬都追不上你的馬了！」

「真的嗎？」秦清兒眨巴著一雙燦若星辰的眼睛，顯現出好奇的神情。

「嗯！」夜夢書堅定地點頭。

「耶！太好了！」秦清兒大喜，在夜夢書極端不好的預感中，纖足猛一跺地，讓後者身體頓時飛起五尺高，迅疾伸手自背上包袱裏抓出一把鹽，毫不淑女地一把封在了後者的屁股上。

「啊！」一聲慘叫，海鹽隨著勁力滲入某處，夜夢書落地之後，猛地彈起，直沖雲霄，迅疾變成一個黑點，瞬息間消失在雨幕裏。

但噩夢並沒有結束，待他落下時，少女抓了把鹽迅疾追了上來，興奮地笑道：「相公，你教我這法子果然有效耶！你的速度都與我的輕波曼影身法不相上下了，嗯，幸好我隨身的背囊裏帶了五斤燒烤用鹽，這樣一來，我們很快可以將失去的時間補回來，你準時到達潼關，嘻嘻，李無憂那小子想罵你也是沒有藉口了。相公，你娘子我聰不聰明啊？」

屁股火燒火燎的劇痛傳來，夜夢書直想破口罵娘，但之前的悲慘經歷讓他理智地沒有將這一美妙想法付諸實施，而是裝出一副苦瓜臉，和最不能講道理的女人講道理：

「清兒啊，你聰明是聰明，但剛剛其實是你聽錯了，我說的是『煙』，鄉下那些老漢抽的那種黑糊糊的水煙，而不是你說的那種白花花的『鹽』，大家成年人，講道理的是不……哎喲！」

卻是話音未落，一把清兒姑娘友情贊助的旱煙已然不客氣地滲入屁股上來，與鹽作用下，屁股上頓時孤煙嫋嫋……

夜夢書欲哭無淚：「娘西皮！你一個大姑娘，怎麼隨身帶的有旱煙？」

秦清兒眨巴眨巴眼睛，一臉哀怨：「相公，奴家聽說愛一個人，就該用要柔情將他融化，這不是知道你有此嗜好，專門爲你準備的嗎？」

「老子什麼時候……」夜夢書還想辯駁什麼，人卻已栽倒在地，口吐白沫。

純真無邪的少女無辜地抿嘴沉吟：「難道是我搞錯了，沒理由啊，怎麼拿成『整人不死藥』了？昨天偷偷放了些在你吃的燒魚後，明明包在另一個紙袋裏的啊……」

忽然捂嘴，抬頭卻見夜夢書已經雙眼赤紅：「老子就奇怪了，昨天在客棧吃了燒魚後晚上怎麼一直拉肚子……你別跑！」

又不是傻瓜，好不容易找上夜夢書，秦清兒當然不會跑了，鹽煙事件的最後，被追上的她提出願意讓夜夢書親一下當是賠罪。

可憐我們的夜少俠，瞪著眼前如花少女良久，終於恨恨道：「那樣不正中你下懷，你當老子傻瓜啊？」

既然不是傻瓜，自然不能拒絕美女同行了，於是前往波哥達峰的人就從孤膽英雄變作了鴛鴦俠侶，當然這是清兒姑娘的說法，用夜夢書的話講就是：「鴛鴦？老子看是冤孽還差不多。」但用後來李無憂的話說則是「有如此漂亮的美女糾纏，老子寧願前生多造點孽。」這句話好歹沒有傳出去，不然有人一定會死得很慘，而可以肯定的是，那個人一定不是李無憂。

於是兩人結伴同行。從梧州到波哥達的三百里路，一路行來，夜夢書算是充分而徹底地領悟了什麼叫「用柔情將你融化」。

據保守統計，這其間她一共三次將某種大補藥放到了夜夢書的食物裏，而且次次品種不同，而在夜夢書隨後的出恭時間裏，派毒蛇幫其趕蚊子五次，在夜夢書洗澡的盆子裏放幫其疏通經脈的鱔魚九斤，另外對夜夢書實施「溫柔按摩」十八次，努力幫其「打通經脈」二十三次，至於其餘種種貼心照顧更是不計其數。而這些柔情蜜意最後究竟達到了什麼效果，也非外人所能知曉，只是有一次夜少俠對湖照影的時候，被湖中某個似鬼非人的形象給嚇得直接栽到湖裏，起來的時候嘴上還叼了一條三尺長的大魚，因此還省下了一頓晚餐錢……

更難能可貴的是，賢慧如清兒姑娘，每到集市城鎮，便一定是作小鳥依人狀地招搖過市，引來滿街有良無良少、中、老年的垂涎三尺，從而讓並無「路見不平，鏟土來填」嗜好的

夜少俠也不得不除善揚惡。

但得了便宜又賣乖的某惡女卻並不領情，非但說自己勾勾手指頭就能應付，還將夜少俠難得的一點俠義之心譏諷爲男人的虛榮心，並且居心不良——當然玉樹臨風的夜少俠幾手漂亮的動作，立刻引來了滿街行人的瞠目結舌和無數美眉的媚眼和飛吻也是不爭的事實。

這一連串情形的直接後果，是這一日二人到達波哥達峰頂那處天池時候，夜夢書惶恐而悲哀地發現自己一頭黑髮間居然夾雜了數根白髮，但面對惡魔的眼睛，清純無限的清兒姑娘一再堅持這是「相公你未見我前因日思夜想而生的相思白髮」，夜夢書對此只能仰天長嘆「既生夜，何生秦？」

清兒姑娘立刻反應過來，歡呼雀躍：「原來相公你是如此急切想娶我過門，讓我改姓夜啊！」

於是有人又省了一頓晚餐錢。

到二人下了波哥達峰，到達下面的蒼瀾河時，已是夜色籠暮，晚風如波，彼岸漁火點點，河面卻舟影全無。

夜夢書便要前進，秦清兒忙一把將他拉住，道：「不要妄動，前面好像是一個陣法。」

夜夢書的一個好處是絕對不會不懂裝懂，聽秦清兒說前面居然被人布下了陣法，雖然懷疑這丫頭武功如此之強，怎麼在法術上也有能看透結界的造詣，但他什麼也沒說，只是微微皺眉，腳步卻不再移動。

正自疑惑，秦清兒忽然一把將他拉到了一處山陵後面，低聲道：「有人來了！我們先躲起來！」

果然，片刻之後，夜夢書便感覺到兩道靈氣的波動自對岸慢慢逼近而來，只是隨著那靈氣的移動，空中卻並無人影，顯然是事先施了隱身法。

「嘻嘻，相公，這個男的雖然沒你帥，卻比你英武很多哦！」秦清兒在夜夢書耳邊輕笑道。

淡淡如蘭馨香隨著她的貼近直侵進夜夢書鼻裏，直沁心扉，而隨著那珠玉一般的吐字，一陣熱氣也鑽入夜夢書的耳朵，頓時說不出的酥癢。他直覺不妥，想將秦清兒推開，但手觸到後者裸露的手臂，頓如觸電，再無半分力道，內心裏只盼得此刻一直長久。

秦清兒覺察有異，回過頭來，卻是一怔：「咦，相公你臉怎麼紅了？」

夜夢書輕輕乾咳，道：「嗯，那個，天氣太熱了，一時不習慣。對了清兒，你能讓我看到那兩個隱身人的樣子嗎？」

「可以啊！」秦清兒笑了起來，「不過……」

「不過什麼？」

「不過我要對你施一個法術，怕你不願意呢！」

「怎麼會呢？沒事，來吧！」銷魂之下，夜夢書頓時忘了眼前妖女的可怕，豪情萬丈。

「這可是你說的，可怪不得……」話音未落，已然輕輕一吻落到夜夢書左邊臉頰之上。

「啊！」仿似天雷勾動了地火，腦海中一陣轟鳴，心中有什麼東西忽然崩塌，熱血一漲之間，秦清兒又已吻在他雙唇上，及時制止了他的驚呼。

隨即唇分，夜夢書手指著秦清兒，卻愣愣發呆，渾然忘記了是該指責還是該說點別的什麼義正詞嚴的話出來。

「相公，你這麼看人家，人家會害羞的嘛！」秦清兒雖然也是俏臉緋紅，卻先恢復過來，「別傻了，快看看那邊，能看到人不？」

「哦！」夜夢書傻傻應了一聲，轉頭看去，頓時驚奇地發現之前一望到頭的河面上，乳白色的霧氣蒸騰，朦朧中，一男一女兩名年輕人正在自己方才二人立足之處四處張望。

「啊！我居然可以看到了？」夜夢書低低呻吟出來，回頭看秦清兒，後者大喜，眉飛色舞道：「真的嗎？」

「一男一女，男的約莫三十，赤膊芒鞋，背了一把大刀，女的綠衣帶劍，模樣，嗯，比你美了十倍。」

「呵！比我美十倍？」秦清兒不以爲忤地笑了起來。

夜夢書看她笑得詭異，不禁心虛：「你笑什麼？」

「呆子！」秦清兒紅著臉輕輕罵了一聲，「你知道我剛才吻你兩下，用了什麼法術？」

「你這妖女欺我無知嗎？使法術只需手掐靈訣就是了，你不過是想乘機占我便宜而已，又還有什麼名堂嗎？」

「嘻嘻，當然有名堂了！」秦清兒卻不惱怒，「這第一下叫心有靈犀，第二下叫水中望月。這水中望月呢，顧名思義，就是你所看到的並非是真的，而是通過我的眼睛看到的倒影罷了，但這一記法術卻是以第一下的心有靈犀爲根基的。如果……如果你心裏沒有你，我們沒有靈犀一點，咱們之間的心就連接不起來，這第二下水中望月就根本不能成功了。你明白嗎？」

夜夢書這才明白這丫頭爲何笑得那麼詭異，心頭沒來由地大恨，但想起她說如果她心裏沒有自己，這水中望月就不能成功，心中卻又滿是甜蜜，素來剔透的他今天第二次呆住。

忽聽一個女子的聲音道：「龍師兄，我們在附近找了三天了，這裏什麼都沒有，嫣兒是不是算錯了？」

夜夢書頓時從魂遊太虛中驚醒過來，循聲望去，場中二人已收斂了隱身術，而說話的正是那綠衣少女。

卻見那帶刀男子搖搖頭，道：「嫣兒的算術向來精準，理當不會出錯。再說即便她錯了，觀音瓶的指示卻是錯不了的。」

綠衣女少點了點頭，道：「這倒也是。只是奇怪的是，我們幾乎已將這附近十里搜索了不下九遍，卻連半點線索都沒發現。」

帶刀男子道：「若我所料不差，線索就該在這附近，只是被高人布下了陣法，一切都被封閉了。」

綠衣少女笑道：「原本我以爲只有我才作如此想，沒想到龍師兄你也是這樣想的……可惜嫣兒有事上了方丈山，有她這精通陣法的專家在，我們應該早就找出來了！」

帶刀男子輕輕嘆了口氣，道：「是啊。江湖中『武出禪林，劍歸正氣。法看玄宗，術落天巫』，說到這陣法封印，自然是他們玄宗門第一。其實若是太虛子師伯肯放秋兒與我們同行，效果也是一樣的。」

「這倒怪不得他。」綠衣少女卻笑了起來，「太虛師伯號稱情道，少年時風流不羈，處處留情，可說是傷了無數前輩的心，我天巫有幾位前輩至今未嫁就是因爲他呢。如今秋兒對李無憂一見傾情，偏偏後者也是風流多情之人，師伯是怕她重蹈他那些紅顏知己的覆轍。要不然，又怎會一聽說這件事，就要我們不顧身分，聯合文治師弟他們去李無憂的軍營裏將秋兒搶出來？」

「是啊！這事我們雖然做得隱秘，李無憂也多半會疑心到陳國身上，但早晚會有被揭穿的一天。到時候，還真不知阿治怎麼向李無憂交代，畢竟他們是有師徒名分的……」

帶刀男子說到此處，猛地一頓，一掌朝夜秦二人藏身處一揚，喝道：「什麼人藏頭露尾？出來！」

秦清兒與夜夢書迅疾飛離原地，剛剛落到場中，便聞身後一聲巨響，回首向來之處，山石飛裂，竟是憑空多了一人高的山洞。

秦清兒朝那帶刀男子吐吐舌頭，嘖嘖出聲，末了卻是雙眸一亮，喜道：「好傢伙，看不出你塊頭大，力氣也不小！我正缺一個僕人幫我搬東西，每天三錢銀子，有沒有興趣？」

帶刀男子聽剛才角落裏有一個呼吸聲若有若無，本以爲是名絕頂高手埋伏，卻沒想到一下子蹦出兩人來，正自驚詫，萬萬料不到這小丫頭忽然冒出這麼一句話，頓時哭笑不得，但他涵養極深，還是微笑著搖了搖頭。

「沒有？」秦清兒頓時失望至極，怯怯道，「要不我再加你一倍的工錢？」

帶刀男子與綠衣少女對視苦笑之際，夜夢書趕忙將這丫頭一把抓到身後，作揖陪笑道：「龍大俠，陸姑娘，我這位朋友初入江湖，不通禮數，得罪之處，多多海涵！那個，這裏風景還算不錯，兩位慢慢欣賞，我們有事先走一步！」

「且慢！」那二人正是龍吟霄與陸可人，被夜夢書喝破行藏都是一驚，見他欲走，齊齊出語相阻。

「嘿，四大宗門就可以不分青紅皂白地強留人嗎？」夜夢書頓時色變。

龍吟霄尚未說什麼，陸可人已淡淡道：「小兄弟此言差矣，二位躲在一旁偷聽我二人講話，形跡可疑至極，我們查探一下也是合情合理吧？」

夜夢書冷笑道：「陸姑娘此言差異！當此良辰美景，我與我娘子自在那邊欣賞河光水色，你二人不識趣，非要那麼大聲擾人美夢，我尚未怪罪你們，你們倒惡人先告狀，你這合的是什麼情什麼理？」

這番話明顯是強詞奪理，但龍陸二人卻聞之語塞，一時竟找不出話來反駁。

夜夢書卻不再甩他們，拉起秦清兒轉身便走。身後忽然破空風響，龍吟霄的聲音傳來：「不許走！看刀！」

「噹」的一聲，夜夢書長刀出鞘，反身一刀，與龍吟霄的離手刀正撞到一處，後者輕輕一抓，大刀回到手中。

秦清兒蹙眉道：「你們大荒人真是沒教養，動不動就在背後打人。」

龍吟霄哭笑不得，自己這一刀本是試探，即便夜夢書不擋也不會有事，經小丫頭一說，倒好似真的在背後偷襲一般。

陸可人卻迅疾反應過來：「姑娘不是我大荒人士？」

秦清兒朝她做了個鬼臉，撇嘴道：「要你管！相公，不理她，咱們走！」

「說清楚再走！」陸可人淡淡一笑，一爪朝秦清兒右手抓來，爪勢未至，一團花籃狀火網已然先落了下來。

秦清兒冷哼一聲，手腕一翻，手心三尺內，水波層層疊疊。

「哧！」水火一撞，發出一聲輕響，陸可人被逼退一步，而秦清兒卻紋絲未動。

「好身手，龍吟霄請教！」龍吟霄大喝一聲，手中長刀幻作金龍，向秦清兒激射而來。

「誰怕誰？」秦清兒撇嘴，一掌將夜夢書推開，背上黑刀自動彈出鞘，迎向金龍。

夜夢書乘勢後掠，落到五丈之外，大笑道：「娘子你慢慢打，爲夫先走一步！」說時身法展開，竟然真的不顧場中的秦清兒，朝波哥達峰電馳而去。

「留下吧！」陸可人忽然一笑，左手掐訣，右手朝夜夢書下一刻出現方向一指，一道火

牆應勢而生，後者收勢未及，當即被整了個衝冠怒髮，眉毛幾乎沒被燒掉，不禁大怒：「臭娘們，老子不惹你，你卻來招惹老子，欠扁嗎？」

說時身如鵬展，凌空虛步，雙手舉刀，奮起全身功力，一刀朝陸可人砍去，後者微微一笑，手指動處，一條條火蛇射出。

夜夢書身法不停，舉刀一封，一道刀氣牆立時將火蛇全數拒之體外三尺，身法猛地增速，刀光與身法合一，急速朝陸可人撞去。

「朱雀火羽！」陸可人一聲嬌呼，手指一拂，二人之間的空間忽然塞滿了片片形如羽毛的火點，「疾！」再一聲輕斥，漫天火羽以百川歸海之勢朝夜夢書所在的刀光射去。

但出手之後，她才知糟糕，大叫道：「龍師兄小心！」

第三章　九道金牌

「哈哈，遲了！」夜夢書大笑聲中，身形驀然橫移三尺，落地立時反彈，大刀化作一道白虹，人刀合一，如星丸一般投向龍吟霄，而這個時候，那漫天的火羽落空之後已然射向龍吟霄，另一邊，秦清兒手中黑刀正化作一條黑龍與龍吟霄的金龍纏在一處，這一下，便是等於合三人之力合鬥龍吟霄一人了。

當是時，三名絕世高手攻來，龍吟霄的臉上卻露出了淡淡微笑，一雙眼睛忽然全變作了金色，而那條金龍卻化作了一柄長劍回到他右掌，而左手卻合指結了個拈花之印，人在三人猛如海潮的攻勢之中靜止佇立，一動不動。

其餘三人均湧起玄之又玄的感覺，只覺任南山壓身，北海襲捲，龍吟霄都將無視無睹，而無論這一刻還是下一刻，龍吟霄也都將這麼瀟灑的拈花微笑，一任歲月滄桑侵犯。

明明這人就站在眼前，但卻彷彿已被遺忘在光陰之外，對他的任何攻擊都將是徒勞無功，這個念頭才一閃過，似慢實快地，三人的攻擊卻已無分先後地擊中龍吟霄。

「嗡！」的一聲禪鳴輕響之後，三人同時被眼前所驚呆，那三種該是擊中龍吟霄不同部位的攻擊，卻全數都被集中到了那柄金光閃閃的長劍劍尖。

陸可人臉色蒼白，喃喃道：「是禪意七劍的緣木求魚，他……他什麼時候竟練成了這等曠古絕今的劍法？」

「閃開吧！」龍吟霄輕喝了一聲，三人頓覺身前波濤洶湧，不由自主地忙朝旁邊一閃，一道無匹金光沖霄而起。

「轟！」的一聲巨響，地動山搖，漆黑的夜空彷彿是被這道金光割成了無數碎片，一如星雨隕落。

秦清兒嘆了口氣，對夜夢書道：「我一直以爲自己聰明，現在才知道像這姓龍的才算是聰明，他明明已經看出了封印的漏洞所在，卻裝作無知，終於借我三人之力助他破開了封印……那是什麼？」

她忽然驚呼起來，臉色慘白。金光已然消失，順著她手指的方向，饒是膽大如夜夢書也被眼前的景象嚇得目瞪口呆，捂住了鼻子，噁心得幾乎嘔吐出來。

只見先前雪白的沙灘忽然變作了赤紅色，地上躺了上千具身著楚軍號衣的屍體，每一個人都毫無例外地，脖子上一道紅痕，而赤紅的鮮血兀自汩汩流動。

四人同時住手，面面相覷，卻誰也沒有開口。

江楓漁火，寂夜無聲，唯有蒼瀾河水靜靜東流。

良久，陸可人輕輕嘆道：「是什麼人，什麼兵器，居然可以厲害到一息間將千人殺死？又是什麼人將其封印？」

秦清兒不服氣道：「你怎麼這麼肯定這些人是被同一個人殺死的？」

陸可人沒有說話，夜夢書卻解釋道：「你看他們脖子上的傷痕，粗細如出一轍，卻有長短深淺之分，而連到一起則是一道連續的弧線，那麼唯一的解釋就是他們是被同一道刀氣所殺。」

陸龍二人詫異地看了夜夢書一眼，前者微微蹙眉，後者卻讚許地點了點頭。

秦清兒倏然變色：「能一刀連殺千人，難道……難道……不錯，不錯，倚天劍既然已經重現人間，破穹刀也本該出世了！」

「什麼？」餘眾同時失聲。

耶律楚材歸降的消息，秦鳳雛迅疾通過霄泉散布到了蕭國的每個大城小郡，一時舉國譁然，震驚彷徨者有之，唾棄鄙視者有之，欲殺之而後快者亦有之，但大多數國民卻爲自己找到了一個藉口：既然皇帝陛下生死未卜，連鎮南元帥這樣的超級大官都投降了楚國，我們歸順楚國，也沒有什麼丟人的吧？

可以說，蕭如舊苦心營造的全民皆兵的形勢幾乎在一夜之間瓦解，前往秦州的路上，九個郡城的蕭國軍隊不是聞風而逃就是出城五十里請降，只有魯魯崞爾的守將莫如降象徵性地對朱富的前鋒部隊抵抗了幾下，隨後聽說李無憂大軍已至五十丈外，頓時嚇得屁滾尿流，忙讓手下擬降書，惶急之下卻找不到紙，靈機一動，將自己內褲脫下撕開，揮筆而就：

楚王天命所歸，李無憂元帥天降神人，天下莫能與抗，在下卑賤之人，不願因個人死節虛名而讓一城生靈隨之塗炭，今特以吾至關緊要之物奉上，以顯歸誠之意也！

李無憂初時不解此爲何物，最後見那內褲上猶自黃斑點點，想起「至關緊要」四字，頓時失笑，傳閱眾將，皆是狂笑不止。

經此一役，莫如降內褲將軍之名鵲起，「奉褲而降，至關緊要」八字也隨之傳遍天下，乃時人噴飯必備。

不兩日，李無憂橫掃九郡，兵鋒逼近秦州。秦、夢兩州成犄角之勢，破任意一城即刻直撲雲州。

得耶律楚材歸降之後，沿途收復投誠蕭軍，李無憂此時兵力已達十五萬，因有義勇加入，夢州兵力已達十萬，而秦州更甚，已達二十萬，但他卻捨夢州而直取秦州，兩城守將大驚之時，他兵至城下卻大膽分兵圍城，偏又圍而不攻，秦州守將秦夢大喜，當夜出兵東門，卻被李無憂迎頭痛擊，損失達五萬之重，當即龜縮再不敢出。

一面按兵不動，李無憂一面令細作對天州散布消息，說自己將暗渡陳倉襲擊天州，天州守將呼延斬神頗有謀略，當即主動出擊，領兵試圖以奇兵姿態與秦州秦夢一起裏應外合將李無憂擊潰，卻不想正中李無憂圍城打援之計，天州軍幾乎全軍覆沒，呼延斬神無奈歸降。

次日大雨傾盆，李無憂以無上法術引動天雷，狂轟秦州，蕭人大恐，秦夢率三軍出城投降，讓李無憂不動一兵一卒便拿下這雲州南面最後一座堅城。時人有詩譏云：「十五萬人齊解甲，全無一人是男兒。」

同日陳過破曠州，屠城，蕭人大恐，秋無傷無奈退守雲州，陳國兵鋒逼至雲州城下。

大荒三八六五年七月三十，潼關戰後剛剛半月，蕭國南線和北線俱已全數失守，陳楚兩國同日逼至雲州城下，唯有東面的葉無鋒卻以不足五萬兵馬將西琦國主賀蘭凝霜三十萬

大軍拒之龍騰關外，引得天下側目。

三十日黃昏，秦州議事廳。

在耶律楚材和呼延斬神的協助下，寒士倫已將蕭國降兵的善後工作處理完畢，正有條不紊地向李無憂彙報共有多少人被除甲還鄉，又有多少人被暫時留下，撥歸耶律呼延二人管理。

末了，寒士倫皺眉道：「元帥，您爲示仁慈，不接受我將這些人屠城坑埋以震懾雲州的意見，屬下可以理解，讓這些人除甲還鄉也不失爲一個好辦法，但讓耶律楚材和呼延斬神各領了五萬精兵，萬一二人稍有不臣之心，這任何一支力量將來都是絕對的威脅，您看是不是再斟酌一下？」

自上次被李無憂輕輕警告過後，寒士倫對他是越來越恭敬，雖知此是必然，但李無憂一時還是不能習慣，聽他張口閉口的「您」禁不住微微皺眉，這個情形落在寒士倫眼裏，只道李無憂怪自己多嘴，忍不住嚇了一跳。

李無憂看在眼裏，失笑之餘，心頭也是一陣感慨。

自北伐以來，自己百戰百勝，無敵之名轟傳天下，而不自覺間自己的威勢與日俱增，此時舉手投足間，盡皆是霸氣凜然，人莫敢抗，自知除開積威，亦是自己功力日漸猛增，玄心大法已然練至天心地心的極境不自覺地流露所致。軍中將領，除開例外幾人，對自己也都視若神明，敬佩之外卻已然多了幾分畏懼，雖不知道這究竟是好是壞，但那種感覺有時候讓人確實不是很舒服。

李無憂正想說點什麼，忽聽廳外秦鳳雛的聲音響起：「啓稟元帥，朝廷有欽差到來。」

李無憂與寒士倫面面相覷，朝廷怎麼會在這個時候派人來？微微一愣後，李無憂道：「快請！」

隨即，秦鳳雛便陪著一名陌生的太監走了進來，旁邊還有愁眉不展的張承宗。李無憂隱有不好預感。

那太監進屋之後，當即大聲道：「李無憂接旨！」

「臣接旨！」李寒二人忙跪下。

「奉天承運，皇帝詔曰：無憂公李無憂自受命主持西北軍情以來，兩敗蕭如故，收復國土，合縱連橫，令陳西兩國倒戈，剿滅馬大刀之亂，北伐以來更是百戰不殆，開疆拓土，敵寇見軍旗而旋走，荒人聞楚名而起敬，實蓋世之功也！然利器不可久挫其鋒，將軍不可久勞無息，今蕭人既退，朕特晉卿爲無憂王，手下將領皆連升三級，按例賞賜。卿自接旨之日起，即率無憂軍屯於憑欄，之後自回航州敘功。北伐事宜俱交與張承宗，欽此！」

「什麼？」饒是以李無憂和寒士倫的冷靜，也是同時失聲。領軍回憑欄關，然後回京領功，楚問的腦袋是不是出了毛病？

那太監六十出頭，也許是因爲常年見人就弓腰的緣故，生得雖然眉清目秀，看來卻很有些猥瑣，此時聽到二人驚呼，卻頓時不再裝腔作勢，眉開眼笑起來，將詔書遞過，尖聲尖氣道：「王爺，短短數月，您就白衣封王，皇上對您的恩寵真可謂前無古人，想必也很難再有來者，真是羨煞旁人！回到京師，可別忘照顧一下小人啊！」

李無憂迅疾恢復如常，一把接過詔書，手裏暗自塞了一把珠玉過去，笑道：「公公這是說哪裏話來？小王還得公公多多提攜才是啊！」暗朝秦鳳雛使了個眼色，大聲道：「鳳雛，送公公下去，好酒好菜地招待著，若有絲毫怠慢，小心腦袋。」

太監喜不自禁，千恩萬謝，隨著秦鳳雛下去了。

廳中沉靜下來。

李無憂望著張承宗，灑然笑道：「恭喜你了，老傢伙，兩百年來第一次攻破雲州的人非你莫屬了。」

張承宗苦笑道：「無憂，你又何必取笑老夫？我軍能有今日的局面，誰不知道是你的功勞？我若此時接手，還不被軍中兄弟罵死？我剛剛打到牧馬關下，卻被黃公公以聖旨爲威脅，死拉硬拽過來。這不，正要找你商量這件事呢！」

李無憂卻露出一個我怕怕的表情，連忙擺手道：「現在全是你的事，和我可是絲毫沒有關係的了！偷得浮生半日閒，老子這一陣可是忙壞了，早想放個大假去處理一些私事，你要抗旨可別找我。」

聽他一句話就將自己沒說出的話全給封死，張承宗只好苦笑。

寒士倫沉吟道：「元帥，屬下覺得這道聖旨有些蹊蹺。您戰功赫赫，我軍又士氣正盛，皇上英明果斷，斷不會做出臨陣換帥這樣自毀長城的事……張元帥，在下絕沒有半絲看不起你的意思……」

「我明白！」張承宗苦笑著擺了擺手，示意他繼續。

寒士倫續道：「元帥，近半月以來，我們捷報頻傳，朝廷傳過來的旨意除開嘉勉之外，都說讓你自己做主，而軍師二十四日才攻下雅州，但今日的聖旨上卻已將『剿滅馬大刀』列入功勞簿上，飛鴿傳書耗去三日，從京城到這裏，千里馬也要七日，加起來便是十日之久……屬下懷疑這是蕭人的奸計！」

這話不無道理，張李二人聞之倏然變色，同時盯到那聖旨上。

但過了片刻，李無憂卻啞然失笑，道：「聖旨上的字跡絕對是皇上的，而通過墨蹟看來，也卻在半月之前，正是我們攻下鵬羽城的日子。至於『剿滅』二字，我想那不過是皇上用詞習慣罷了，我們讓馬大刀歸順朝廷，也稱得上剿滅的！寒先生你多慮……」

正說到這裏，門口秦鳳雛走了進來，見張承宗在旁，微微遲疑，見李無憂輕輕擺擺手，才道：「稟報元帥，屬下剛才暗自觀察，發現欽差大人官話流利，對航州、大內耳熟能詳，居航州至少五年。另經試探，確認除非他功力已達元帥級數，否則應不會武術。另外，臉上頗有風塵之色，臀部微翹，該是長途行車之兆。初步可以肯定應該是欽差！」

李無憂道：「寒先生，你聽見了？這欽差應該是真的了！」

「元帥這是心灰意冷了！」寒士倫暗自嘆了口氣，望向張承宗，後者微微皺眉，卻還是道：「無憂啊，聖上之所以下旨讓你回師，多半是因爲當時你剛剛與蕭如故大戰完畢，聽說你收復憑欄、梧州後又連克數城，是怕你兵力不足，太過急進而招致敗績，乃是一番憐惜你的意思。要老夫代你，也是看重我守城上稍有經驗，希望取守勢罷了。只是聖上雖然英明，人卻遠在幾千里之外，下旨之時自然無法將這邊的情形悉數洞悉，而你與陳西兩國的盟約那個時候也還未到京城呢！正所謂『將在外，君令有所不受』，若你此時不抗旨，將來皇上知道了，免不得要責罰你的！」

李無憂一拍腦袋，道：「笨！老子怎麼就沒想到呢？」

張承宗、秦鳳雛都是一笑，雖然沒說什麼，卻一切盡在不言中。以李無憂的才智自然不會想不到這點，只是關心則亂，他話看似說得灑脫，其實心裏對楚問的決定不滿，心中甚是憤懣，一時自然沒有注意到這一點。

只有寒士倫卻更加擔憂，元帥不過在裝傻罷了，現在臨時改變主意，不過是希望自己能夠以攻下雲州這個勝利結束自己輝煌的軍旅生涯罷了！

次日凌晨，那太監黃公公即來催李無憂班師，卻見軍中厲兵秣馬，一派準備出征雲州的跡象，黃公公頓時慌了神，又急又恐，道：「王爺，皇上的旨意是讓您立刻班師，你這是要抗旨不遵嗎？」

李無憂笑道：「公公少安毋躁，你也看到了，本王這就要打下雲州了，若此時班師，便前功盡棄，將在外，君令有所不受，本王這也是臨機而斷啊，望公公這就返朝回覆聖上，說本王打下雲州，即刻回朝請罪！來人啊，送欽差大人上路！」

唐鬼和朱富便帶著一隊士兵抬轎應聲過來，唐鬼有氣無力道：「欽差大人，請上轎吧！」

「李無憂，你……」黃公公失色，隨即嘴角卻露出一絲無奈，自懷中掏出一樣東西，尖聲道：「李無憂，你看這是什麼？」

「金牌令箭！」李無憂不禁吃了一驚。這金牌令箭向不輕出，楚問除聖旨之外，居然還賜了這太監一面金牌，讓自己班師顯然是決心甚大了。

見李無憂無語，黃太監頓時趾高氣揚，但隨即卻似想起什麼，神情緩和，柔聲勸道：「王爺啊，皇上的決心你也看到了，無論有什麼理由，你回朝再與他說，若是耽誤了行程，小臣可是擔當不起啊！」

李無憂眼珠一轉，一指封了黃太監的啞穴，對唐鬼、朱富道：「帶欽差大人下去好好招待，若是大人身上少了一根頭髮或者多了一粒灰塵，唯你二人是問！」

唐鬼還沒反應過來，朱富已大喜道：「元帥放心，末將一定讓您滿意！」說時半推半拉地將黃太監強行帶走，可憐後者眼睛裏幾乎沒噴出火來，偏偏半個字也嚷不出來。

次日清晨，下了三日夜的大雨終於停了，李無憂大喜，正準備整軍進發雲州，忽見秦鳳雛一臉擔憂進來稟報道：「元帥，朝廷的欽差求見！」

「那老太監找老子除了哭著要我班師，說些晚回了自己性命不保的廢話，還能有什麼好事?不見不見！」

「不是黃公公，是朱公公！」

「老豬?你是說皇上將他的貼身太監派了來?」

「正是如此！來人直接就亮出金牌和聖旨朝大廳闖，軍中兄弟幾乎無人敢擋，多虧了寒先生叫唐鬼兄弟拿刀抵著，不然已經衝進來了！」

「哈哈！」想起唐鬼這個不識天高地厚的莽夫提著大砍刀怒目相向，一向養尊處優的豬太監必然嚇得半死，多半還要屁滾尿流，李無憂頓時放聲大笑，末了道：「他說什麼來著?」

「與黃公公一般無二，只是口氣更加嚴厲些！」李無憂揚揚眉，一臉壞笑：「我昨日忽然身患重病，昏迷不醒……嘿嘿，你知道該怎麼做的了?」

「末將明白！」秦鳳雛心領神會地點頭，也是一臉壞笑地退下，而此時，可憐十丈之外的楚問身邊第一紅人豬太監莫名其妙地打了個冷戰，盞茶工夫之後，便被唐鬼請去與黃太監做伴了。

但麻煩並未因此而斷，豬太監剛下去不久，剛停了半日的雨又傾盆而下，而且下了一

天卻沒半點要停的意思，只氣得李無憂恨恨不已，幾乎沒將兩位太監大人的祖宗十八代都問候了個遍，末了甚至不忘詛咒這些傢伙生兒子沒屁眼。

一邊的唐鬼極其不識相地指出：「作爲身體有缺陷人士，兩位欽差大人能否生出兒子已是值得商榷，至於有沒有屁眼，是不是該舉行一個專門的學術研討會詳細研究一下呢？」

李無憂氣極反笑：「那我們現在就開這個會好不好？」

再沒想到自己的提議會受到如此重視，唐鬼咧開大嘴，忙不迭地點頭。

當即李無憂便派人去請來了兩位欽差大人，這兩人在「不得少了一根頭髮或者多了一粒灰塵」的嚴密保護下，已經無聊到爆，見到李無憂都是怒氣沖天。

李無憂忙賠不是，好酒好菜地招呼，最後誠摯道：「要本王跟你們回京城也不是不行，但請求兩人一定要看在我的面子上，先幫一個小忙！」

兩人一聽完成聖旨有望，當即沒口子地答應。

「我們這位唐鬼兄弟呢，很是羨慕兩位在宮中的悠閒生活，每日都纏著我能不能送他進宮去見識見識。我想呢，兩位能否現在先給他做個身體某部分切割手術，並順便和他探討一下此後他生兒子有屁眼的機率問題，不知二位以爲……」

「哇！」李無憂尚未說完，已嚇得臉色慘白的唐鬼哭出聲來。最後好歹有朱富來說情，李無憂才罰他去偷若蝶的肚兜，順理成章地被後者扁成一個豬頭才算罷休。

只是因爲這次事件，此後朱富和唐鬼的關係卻更加的深厚，甚至有一次朱富說騍子可以增加生產，唐鬼立刻附和，並當即陳列出九條理由來佐證，軍中嘆爲觀止。

懲治唐鬼之後，李無憂鬱悶的心情非但沒有得到半點緩解，反而又延續了六天。因爲自豬太監之後，楚問又連續派了六位欽差帶著聖旨和金牌來催他班師。

這些人的官職逐日遞增，其中三名侍郎，兩位尚書，朝中三黨每一黨的人都有，但無一例外地都是楚問信任的重臣，讓李無憂更加摸不清動向。

到第六天的早上，來的人赫然是楚問的親弟弟淮南王楚九歌。

李無憂此刻已是騎虎難下，也管不得他是誰，當即按循舊例，將這八人也給一起關了。

只是到八月初六，天空剛剛放晴的這一日，楚問卻派來了第九位欽差，帶來了第九面金牌，而這個人卻是李無憂不能動的。

大荒三八六五年八月初六，豔陽高照，萬里無雲。

「立秋，不宜祭祀，忌破土，利遠行。」清晨的時候，李無憂看著黃曆頗生感慨，「一葉落而天下知秋，這還一片黃葉都沒見呢，卻已經立秋了。小思若蝶啊，咱們的事是不是該辦一辦了？」

「什麼事？」二女明顯一愣。

「都這個時候了，還裝什麼裝嘛？你們倆對公子我芳心暗許，若蝶每天晚上至少叫我的名字千遍，而昨天晚上，我還在院中聽見小思在向創世神祈禱能嫁給我呢，大家都自己人了，你們還害什麼羞啊？」

對於這無恥賤人，若蝶只是淡然一笑，唐思卻作勢拔劍，佯怒道：「公子，你若再胡說，休怪唐思無禮！」

「什麼胡說？這兩情相悅，可是天下最正經不過的事了！小思你這孩子什麼都好，就是太容易害羞。呵呵，你也別瞪我。好，你要真的敢說『我唐思不喜歡李無憂』，那我就什麼也不說了。」

「好。我唐思不、不……」唐思本以爲自己會講得很順口，但話到嘴邊，卻怎麼也不能朝下說了，見若蝶似笑非笑地望來，頓時羞紅了臉，作勢欲打，拳頭落到若蝶身上，卻沒了力氣。

是啊，李無憂這樣的少年，本來生得便英俊無匹，更兼妙語連珠，極會討人歡心，武術又高，年紀輕輕的，見識便已遠遠超過一些老江湖，行事灑脫中略帶幾分邪氣，卻肯有擔待，權勢極大，而本身似乎又有永遠也花不光的錢，哪個少女會不希望有這樣一個集上蒼萬千寵愛於一身的少年給自己畫眉？雖然唯一美中不足的是此人有些風流，但在這個女多男少的亂世，又有幾個成功男人能只有一妻？

唐思是殺手，是名奇女子不錯，但卻是位花樣年華的少女，與這樣的男子朝夕相處，能不動情那才是怪事。

若蝶淡然自若，唐思嬌羞無限，落在李無憂眼裏卻一般風情萬種，這讓他本就不錯的心情更加靚麗，看了看天上的浮雲，望著二女，他輕聲道：「我打算打下雲州之後，就真的如楚老兒所願，放了兵權，帶你們去找秋兒、小蘭和阿碧她們，咱們把婚事給辦了，免得夜長夢多！你們看如何？」

若蝶雖然名義上是李無憂的婢女，卻只當他是千年前的情人，只盼能一直守在李無憂身邊，至於名分這些可有可無的東西，她是沒有什麼想法的，只是笑道：「這數十萬大軍，遠大前程，你當真就那麼輕易地捨了？」

「遠大前程？」李無憂微微一笑，神情間卻約略有些落寞，「我這還沒攻下雲州呢，

楚問就坐不住了。我若真的拿下雲州，再順勢取了大都什麼的，還有命安享餘生嗎？這自古以來，再英明的皇上都深怕屬下功高蓋主，楚問也不能免俗。更何況朝廷中那些人，打仗不行，給你添亂卻是一把好手。這樣的日子，再威風，過著也無甚趣味。八道金牌，嘿嘿，賣了都能換多少好酒了，虧他捨得！」

若蝶點了點頭，忽道：「眼看大荒統一便在你手下，你若此時放手，這大荒戰亂的結束更不知道何時能結束了！你當真能眼睜睜看那萬千百姓受苦而無動於衷？」

「呵呵，若蝶，別人不瞭解我，你還不瞭解我嗎？李無憂從來就是一個胸無大志的小人，我是不會擁兵自立的。爭霸天下，拯救蒼生，說說還行，做來卻未免太累，傻子才會去做呢！再退一步說了，即便我不在，楚國實力雄厚，又從來就不缺良將，蕭國既滅，其餘五國也早晚會歸一統，我需要操勞什子的心哦？還是抱著美女遊山玩水來得自在，哇哈哈！」

見祿山之爪伸來，若蝶忙自躲開，唐思卻一直矜持地想著什麼，此時忽地一把撥開他的手，笑道：「三十萬兩說好是買個三年保鏢的，這樣一來我要保護你一輩子，豈不是虧了？」

「笨丫頭，你才反應過來啊！」李無憂哈哈大笑。唐思嬌嗔起來，作勢欲打，李無憂忙耍無賴，反去親唐思的臉，反搞得她慌忙躲避，只惹得若蝶也不禁笑了起來。

正自其樂融融，忽聽門外腳步聲響，三人才止了喧鬧，讓那人進來。

秦鳳雛走進來道：「元帥，皇上的第九位欽差大人到了。你看……」

「第九？」李無憂微微有了些不滿，「就算是再來九個我也是一般說法，你按舊例辦好，通知大軍起程！」

「這次怕是不能按舊例辦了！」秦鳳雛卻皺了皺眉，「這次來的人……是靖王，而且隨行的還有二十五萬兵馬！」

「什麼？」李無憂吃了一驚。

來的人確然是靖王，而所帶二十五萬兵馬，其中十五萬是張承宗留在牧馬關外的斷州軍，而另外十萬卻是王天的孫子王維統領的柳州軍。

此時靖王正將兵馬駐紮在秦州城外十里，讓李無憂帶領百夫長以上將領前往聽旨。

見李無憂眼光看來，秦鳳雛忙跪下道：「屬下無能。只是連日大雨，靖王是取道蒼瀾河而來，偵察難度極高，而他身分特殊，我軍大部的情報系統都是建立在霄泉基礎之上的，他若從軍中由上至下的封鎖消息，屬下也確實無能為力。」

李無憂點了點頭，看來鳳舞軍的建設還是遲了些，靖王北來的消息也就罷了，居然連

王維大軍北上的消息都沒有偵察到，可算是廢物至極了。

不過換一個想法，這也說明這個王維確也有領兵之能了。可惜自己對金風玉露樓的掌握一直抱著一絲自己也奇怪的排斥情緒，一切都交給了蘇容，不然倒也可以彌補這個不足。

唉，情報啊情報，大軍的命脈啊！但這些念頭都只是在他腦中轉了轉，口中卻寬慰道：「鳳雛，這不關你的事，你不必自責。好了，你去通知大家準備……嗯，順便叫寒先生也一起去！我們這就去會會這第九位欽差！」

秦鳳雛似乎想說什麼，但最後碰到李無憂堅定的眼光，卻什麼也沒說，轉身而去。

唐思和若蝶雖然是李無憂的親兵，卻因身分所差，又是女流，不能列席。

若蝶擔心道：「公子，我今天總覺得心神不寧，你要多加小心。」

李無憂看了二女一眼，笑道：「你公子我神功蓋世，當世無敵，怕過誰來？再說，老子還沒娶你們倆過門，又怎麼捨得出事呢？」

見二女依舊滿臉擔憂，復笑道：「放心吧，大不了我不幹這元帥就是了。」

王維的行營設在秦州十里之外，一片依山傍水的平原上。陽光明媚，空氣清新，若非營外二十五萬弓刀的寒光殺氣直透九重天，倒是一處度假的好所在。

靖王特意將前面八位欽差和全無憂軍百夫長以上的將領都集中到王維的帥帳中，來聽他宣布聖旨，同席的還有兩百多名柳州軍的精英，而斷州軍方面則只有張承宗一人列席。

三百多人直擠到一個十丈方圓的帳篷裏，看來擁擠，卻也井然有序，層次分明。這讓李無憂佩服王維的帶兵技巧的同時，也是暗自警惕，後悔不該墨守成規，而沒將唐思和若蝶帶來。

多日不見，楚國九皇子靖王風采更勝往昔。長髮披肩，笑容如舊，只是往昔如女子的臉因爲長途奔波而顯得微微黑了些，不過也因此顯得更加氣度凝重，威嚴大增。

靖王身邊共有九人，李無憂一眼掃過，人人皆是高手，但其中引起他注意的卻只有兩人。其中一人是名少年，生得臉黑如墨，但眉宇間英氣逼人。另一名卻是個峨冠博帶的白髮老者。

當他目光落到那少年身上時，他腦中頓時閃出一個念頭：這個人，絕對是個高手！而當他眼光落到老者身上時，在高手前面加上了「深不可測」四個字。

如果說這少年就如一柄出鞘的利劍，鋒芒逼人，那這老者便如劍在鞘中，看來半絲寒氣也無，但你怎也不知道他到底何時會出鞘傷人。

似乎看出了李無憂的疑慮，靖王當即撇開其餘七人，熱情地向李無憂介紹了這兩個

人。

那少年正是將門之後，軍神王天的孫子，現任柳州軍的統帥，年僅十六歲的王維。至於那老人，卻只是靖王手下的一名謀士，喚作牧先生。

王維表情淡漠，雖然李無憂連道久仰，卻也只是微微笑了笑，似乎因為出身兵法世家的緣故，對李無憂這個用兵大家當世的風雲人物並不是十分熱心。反是牧先生對李無憂甚是感興趣，談鋒極健，不幾下居然和李無憂混得熟絡起來，大有相見恨晚的意思，只是聽到靖王要點名宣布聖旨，卻頓時拘謹得如一個老學究，大氣也不再喘一下。

聖旨的內容一開始和前面八道聖旨並無不同，只是暫代李無憂主持前線軍務的人卻從張承宗變作了靖王，張承宗則只能負責輔助，不能干涉靖王的命令。另外聖旨中還說已經封靖王為太子，見太子如見皇帝本人，請諸將多多協助。

做了太子的靖王果然成熟了很多，對於李無憂的態度也完全不像以前那麼傲慢，宣讀完聖旨，不忘謙遜道：

「說到領軍打仗，李元帥更勝孤十倍，其實父皇的本意是希望讓我這樣溫室裏長大的花朵能來和元帥多多學習一下，不過太師認為元帥勞苦功高，早應該放假休息休息，而司馬丞相也認為有這樣英明神武的統帥在一旁，不能發揮鍛鍊孤的作用，這才聯名上書請父皇放了元帥的假。希望元帥和諸位將軍莫要誤會了父皇的一番美意！」

說到這裏，他語聲陡然一高，「來人啊，給我上御酒！」當即有一隊士兵端上來十罈美酒，給在場百餘人每人斟了一碗，無憂軍將士眾人自寒士倫、趙虎、張龍、秦鳳雛、玉蝴蝶以下，都是呆住，齊齊望向李無憂。

靖王親自端了兩碗酒，遞了一碗給李無憂，笑道：「李元帥請滿飲！」

李無憂接過碗，卻沒有立刻喝，只是盯著靖王，低聲道：「太子如此做，就不怕寒了將士們的心？」

靖王卻一臉微笑，輕聲道：「李元帥怎麼如此糊塗，只要我打下雲州，滅了蕭如故兄弟，我就是民族英雄，誰還記得閣下是誰？」

李無憂也笑：「將在外，君令有所不受。我若拒不受命呢？」

靖王笑得更迷人：「那我當場就將你格殺了！」

「嘿，我不過隨便開個玩笑，太子別當真了！」

「呵呵，我也只是隨便說說，元帥別介意！」

兩個惡棍同時大笑起來，舉碗狠狠一撞，一飲而盡。

見此張承宗長長吐了口氣，笑道：「這是宮廷御酒，老夫活了這麼大歲數，也不過喝

過三次。大夥快請啊，遲了可就沒了！」

趙虎和張龍本是張承宗麾下的人，不好不給面子，當即帶頭乾了，其餘眾將看了看李無憂，見他並無表示，也依樣學樣喝了起來。

「噗！」唐鬼剛喝了一口，猛地噴了出來，大罵道：「這是勞什子御酒，怎麼像兌了水的二鍋頭？」

此言一出，眾皆色變。

靖王大喝道：「哪個妄人胡言亂語？給我拉下去砍了！」

王維微微一抬手，五名甲士拔劍朝唐鬼湧上。

「誰也不許動！」李無憂忙運功喝道。

他在楚軍中幾等於神話人物，聽他如此說，甲士們頓時止步。

靖王冷冷一笑，自懷裏掏出一面金牌，大聲道：「本太子是欽差！有先斬後奏之權，你們還不動手？」

甲士們一呆之際，王維已然拔劍朝唐鬼直斬而去。

劍光如虹，快若電奔，唐鬼舉刀去封，王維身法已然一轉，讓過刀鋒，變作自唐鬼身後刺來，一側張龍趙虎想要上前援救，卻已不及。

眼見唐鬼便要血濺當場，王維只覺眼前一花，刺出的長劍卻再難進分毫，定睛看時，劍尖已被李無憂兩指夾住。

「拈花指！」王維大驚，運勁去奪。

「啪」的一聲脆響，長劍頓時斷作兩節，王維只覺劍上一陣大力湧來，整個人被迫後退三尺，但去勢兀自不止，忙一個倒翻才定下身來，將斷劍一擲，欽服道：「李元帥果然高明，王維佩服！」

兩人雖只出了一招，卻如雲起雲落，勝者固然瀟灑淡定，敗者卻也灑脫磊落。場中眾人都是暗自喝了聲彩。

「李無憂，連太子的命令你也敢違抗，你反了不成？」豬太監尖聲叫了起來。這幾日來他一直被李無憂軟禁起來，對李無憂抱怨甚深，此時終於借機落井下石，說罷冷冷瞪向其餘七位欽差，餘者都是色變。

須知豬太監是楚問身邊的紅人，他如此一說，便等於與李無憂決裂，看向其餘諸人，要諸人表明心跡的用意再也明顯不過。

楚九歌猛一咬牙，亦附和道：「李無憂，你想造反嗎？」

其餘六位欽差除開黃公公，猶豫之後都是隨聲附和。造反這個罪名一旦坐實，可是有

株連的，無憂軍眾人都是大驚，手不由自主地摸向了兵刃。

王維手下諸將和親兵也是一驚，紛紛劍拔弩張。

靖王指著唐鬼，對李無憂道：「李元帥，我勸你還是莫要衝動，不然你非但救不了他，連累了你手下其他人，可就不值了！」

無憂軍眾人齊齊望向了李無憂，後者望了望唐鬼，默然無語，五名甲士便朝唐鬼走去。

正當無憂軍眾人黯然失色之際，李無憂忽然拿出一柄綠玉小劍，運功喝道：「皇上御賜短劍在此，便是欽差也斬得，誰敢亂動？」

「碧玉短劍！」八名欽差同時一驚，齊聲對五名甲士喝道：「不要亂動！」

五名甲士頓時呆在當場。

無憂軍眾人皆是大喜，除開唐鬼在軍中人緣極佳，眾人皆不想他死外，他此時的生死還牽涉到一個面子問題，若是唐鬼就這麼被靖王殺了，那以後李無憂怕也難以向士兵們交代，見他拿出傳說中權柄甚至超過了御賜金牌並且從不輕易賜下的碧玉短劍，都是暗自鬆了口氣。

有人歡喜有人憂。八名欽差除開黃公公面無表情外，其餘諸人皆是惶恐不安，暗自痛罵豬太監將自己帶入了死地，而豬太監自己則是懊悔不已，思忖該如何做，才能化解和李無憂的仇怨。

靖王也是氣勢爲之一滯，這種碧玉短劍連他自己也沒有，想不到父皇居然賜給了李無憂，而他此時也終於明白李無憂爲何敢連抗八道金牌不遵了。但此時當著八位欽差的面發生這種事，他已是騎虎難下，若不將唐鬼拿下，他必然顏面掃地，今後怕也無臉指揮軍隊了。

轉念至此，他目光射向了那牧先生。

牧先生忽然朗笑一聲，道：「李元帥，傳說這碧玉短劍乃是代表我朝無上權柄，便是欽差也斬得，只怕在座諸位和區區在下一樣誰也沒有見過，我們安知其真假？」

眾人聞之皆是一驚，心爲之一懸。

李無憂尚未說話，寒士倫已然接道：「牧先生此言差矣！既然碧玉短劍代表朝廷至高權柄，我家元帥又豈敢假冒？在座諸位欽差皆是朝廷重臣，難道他就不怕將來回朝時候被皇上知道了誅殺九族嗎？」

此言大大的有理，眾人剛剛被牧先生提起的心全又都放下。

誰知牧先生卻搖了搖頭，道：「李元帥連拒八道金牌聖旨，現在太子都不放在眼裏，安知沒有反意？若是如此，僞造一柄碧玉劍又有何不敢的？」

第四章　劍神傳人

此言一出，營中空氣彷彿一下子悶了起來，眾人剛放下的心重又提到了嗓子眼上。場中眾人雖然各自打算，卻均是劍拔弩張，一觸即發。

張龍和趙虎雖然此際已然是無憂軍主要將領，卻一直是在張承宗的關照下成長起來，後者一旦在場，二人就不由自主地看向了他。張承宗卻向二人微微搖頭，目光瞟向外面。

二人這才想起此刻營中雖然有百名以上的無憂軍精英，但卻也有兩倍數目的柳州軍將領，營外駐紮的全是柳州軍，一旦打起來，吃虧的卻是自己。

李無憂笑道：「僞造碧玉劍這樣的聖物，可是株連九族的大罪，牧先生未免太看得起在下了。」

話一出口，他心頭卻是一顫，當日楚問交碧玉劍給自己，可說是顯示他對我的信任，卻沒有想到，一旦他想要對付老子，只需說這柄劍是假的，那便是滔天大罪，連自己的部下也可一併剷除了。

牧先生淡淡道：「別人不敢，但你李大人法力通神，又手握重兵，心懷異志，不過尋常事爾！」

寒士倫冷笑道：「牧先生這麼說，是存心要誣衊我家元帥謀反了？」

「謀反」二字一出，營中氣氛頓時大緊，兵刃寒光大盛，雙方人馬各自對視，稍微一個火星濺起，怕立刻就要引起大爆炸。

李無憂暗自罵了聲娘，寒士倫這等人物居然也有說錯話的時候。一個不好，一場兵變卻是再也避免不了的了，他望了望營中，自他以下，除開柳隨風和吳明鏡，無憂軍幾乎所有的精英都在這裏了，一旦打起來，怕是除開自己外都要葬身於此，到時候即便「誤會」能解釋清楚，無憂軍也名存實亡了。

忽聽黃公公笑道：「大家何必爲一點誤會傷了和氣呢？微臣在宮裏也很有些年頭了，不巧正好見過碧玉劍，太子、王爺，二位若是信得過微臣，何妨將短劍交與微臣鑒別一下，真假立知？」

「你？」雙方的人同時一呆。

雖然明知黃公公這是要緩和氣氛，但要自己將這局勢變更之權，讓給這樣一個忽然冒出的人身上，一時誰也不願。

沉吟片刻，靖王忽問豬太監道：「朱公公，傳說黃公公在宮中的資歷比你還老，不知真假如何？」

豬太監尷尬道：「回太子爺的話，事實確實如此，微臣入宮那年，黃公公已在宮中待了七八年了，算是臣的老前輩了！」

靖王點頭，轉頭問李無憂：「李元帥，孤已決定這碧玉劍由黃公公辨認，你意下如何？」

「元帥……」寒士倫和趙虎等人想說什麼，李無憂揮揮手，道：「那好，這就請黃公公鑒別一下好了！」

既然眼前僵局已成，己方勢危之下，有人願意來打破僵局，於他自然有利無害。黃公公鄭而重之地自李無憂手上接過，瞇縫著一雙濁黃的老眼，細細分辨起來。

營中眾人均知他一言可決場中諸人生死，都是大氣不敢出，凝神靜氣，雙眼死死盯著他一舉一動。

良久之後，黃公公微微點頭，走到靖王身邊，道：「太子，這柄玉劍，果是選玉門古玉所成，做工精細，鈍而無鋒，通體碧透，而劍柄尾部所篆『天下』兩字更是一筆劃成，果然便是高祖皇帝昔年所製三柄碧玉短劍中的第一柄。」

「呼！」除開靖王一臉失望，所有的人同時鬆了口氣。

黃公公手捧雙劍，恭敬地走回李無憂身旁跪下，雙手托劍遞了上去。

李無憂也是暗自鬆了口氣，卻不取劍，裝出一副謙恭模樣，彎腰攙扶黃公公，道：「黃公公請起！」

黃公公站起，李無憂這才伸右手取劍。指尖剛一觸到劍柄，猛地一顫，一道洶湧澎湃的巨力已然自劍柄湧了過來，右半邊身子迅即麻痹。尚未反應過來，身前身後已然有一熱一寒兩道細如針流的勁風射來。

身體麻了半邊，無論如何已是躲避不開，李無憂無奈下將左腳一轉，身體側開半邊，左手掐了個玄宗天雷訣朝身後那人轟去，同時丹田元氣按浩然正氣心法運轉至左邊身子。

「啪！」「轟！」電光火石間，兩聲大響，營中眾人幾乎都是身不由己地被撞出營外，霎時半數以上的人不能動彈，而建營的十根兒臂粗細的楠木棒從中而斷，帆布帳篷被強大的勁氣炸得碎裂成巴掌大的一塊一塊，飛上高空。

如綠蝴蝶般飛舞的帆布之下，趙虎王維等有限幾人看去，三條快如電光的人影正在錯影過招，其中兩人正是李無憂、牧先生，而另外一人，卻竟是黃公公！

「臭蟲，幫忙！」趙虎朝張龍叫了一聲，二人拔刀便要撲上去。

一旁的寒士倫忙低呼道：「不要輕舉妄動，他們早有準備！」

話音未落，王維營中士兵已然潮水般擁了上來，萬餘弓箭，層層疊疊將僥倖未死的無憂軍眾人圍在中央，而在此圈之外，尚有二十多萬大軍，將方圓二十丈圍了個結結實實。

靖王厲聲高呼道：「李無憂假造玉劍，軟禁朝廷欽差，抗旨不遵，欺君罔上，罪惡滔天！幸爲黃公公所識破，有膽敢上前阻撓擒賊者，以附逆論罪，當即誅之，絕不容情！」

炸後未死的八十餘名無憂軍將領同時露出憤憤之色，但望了望面前強弓硬箭，卻敢怒不敢言，一時作聲不得。

忽聽一人大聲道：「哇！天上有個大美女！」

眾人聞聲齊齊向天上望去，豔陽高照，碧空如洗，卻連鳥都沒有一隻。

「啊！」卻聽一聲驚呼，一道身影已然掠過弓箭包圍，朝李無憂三人撲去，身後箭如雨下，但那道身影卻左右搖晃，行蹤飄浮不定，一如鬼魅，那箭紛紛落空。

「浮雲步！」王維驚呼起來。

眾人聞言都是一驚，江湖八大門派之中，浮雲劍派名列第三，其門雖以劍著名，但一套浮雲步卻也獨步江湖，玄奇莫測，只是門下弟子卻罕有練成。此時怎地忽然多了一個精通浮雲步的浮雲門下？

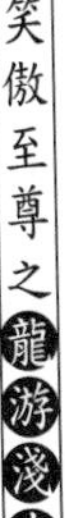

「唐鬼！」片刻之後，無憂軍眾人卻不可思議地大叫起來。

卻見那人雖然身法詭異，依稀卻露了個彎弓背影，手裏正提了一柄七尺長的大劍，不是唐鬼卻又是誰？

「元帥莫怕！神功蓋世宇宙無敵的絕食高手唐鬼來幫你了！」唐鬼人已在李無憂三人丈許之外，當即大喝一聲，舉劍朝牧先生衝去。

「好樣的！阿鬼！」無憂軍眾人頓時歡呼起來。

王維眼見唐鬼已近在咫尺，怕誤傷自己人，當即也令手下停止放箭，箭頭復又全數對準了場中那八十餘無憂軍將領。

「啪！」「哎喲！」忽然兩聲大響傳來，眾人都是大驚，舉目看去，卻是哄笑不止。

卻見巨劍騰空，而方才那位絕食高手卻摔了個狗吃屎。

「我操！」絕食高手翻身坐起，放聲大罵，「這鬼步法到底是不是人走的？老子練了三萬九千六百八十一次了，這最後一步還是會左腳踩到右腳……」

「哎喲！」罵聲未落，絕食高手忽然慘叫起來，「這破劍……」眾人大奇，定睛看去，豔陽下，那柄巨劍落下，無巧不巧地扎在了絕食高手唐鬼先生雪白的屁股上……

眾人狂笑之際，唐鬼撕下一塊長長的衣襟，將屁股草草包紮一下，復抓起巨劍，猛一吸氣，橫劍朝牧先生衝了過去。

「唐鬼回來！」趙虎猛地想起像李無憂這樣的絕頂高手與人交手時，身旁丈內必然是勁氣縱橫，以唐鬼的武功，怕還沒有走到近前便會被震得吐血而亡，當即大叫起來。

但卻已然遲了，一片驚呼詫異聲中，唐鬼赫然已撞進圈內，離牧先生已不過七尺。

此時牧先生和黃公公聯手已與李無憂瞬息間過了百餘招。牧先生赤手空拳，看似使了一路指法，但手指顫動間，卻是劍氣縱橫，顯然是使了一門無形氣劍，迅捷異常。

黃公公手上拿了一柄宮中太監所持的尋常拂塵，舉手投足間，動作拙劣緩慢，旁人看來只如兒戲一般，但身處場中的李無憂卻是叫苦不迭。

先前黃公公對碧玉劍使了個悶雷法，李無憂雖然反應迅速，但依然被炸得左半邊身元氣渙散，黃牧二人乘機偷襲，左半邊身子卻硬接了黃公公一指陰寒勁力，多虧浩然正氣霸道無匹，而侵入體內的至寒勁力被他以斗轉星移之法移到了右手之上，而他右手正掐了個轟雷訣欲與牧先生的至陽掌力硬拚一記，當即陰陽相撞，發生了爆炸，陰差陽錯下，化解了牧黃二人的所有後招，並讓二人不輕不重地受了點傷，只是他自己離爆炸最近，又連遭重創，卻是傷得最重。

此際他雖有無憂劍在手，左手掐訣使出水系法術與牧先生糾纏，右手持劍使出落英

十三劍抵擋黃公公的拂塵，看似平局，但卻是有苦自己知。

左邊，牧先生是以快打快，招式俱已返璞歸真，每一招每一式都絕不拖泥帶水，直指他要害，但很多時候卻只是作了個形，不待接實，又已變招，而勁力卻已透了過來，李無憂天眼打開，窺準破綻，因勢利導地以水系法術的防禦術，將其劍氣一一或化解或吸收或轉移，看似鬥了個旗鼓相當，其實已無反擊之力，但更糟糕的是黃公公的拂塵看似笨拙，招招緩慢，只是其每一拂塵所出，皆是一片無形勁氣，最奇怪的是旁人的勁氣皆是離體之後最多數息便消失，他拂出的勁氣若不經外力破壞，便凝而不散，是以旁人無所覺察，李無憂的天眼卻只看到自己身體右邊已是密密麻麻地布下了無數凝而不散的真氣，而黃公公每一拂塵拂出，周遭真氣便加密加厚一分，他雖用劍氣割碎那些真氣，但不久卻又重新聚合，若非他一直將浩然正氣在肌膚間流轉，早已被壓成粉末了。

饒是如此，那如泰山一般沉重的無形壓力卻已讓他難於呼吸。

這個時候，唐鬼這一劍胡來，竟是立刻攪亂了局勢！

當是時，牧先生正右手五指亂動，劍氣如落風驚雨，咻咻著響，李無憂一面以無憂劍抵住黃公公的拂塵，一面左手掐法訣，使出玄宗獨門法術「莫可與爭」，在左側布下一片緩緩流動的藍色光幕。

這一招取意「水利萬物而不爭，故天下莫能與之爭」，乃是玄宗法術中一個極高的境界，牧先生的漫天劍氣剛一落在光幕上，立時盡數激蕩而回，而這個時候，唐鬼的大劍正好撞向他的後腦，霎時竟是腹背受敵。比之劍氣的犀利，大劍去速雖然不是極快，但卻飄浮不定，劍尖亂顫，讓人無可捉摸去向。

前狼後虎之際，牧先生倏然變色，袍袖一揚，再發出一排劍氣，將回射的劍氣抵消，此時唐鬼的大劍卻已近在背心。

兩軍的人同時叫了起來。下一刻，眾人卻是一片驚呼——唐鬼這一劍疾刺過去，變生肘腋下，牧先生已是避無可避，這一劍卻硬生生刺進牧先生的後背，從胸膛穿了出來！

英雄多死於卑劣，以牧先生的絕頂身手，竟然被唐鬼偷襲而死？

「唐鬼、唐鬼我愛你，就像老鼠愛大米！」無憂軍眾人大聲歡呼。

但他們的開心只持續了一刹那，下一刻，所有的人的眼睛卻瞪得更大，幾是不可置信。被大劍刺中的牧先生忽然整個人一分爲二，生成兩個牧先生，唐鬼收勢不及，連人帶劍從二者之間穿過，撞到一棵大黃木樹上，大樹轟然斷折，而唐鬼眼前金星亂冒，一陣天旋地轉後，軟倒在地！

「分影術！」一直打開天眼對全局洞察無遺的李無憂頓時驚呼起來。

驚異歸驚異，他卻不會放過眼前的制敵良機，騰出一隻手來後，做了一個怪異至極的招式，右手橫劍於肩，左手虛抱，似要洞穿紅塵的金藍兩道亮光，自劍尖和指尖呈波紋狀慢慢發散開來。

黃公公見到這個古怪的招式，頓時露出凝重神色，拂塵路數一變，忽然由極慢變作極快，猛地掃出。

之前被李無憂一劍逼退後，二人此刻相去本有丈許，但這本只有兩尺長的雪白拂塵一出手，雪鬚頓時變黑，暴漲七尺，遮天蔽日，將兩人之間的空隙全數塞滿，而那黑色的拂塵絲近李無憂三寸之外忽然變得根根豎直，一如鋼針林立。

但就在拂塵絲幾乎要掃中李無憂眉心的時候，橫擔於他肩上的長劍忽然有了輕微的一顫！

這彷佛是滄海中的一滴水的變化，落在黃公公眼裏，卻覺得李無憂頓時寶相莊嚴起來，生起玄之又玄的感覺：毫無道理地，他直覺這一顫之後，無論自己的拂塵擊中李無憂與否，他這遙在一丈之外的劍上金光一定會先刺中自己的眉心。

拂塵於即將擊中李無憂眉心的間不容髮時刹那收回。

李無憂不可察覺地笑了一笑，無憂劍舉手朝天，左手一圈一引，呈反抱球狀，猛地朝黃公公遙遙一擊。

黃公公腦中一片空白，大驚失色下，只見藍色的波浪已然應勢衝出，如風捲殘雲一般將自己布置在空中的無形勁力掃得無影無蹤，波浪之後，一團巨大的氣流以排山倒海一般高速衝了過來。

雖然遙在丈外，但黃公公卻覺得那威力沛然莫測的氣團已然近在眉梢，下一刻便絕對會砸中自己腦門，當即一翻身朝丈外落去。但等他人落地，那氣團卻依舊在李無憂左手環抱之中，動也不動。

「是幻術！」黃公公叫了起來，惱怒之下，凌空鶴起，以肉眼難辨的高速猛地朝李無憂俯衝擊下。

但剛衝出三尺，臉色忽地變了，只見眼前一片藍光湛然，自己已陷身一片藍色的海洋，洶湧的浪濤自四面八方擠了過來，霎時竟是進退皆不能夠。

「轟！」一聲巨響，藍色的氣團從天而降，毫無花俏地砸中黃公公的胸膛，後者甚至來不及發出一聲慘叫，已被氣團砸下高空。

氣團落地，泥石亂飛，一聲巨響過後，地上多了個丈許方圓的深坑。所有的人都已呆若木雞！這是怎樣的一招啊！

李無憂傲然站立，面上不動聲色，天眼暗自探視過去，深坑之中，黃公公口吐鮮血，眼珠一翻，已然氣絕。

「擔雪塡井，大道無形！是禪意七劍的擔雪塡井和道詣九式的大道無形！」牧先生忽然驚呼起來。

不錯，這後一式正是玄宗至高武功道詣九式的第一式大道無形，而之前讓黃公公感到玄之又玄的卻是禪林的至高劍法禪意七劍的第三式擔雪塡井。

禪意七劍威力極大，最注重的是對對手精神的影響，擔雪塡井一式更是要讓對手生出自己所作所爲皆是徒勞無功，如擔雪塡井一般愚不可及的錯覺，使劍的人自然可以輕易獲勝。劍法的威力隨著使劍人對佛法的領悟，而威力漸漸加強。從這個意義上說，禪意七劍更似一種注重精神力影響的法術。

只是李無憂自從創出心有千千結心法之後，可以同時將數種武功和法術同時施展，是以當李無憂左手使大道無形右手擺擔雪塡井的起式時，以牧先生和黃公公的見多識廣一時也都未認出。

聽牧先生驚呼，圍觀的柳州軍和無憂軍眾人終於反應過來，聽說李無憂居然接連施展了禪林和玄宗兩大宗門的至高武功，都是瞠目結舌，驚爲神人，各自作聲不得。

忽聽一個公鴨嗓子上氣不接下氣地叫道：「老大，我……我，我太崇、崇拜你了！請接受我至高無上的敬意吧！」

「不是吧？」李無憂轉身過來，頓時傻了。

卻見黃木斷樹下，絕食高手唐鬼一手提著大劍，一手張開，深情地嘟著嘴，飛奔了過來，而色迷迷的目光則不懷好意地盯著李無憂大腿以下的部位。

「哇！」全場譁然，「難道他竟然要當眾給李無憂那個嗎？」

「貴軍將士果然熱情奔放，敢愛敢恨，小弟佩服！」一名柳州軍將軍對一名無憂軍百夫長道。

「可惡！」無憂軍百夫長卻大怒起來，「身為軍紀嚴明的無憂軍軍紀部第三部長，對這種傷風敗俗的惡劣行徑，我恨不得……」

「你恨不得什麼？」

「我恨不得取而代之啊！」

「可……可你不是無憂軍軍紀部第三部長嗎？」

「切！如果可以在眾目睽睽下享受唐將軍的服務，給老子第二部長我也不幹啊！」

「……」李無憂哆嗦了一下，回過神來時，唐鬼已然衝到了他跟前跪下，正虔誠地抓住了他的雙腳。預感到大事不妙的他當即大叫道：「喂！唐鬼別胡來……啊……你要幹什……啊，好爽啊！」

最後一聲卻是呻吟出來。——李無憂一片哼哼唧唧中，唐鬼滿臉諂媚地問：「老大覺得小弟的技術如何？」

李無憂：「嗯，不錯……啊，爽……看不出你還有這手藝，以後有空多給我做幾次足底按摩，老子大大地升你的官……」

「撲通！」

眾人皆倒。

本打算乘勢進招的牧先生見此笑了笑，停下手來，道：「李元帥打仗不忘享受，果然是獨占風雅，與我輩俗人不同。只不過，不知二位什麼時候能完，能否交代一下，學生和在場的諸位兄弟也好先去喝杯茶再回來。」

李無憂頭也不回道：「那個……牧先生啊，我倆這忙著呢，三五個時辰怕是完不了，您和太子千歲他們不妨先進城，找個好館子吃點飯，大夥大老遠的來一趟也不容易是不？然後再沐浴更衣，找捉月樓的姑娘們輕鬆輕鬆，然後咱們再來打過不遲。呵呵，看你沉默那就表示同意了，那好走不送……啊，好爽……」

靖王怒髮衝冠，卻無可奈何，而可憐的柳州軍自王維以下，各自面面相覷，顯然沒有領悟過雷神大人與眾不同風格的他們，一時還不能適應剛剛還是威風凜凜的絕食高手怎麼眨眼間就變得如此憊賴，說得不客氣點，和一個小無賴並無兩樣。

跟著李無憂這麼久，大大見過世面的無憂軍眾將自然不會像這些土包子那麼沒出息，非但沒有半絲詫異，反是饒有興趣地關注著場中兩個敗類的表演，不時嘖嘖出聲，倒不似在看鬧劇，反如在欣賞活春宮。

眾人之中，唯有牧先生微笑拈鬚，不動聲色。這無疑引起了某些精力過剩人士的好奇心。

「嘖，嘖，牧先生真不愧是靖王手下第一謀士，這個時候居然還能很優雅地撫摸自己的鬍鬚，並保持微笑，身為軍紀嚴明的無憂軍軍紀部第三部長，對這種臨危不懼泰山崩於前而色不變的人佩服得五體投地，我恨不得……」

「你恨不得怎樣？」

「我恨不得一拳砸扁這老傢伙！」

「你……你不是對人家佩服得五體投地嗎？」

「沒錯！但你看這傢伙，那山羊鬍子本來就沒幾根，為了掩飾自己內心對李元帥的恐

懼，偏要去撫摸，每一把卻都抓下好幾十根來，我若不將他揍扁，他以後怎麼有機會繼續保持優雅風度？」

「……」牧先生笑道：「李元帥的好意學生心領了，只是受人之托，忠人之事，學生還等著請李元帥回去喝喜酒呢，不敢離開！」

李無憂微微詫異：「喜酒？誰的喜酒？」

牧先生大奇：「元帥竟然不知道？」隨即卻露出恍然神色，「哦，京城路遠，這消息一時三刻傳不過來也是常事。太子殿下離京之前，向國師求親，國師已然應允，太子拿下雲州回師之日，便是他和慕容小姐成親之時！」

「什麼？」李無憂失聲大叫，隨即卻猛地變作怒吼，「唐鬼你做什麼？」

一掌向唐鬼擊去，但掌勢才出，牧先生已然鬼魅般移到他身前。

掌力方吐，唐鬼已然被掌風掃出丈外昏倒在地，而牧先生也已在他身前擊出一百零八掌，眼前身後頓時掌影如山。

掌影間隙裏，李無憂悶哼一聲，半出的掌勢一變，藍光暴射間，一式大道無形如怒濤奔湧使出。

但掌才出一半，只聽「啊！」的一聲慘叫，藍光斂去，手撫胸口狂噴吐出一口鮮血來，而牧先生掌影的間隙裏，劍氣如流星雨一般落下。

掌影劍雨裏，李無憂雖敗不亂，身影猛地斂去，化作一點水滴大小的藍光，從幾是密不透風的劍雨中穿梭而出，正是玄宗法術水滴石穿。

「想走！哪那麼容易？」牧先生冷笑一聲，袍袖一揮，掌影散去，那漫天劍雨卻彷彿有靈性一半，一半從四面八方朝那點藍光追去，另一半卻看似毫無意義地分散四周，實際上卻是以一個奇怪的陣形封住了藍光可能遁去的所有點和線。

「嗤！」的一聲輕響，一道劍氣正中藍點，頓時藍點化作了鮮紅的顏色，緊接著一聲慘叫，藍點變大，重又幻回李無憂的形狀，十數道劍氣不分先後從他身上穿過，慘叫聲中，委頓倒地。

「元帥！」無憂軍眾人驚叫起來。

牧先生輕輕一笑，袍袖一拂，將一天劍雨斂去，他彷彿是做了一件微不足道的小事，拍拍手，道：「李元帥，牧某知你武術通神，不得已出此下策，多多見諒！你若此時肯乖乖就縛，可省一些皮肉之苦……噗……」

卻是話音未落，背上已然重重中了一掌，整個人被擊出三丈之外，跌倒在地，吐出一口鮮血，轉身過來，滿臉不信之色。

本該落在地上的李無憂不知何時已然站在方才他立足之地，只是雖然面如金紙，身上卻並無血跡。勝負易手太快，所有的人都張大了嘴，誰也不知道發生了什麼事。

淡淡的風，讓李無憂藍色的長衫衣袂飄舞，暖暖的陽光落在少年金色的臉上，讓這名震天下的絕代高手，自有了一種說不出的風神。

千萬人凝視之下，李無憂忽然笑了起來：「牧先生，你知道你此次爲何會敗？」

不等牧先生回答，他卻又已道：「第一，你太在意掩飾自己的身分。第二嘛，只因爲你廢話太多了！」

說到這裏，他望了望不遠處的唐鬼，臉上露出一絲哀痛，「我千小心萬小心，還是沒有想到唐鬼這個傻瓜居然會背叛我！也沒有料到他居然有如此功力，將我擊成重傷。如果你不是怎麼也不肯暴露你劍神傳人的身分，一直不敢使出驚鴻劍氣，我是不是已經身首異處？如果你肯使出照影神功，又怎會被我假身所騙，被我反戈一擊？如果剛才你不是廢話連篇，我又怎麼會有機會使出佛意金身，將你重傷？」

「什麼？劍神謝驚鴻的傳人？」

除開靖王，所有的人都驚呆了，牧先生居然也是劍神傳人？劍神傳人不是葉十一嗎？前陣傳說蕭如故也是，如今怎麼又冒出個牧先生來？

「你……你怎麼知道的？」牧先生臉色慘白，他方才一直隱藏實力，想隱瞞自己身分真相，但沒想到居然被這少年眨眼間就瞧破並加以利用，自己莫非真的是老了？

李無憂道：「剛才那式分影術看來似模似樣，我也幾乎把你當作武術雙修了，但你剛才走路的時候實在太不小心了，左腳的鞋上不小心沾了一點狗屎……」李無憂卻不再理他，瞧向唐鬼，冷冷道：「唐鬼，你再裝死，看老子不閹了你！」

「哇！老大你英明神武，連嗓門都這麼大，果然是天生異稟，小弟佩服佩服……你找我什麼事？」唐鬼一個空心筋斗翻了起來，笑容可掬地回道，說話的時候人卻不自覺地慢慢後退，生怕靠得近些，命根子就再也保不住。

無視這廝的嬉皮笑臉，李無憂冷若寒霜：「你究竟是誰的奸細？」

「我啊……」唐鬼撓了撓腦袋，忽然看著李無憂身後露出驚異神色，「我主人就在你身後呢！」

李無憂大駭，猛然回頭，身後空空蕩蕩，並無人影，心知糟糕，再回頭來，唐鬼果然已經展開浮雲步，身如浮雲一般自遠方飄蕩而去。

「靠！大風大浪都經過了，沒想到竟然在陰溝裏翻船！」

李無憂無奈苦笑，右掌猛地朝唐鬼一揚，叫聲「定」，後者正自跑路得不亦樂乎，前腳還未落下，後腳剛剛離地，整個身體忽然不能動彈，卻也不落下，就如一尊雕像一般離地三尺地懸了起來。

「啊！」眾人好笑之餘紛紛露出驚異神色，這是什麼法術，居然能將丈許外的人定在空中而不能動彈。

李無憂看了臉色慘白的靖王一眼，手掌一翻，將唐鬼浮雕一般的身軀緩緩轉了過來，冷聲道：「阿鬼，你再不交代，小心我這就將你閹割了！」

「好，好，我說……媽呀，他就在你身後！」

「不見棺材你是不掉淚了！」李無憂冷哼一聲，左掌一掐訣，中指指尖頓時多了一道紅色的火焰，曲指一彈，火焰飛出，落到唐鬼襠部。

「元帥饒命啊，他……他真在你身後呢！」唐鬼大叫起來。

「死不悔改！再不說，就等著……」李無憂話音未落，忽然慘哼一聲，整個人忽如流星一般向前飛出，撞斷一棵三人合抱粗細的巨樹，摔倒在地。

「元帥！」無憂軍眾人驚呼，便要上前，但身周立即箭如雨落，每個人身邊頓時都多了個箭圈，頓時誰也不敢亂動。但下一刻，所有的人卻都驚呼起來：「黃公公！」

李無憂強自掙扎著坐起，轉過身來，臉色已由金轉白，方才立足之地，一中年文士長衫卓立，瀟灑出塵，容貌酷似方才已死的黃公公，只是面容更顯清瘦，風度與黃公公的猥瑣模樣全然不同。

中年文士神情淡然，負手望天，看上去斯斯文文，卻自有一種說不出的風流，讓人全生不出惡感，一時間誰也不敢說話，只覺得任何打擾他的行爲都是罪大惡極，不可饒恕。

剎那間，數十萬大軍，如雲高手，全部呆若木雞，不發一語。

誰也不知道過了多久，文士轉身過來，以一個好聽的聲音道：「曾有人告訴我，世事如白雲蒼狗，於是我在新楚皇宮裏看了三十年的浮雲，各位可知我看到了什麼？」

眾人誰也沒料到他忽然問出這個問題，一時面面相覷，均是作聲不得。

唯有李無憂笑道：「世事如浮雲不錯，但前輩你局限於皇宮一隅，雖然看了三十年，又怎能看到滄海桑田？所以你一直是坐井觀天了三十年，沒有看到天道，也沒有看到人道，看到的只是自己的自卑自大罷了！」

眾人聞言都是大驚，無憂軍眾人更是暗呼一聲糟糕。雖然無人知道這文士來歷，但此時李無憂命懸他手卻是不爭事實，此時李無憂偏偏胡言亂語，激怒了他，豈非自尋死路？

卻聽中年文士灑然一笑，朗聲道：「好，好，李無憂就是李無憂！就憑你這句『坐井觀天』，本人今天就放你一馬！你可以走了！」

這話說得狂妄至極，完全無視靖王、王維、張承宗和場中二十五萬大軍的存在，彷彿李無憂的生死全只在他一念之間，而二十五萬大軍在他眼裏只不過是舉手便可捻死的螞蟻，但包括無憂軍眾人在內，人人卻都生起理所當然之感。

這種感覺玄之又玄，卻誰也不覺得有什麼不對。

李無憂微微一怔，道：「那晚輩的部屬呢？」

「哈哈！」文士放聲大笑，「李無憂，你還不明白嗎？」

「我明白！」李無憂深深點了點頭。

是的，他明白。中年文士明著是放了自己一馬，暗自卻是將了他一軍。堂堂無憂軍統帥，若是捨棄自己的部下，獨自逃生，非但以後再也無威信也無面目統領軍隊，甚至會爲八十餘條性命而內疚終生；但若不走，留在此地，卻只是白白送命，義氣雖然全了，但落在文士眼裏，卻只是愚人行徑，一樣被人瞧不起。

「元帥，你走吧，不用管我們！」張龍大聲叫了起來。

「元帥走吧！」無憂軍其餘眾將士齊齊大叫起來。

「李無憂，你想清楚了，你若俯首認罪，我便饒了你手下。但你若走了，便是謀逆，我會將你手下盡數誅滅！」靖王大聲冷笑聲中，一劍砍翻一名無憂軍百夫長，頓時換來一聲慘叫和無憂軍眾人指責驚呼。

李無憂皺眉，一生之中，從來沒有作過艱難如此的選擇，饒是機靈百變如他，一時也遲疑難決。

一邊是八十條性命，一邊是自己一條性命，如何抉擇？

「大丈夫當斷則斷，堂堂雷神，怎地婆婆媽媽起來？」文士驀然大喝。

李無憂只如醍醐灌頂，將長劍還鞘，仰天大笑三聲，戟指靖王，大聲道：「太子殿下，你今日若膽敢殺盡我的兄弟，來日李無憂必然百倍千倍償還，如違此誓，天誅地滅！」

說時手指由橫變豎，直指天際，朗朗碧空之上，頓時浮雲流動，雷聲隆隆，只若天崩。

眾人驚傻之際，李無憂再不遲疑，掉頭大踏步而去，前方柳州軍士兵自動分開，讓出一條大道。

「李無憂，你唬誰呢？」靖王大怒，手中劍光一閃，一名無憂軍千夫長已然身首異處。

慘叫聲傳來，李無憂步伐微微一滯，卻終於沒有回頭，踏步堅定而去。雷聲更隆，「轟」地一聲，一個悶雷在靖王身前丈外暴開，震耳欲聾。

「以爲這樣我就怕了你嗎？」靖王冷笑聲音更大，手中劍光燦爛，鮮血如錦，慘叫聲不絕。

慘叫聲中，二十五萬士兵矚目之下，身後慘叫聲，鄙夷聲，同情聲，嘆息聲，咒罵聲，聲聲入耳，天上陽光，眼前刀光，背後箭光，四圍目光，一一在眼，那叫李無憂的少年，不發一語，一個人，一步步，搖搖晃晃卻堅定不移地走過十丈兵牆，再未回顧一眼。

只是沿途柳州軍士兵卻看見那少年冷如刀削的臉上，不知何時，竟已是淚痕滿布。

距離秦州還有五里路，但李無憂知道自己再也走不動了，他靜靜地在一條小溪邊坐了下來。

這是一處大山中的一個小谷。

在塞外，多見的是戈壁黃沙，千里無人煙，只是接近雲州的秦夢兩州這一代卻是例外。

這一代以草原爲主，但每隔幾十里，便有一處突兀而起的丘陵，而百里之內，也幾都有一座大山。

草原上沒有蒼瀾、鵬羽這樣的大河，但明鏡一樣的湖泊和清澈的溪流卻隨處可見。有的溪流甚至延綿數里，蜿蜒曲折，從天空下去，彷彿是一條條的雪白的絲線。

溪水是從靖王軍隊所在的上游流入谷中來的，清甜中有一絲鹹，李無憂不知道這是不是因爲其中滲透了鮮血的緣故，只是望著水中那個蓬頭垢面的少年愣愣出神。

原來不可一世的大荒雷神，竟也有今日……

唐鬼的內功並不是很強，但勝在猝不及防，自足底湧泉穴侵入已經是損壞了他的腿部經脈，牧先生雖然沒有用最強的驚鴻劍氣，但即便是尋常劍氣刺中身體近十個大穴，也是經脈遭受斷裂的重創，但李無憂爲了脫身，強行使出禪林佛意金身壓制住自己的傷勢，瞬間續接了經脈，恢復功力，但後來那酷似黃公公的中年文士在他背上印的一掌看似輕描淡寫，卻傷及內腑，震散了佛意金身，而他最後使出的天雷，卻耗盡了身上最後一口元氣。若非憑藉著堅強的意志力，他甚至連那二十丈軍營都走不出，便要趴倒在地。

但更重的傷卻在心上，耳聽著自己的部下被人像豬一樣宰殺，身爲元帥的他，卻只能一步一步離開，不敢回頭，深怕一回頭後，自己再沒有離開的勇氣。

李無憂不是一個大俠，也算不上君子，但即便是個小人，也有自己的朋友，自己的感情，他不會拿自己的性命去救別人，但也不會願意無辜的朋友和部屬因自己而死。

那種痛楚不同於眼睜睜看著朱盼盼香消玉殞而無可奈何，不同於目送慕容幽蘭背影消

逝而心神兩茫茫，但那痛楚卻一般的撕心裂肺。

人若忘情，不是畜生便是聖賢。李無憂不是畜生，但也不是聖賢，所以他不能忘情，所以他痛苦。如果痛苦使人成長，這樣的成長代價未免太大了些吧！

日盡黃昏，斜陽的光輝透過山陵，透過早紅的楓葉，落在孤坐少年的臉上，清冷而淒涼。

雖然服下了佛玉汁，只是暫時止住了血，輕微緩解了內腑的重傷，但經脈斷裂並無任何好轉，丹田內空空蕩蕩，雖然身周有絲絲幾不可覺的元氣在緩緩流動，像要鑽入身體，但經脈斷裂之後，元氣雖然自穴道鑽入，卻無法運轉，無法進入丹田。

曾經有無數次險死還生，李無憂對刀鋒劍口的亡命生活已經看得習慣，只是沒有想到自己人生的最後竟然是坐在一處無人的山谷裏等死。

默想此生所爲，頓時唏噓。幼時父親早死，但自己與母親相依爲命，卻也快活無憂，只是母親死後，六年間，卻是顛沛流離，飽歷風霜；跌入崑崙忘機谷中，亦是六年，可謂真正忘機，雖然學藝辛苦，但三位哥哥和四姐卻待自己如親人，這六年是人生中最幸福的六年；出江湖雖然短短一年時光，卻是幾經風浪，幾許沉浮，雖然陰謀不斷，但自己總能化險爲夷，位及人臣，更邀天之幸，得無數紅顏知己垂青，可說得意。

只是，誰也不會想到風光無限的大荒雷神居然在他人生剛剛步入精彩的時候，就這麼無聲無息地消失在這處無名山谷中吧？

山谷之外，秦州城裏，若蝶和唐思正翹首待歸，秋兒下落不明，阿碧芳蹤無痕，小蘭卻已經要嫁給靖王那個渾蛋了！

「不，我不甘心，我不甘心啊！」想起慕容幽蘭，李無憂忍不住想仰天長嘯，但話到嘴邊卻沒了力氣，變作細細呢喃。

「是不是很不甘心？」一個陌生的蒼老聲音忽然響起，打破了山谷的寧靜，卻也同時打破了李無憂心湖的寧靜。

「誰？」直覺到有人走近，李無憂低低地囈語了一聲，他努力想睜開眼睛，試了幾次，卻只覺那眼皮重如泰山，紋絲難動，只好放棄了這徒勞無功的舉動。

「別管我是誰！」那老者輕輕地笑了起來，「你只需要知道我能救你，並且讓你復原如初！」

「前輩有什麼條件？」李無憂自然知道天下沒有免費的午餐。

「如果我說是一時良心發現，諒你也不會信。這樣吧，你只需要答應，你欠我一條命，欠我一個人情，有一天我會來找你，讓你幫我做一件事。」

「前輩請回吧！在下自生自滅，不勞前輩操心。」

老者咦了一聲，隨即卻大笑起來：「嘗聽人說李無憂人中之龍，行事爲人不同世俗，今日一見，嘿嘿，也不過一凡夫而已。老朽失望得很，失望得很啊！」

「隨你怎麼說。只是我本平凡，不想欠下那沒頭沒腦的人情，搞得將來生不如死，那可無趣得很！」李無憂聲音幾不可聞，但語聲中卻有種說不出的堅定。

「迂腐，迂腐！你這蠢材，難道就不懂得現在假裝應承了我，將來再隨機應變嗎？留得青山在，還怕沒柴燒？實在不行，哼哼，背信棄義也不是什麼大不了的事，難道你就一點不懂得變通嗎？小命重要還是那狗屁的信義重要？」老者似乎極其生氣，忍不住大聲訓斥起來。

誰知李無憂聽到訓斥，卻輕輕地叫了聲好，道：「很好！你盛怒之下音色依然沒有變化，我可以肯定你若非是巨奸巨惡，就是我所不認識但真心爲我好的人。前者，我若是將來中了你的算計，那是心服口服，至於後者，前輩也最好施恩別望報，無憂能做的，只有先謝過前輩。言盡於此，救與不救，悉聽尊便。」

老者幾乎沒被噎住，好半晌才嘆道：「李無憂啊李無憂，真不知道你是個瘋子，還是個天才。性命攸關，你竟然……好，好，也許老子本來也是個瘋子，今天非救你不可，這個人情你是欠定了！」

李無憂嘴角剛露出一絲幾不可察的笑容，全身經脈斷裂處，同時一麻，同一時間，一道熱流已自頭頂百會穴灌了下來，霎時通透全身百脈……

也不知沉睡了多久，李無憂終於悠悠醒轉，入目所見，新月如鉤，寒林漠漠，夜露驚風。

翻身坐起，那神秘老者已然消失不見，若非身邊有那老者留下的一封信，而自己丹田元氣充盈，全身經脈暢達，功力已恢復了兩成，他幾要懷疑自己是不是做了一場夢。

「小鬼，我們很快會見面的！哈哈！」這個人留書的口氣果然和行動一般猖狂，這人會是誰呢？

李無憂自溪裏抓了條魚，一面生火烤魚，一面搜腸刮肚地思索這人的身分。將自己認爲可能的熟人都一一列舉了出來，卻發現以本事和詭異的行事方式而言，有兩人最有可能：天魔任冷和刀狂厲笑天。二人一般的憤世嫉俗，不以常規行事，均欠過自己的情，他們也都有犧牲自己內力爲我療傷續脈的能力。

只是細細分析起來，卻又覺得很不像這兩人。

梧州捉月樓中，自己雖然放過任冷一次，但在北溟的時候，自己卻害得他功虧一簣，以魔門中人自私自利的性格，他不來找自己報仇而不惜得罪劍神謝驚鴻也要報恩的可能性也不是沒有，但比起母豬會上樹來，依然是略微低了那麼一點。

厲笑天這老傢伙就更玄了，當日自己與秋兒無意間闖入他的藏寶庫，幾乎沒將他的藏寶席捲一空，雖然最後私下較量的時候，自己在石門上悟出的「縱笑今古，天地鬼神盡虛妄故可恃唯我；橫眉乾坤，聖賢哲達皆糞土而君子自強」這三十二字刀法真意，似乎在決鬥的過程中幫他徹底修成了殺天九刀，算是對他有大恩，但人家已經慷慨地將那數箱寶藏和殺天九刀的刀法一併送給了自己，說起來更像是自己欠了他的人情，如果不是吃飽了撐的，這自命清高的老不死也沒必要裝神弄鬼地犧牲真元來救自己了。以謝驚鴻的詼諧性格和無上功力倒是一個人選，只是牧先生既然是他的弟子，他自然沒和徒弟作對而幫我這個外人的必要吧？

「那麼會不會是岳……慕容軒？」

李無憂雖然心中大痛，卻依舊還是強迫自己想了下去，也許萬針穿心一樣的痛楚能讓自己暫時忘記對那些被靖王殺死的無憂軍死難兄弟的內疚吧。

若是慕容軒心中對將小蘭許給靖王心存愧疚，犧牲功力救我還原，倒並非不可能……

第五章　變生肘腋

他胡思亂想了良久，將自己熟悉的高手都想了一遍，有一次甚至歸結到大荒四奇身上，最後卻終究覺得不可能，一笑置之。

忽地一陣刺鼻糊臭味將他帶回現實中來，原來是手中烤魚已然燒焦。

胡亂吃了些焦魚，走出谷來，默查天相，已是三更時分，李無憂站在前往秦州的必經路口，打開天眼掃描周遭片刻，頓時大喜過望——地上並無大軍經過的痕跡，顯然靖王尚未朝秦州進發，那麼也就是說，寒士倫趙虎他們並未全部遇害。因爲如果靖王真的敢不顧自己離開時候的警告，全數將他們殺了，以他的手段，此刻必然已以迅雷不及掩耳之勢前往秦州，將無憂軍悉數收服，以免夜長夢多。

那麼如此看來，自己離開的時候，靖王最後殺那幾人也僅僅是爲了嚇唬自己了。

想到這裏，李無憂心莫名地一沉，士別三日，即當刮目相看，如今的靖王城府心胸都已非雪滿京華之夜、航州城內企圖以兵力奪取皇位的那個無謀豎子可比了。

到得此時，自己的處境真是尴尬至極。

據捉月樓師家的消息，朝廷之中，太師耿雲天和丞相司馬青衫在靈王和珉王死後，竟都英雄所見略同地不看好靖王，又分別決定扶植二皇子樂王和六皇子秦王。

這樣的情形下，靖王雖然被立爲太子，卻成爲了眾矢之的，壓力倍增，正巧這個時候楚問對自己有了猜忌，他乘機便上旨取代自己去攻打雲州，從而在朝中贏得足夠的政治聲望，穩定自己在朝中的地位，那九道金牌也多半是他讓楚問發的了。

只是在他想來，自己未必會心甘情願地退兵，所以靖王帶來了牧先生還有黃公公這兩個絕世高手，而且收買了唐鬼，引發了這場衝突。

計畫的最後，再在無憂軍眾將面前讓我在自己的性命和眾將的性命間選擇，讓自己喪失威信或者自殺。無論自己選擇那條道路，其實自己都是死路一條，無憂軍今後也都將名存實亡，再不能對他形成威脅。好毒的一條計！

只是邀天之幸，自己卻得到了貴人之助，非但治好自己的傷，怕沿途追殺的人也是他給一一了結的吧。

過目種種，千頭萬緒，霎時湧上李無憂的心頭，但對真相越是清晰，他卻越是心寒，對楚問和靖王也就越是失望。一個上位者竟然可以爲了如此私人至極的理由，就對付爲國家立下汗馬功勞的將軍，輕易抹殺十萬士兵的榮譽。

自己本來是打算放出兵權了，但此時此刻如此做，卻和手下士兵怎麼交代？讓他們因爲主帥所背負的一個叛逆的罪名，終生抬不起頭來？但如果不這樣，自己又該何去何從？難道真的就造反了嗎？

他沉思了良久，一時卻沒了主意。最後決定，無論如何，自己有必要先回王維的軍營看一看再說。

不知何時新月躲進雲層，夜黑風高。此時他已是風聲鶴唳，如履薄冰，但一路行來，並未見偵騎蹤影，只是天眼卻分辨出路上的馬蹄印跡中有極少新痕，心中憂喜參半，一時無從猜測。

天眼展開，遠遠地只見廣袤的平原上一處丘陵，丘陵邊一片闌珊燈火，稀稀落落，彷彿與天空的星斗遙相呼應。

李無憂施出隱身術，展開龍鶴身法，利用融合五行之理，先以青木訣融入一棵大樹內，然後施出滴水穿石之法，由樹身轉入一片樹葉，然後召喚來一陣微風，同時震斷葉柄，這片樹葉便隨著數十樹葉一起飄舞而下，落入營外的溪水裏，順水漂至一處營帳之外，在守衛的盲角收去法術，輕輕地喘息起來。

即便是功力鼎盛之時，施展滴水穿石也是不可持久，此次更加將全身化作水滴融入樹葉之內，同時還要施展別的法術，比之一人獨抗八百羅漢陣，只難不易。是以，功力只剩兩成的他，很是難受。

喘息一陣，氣息終於調勻，眼見一名巡夜的槍兵走近，李無憂左手玄宗捕風指使出，遙點其啞麻兩穴，右手一式禪林七十二絕藝之擒龍爪虛抓而出，槍兵在十分之一息內無聲無息被抓了過來。

也不必讓他開口，李無憂玄心大法使出，神識已經侵入其腦海。幸好這槍兵的意志不是極強，他迅疾地將其所有記憶複製了一遍。下一刻，他心頭一陣狂喜。

如自己所猜測的一樣，趙虎他們果然還活著，作爲一個成熟野心家的靖王眼見自己堅定離開，沒有徒勞無功地再殺人，只是將他們都囚禁在一處軍營裏，把守的除了三百弓箭手，還有白天跟在靖王身邊那七名高手，倒是牧先生卻上秦州去了。

眼見營中的兵士巡邏比尋常時候多出五倍不止，更讀到槍兵記憶裏對那七人的恐懼，大喜之餘，李無憂卻也愁眉不展。

他原先的計畫是先來探探消息，確定一下眾人的生死，然後再見機行事，但隱隱感到眼前明明是個絕好的機會，但他卻一下子遲疑起來：到底該怎麼下手呢？自己或者能以偷襲將那七人擊倒，但之後又如何帶著八十多人摸出營去？但如果此刻回城調動兵馬硬來搶人，那無論結果如何，都是勢成騎虎，必定要揭竿造反了。

正自沉吟之間，忽聽腳步聲響，抬眼看去，十丈之外有兩名軍士朝這邊走近，李無憂微一皺眉，道聲得罪，心頭默念靈訣，虛爪一抓，將那昏迷槍兵扔進乾坤袋中，自己展開隱身術，伏到一處暗角裏。

那兩人於四周轉了一圈，最後果然到李無憂附近這個營帳外坐了下來。

一人將手中鋼刀插在地上，將用以遮陽避雨的氈帽脫下扔到一旁，揉了揉腿，低聲抱怨道：「蔡頭，這小王將軍也真是的，這大半夜的也不要人安睡，居然拉我們起來巡邏，老子還有三天才當值呢！若是軍神還在，斷不會做這樣不合規矩的事。」

另一人卻嘆了口氣，道：「老張，你就別抱怨了，小王將軍畢竟年輕，不懂這些，我們看在軍神的面子上，就多擔待些吧。再說，雷神雖然白天重傷跑了，難保他晚上不率兵殺來，這是非常時期啊！」

老張冷笑道：「他們說雷神要造反，但一點憑據都沒有，我看這事多半是太子爺眼紅雷神的戰績，故意設下的……」

「噓！想死嗎你？給我小聲點！」卻是蔡頭一把捂住了老張的嘴。

靜了片刻。

蔡頭卻道：「老張，其實說起來，我們也算是幸運的了。想想那些關在緝督營中的那些無憂軍將軍，哪一個不是跟隨雷神從潼關殺到秦州的大英雄？現在怎麼著？太子說他們是附逆，明晨就要押進秦州城，當街問斬！」

李無憂聽到此處，只覺得一陣暈眩，元氣一滯，隱身術幾乎失效現出身形來。原來自己還是將靖王估計得過高了，原來他不是不殺趙虎他們，而是要將其押到秦州再殺，除可逼自己現身外，更可以收到震懾之效。

以此推之，那牧先生入秦州，怕除開傳達聖旨，要騙我那些不知情的手下了！

唉，此計雖然歹毒，但卻顯現出靖王不能容人的一面，難怪司馬青衫和耿雲天都不願意輔助他了。

「你們倆在這做什麼？」忽地一人斥道。

「元帥！」二人慌忙站起敬禮。

卻是王維不知何時走了過來。

王維喝道：「李無憂隨時會來，快給我巡邏去！」

「是！」二人如蒙大赦，慌忙戴上氈帽，拾起刀槍去了。

王維嘆了口氣，朝軍營中央走去。

王維走後，李無憂在暗角裏鬆了口氣，剛才是太大意了，心神失守下，居然連王維接近都沒發現，自己可說是無能了。

眼見王維所去的方向是軍營的正中央一處燈火通明的所在，李無憂識得正是帥帳，心頭一動，將那槍兵從乾坤袋裏放出，以迅快手法將二人衣服調換，一面將氈帽戴上，然後嘆了口氣，對那槍兵道：「兄弟，爲了我大楚興衰，委屈你了！」

在後者一片茫然的神色中，他手間掐動法訣，朝其身上一指，後者還沒弄清楚是怎麼回事，已無聲無息地被陷入地中，原地除了一個小孔外，與先前並無異樣。

做完這一切，李無憂拿起地上長槍，堂而皇之地在營中巡邏起來，柳州軍士兵果然無人看出異樣。

他裝模作樣轉了三圈，卻發現帥帳的四周有上十餘名士卒在把守，帥帳的正門口更是有四人之多。不禁微微皺眉，當即繞到帥帳附近的一處暗角，整了整衣裝，將氈帽下沿壓低，快步朝帥帳門口走去。

「站住！做什麼的？」一名守衛低低喝了一聲。

「我是探馬營李弓之，有緊急軍情報奏元帥！」李無憂焦急應了聲，腳下不停，逕直朝營內行去。

「令……」那守衛「牌」字到了嘴邊，卻發覺自己連張嘴的力氣都已然沒有，想要舉刀，才發現自己全身都已不能動彈，他心知情形有異，眼珠轉動，朝身側同袍看去，卻驚異地發現另外三人也已呆若木雞，紋絲不動。

這奸細竟然在自己一字之間，已將四人全點了穴！

李無憂揭開帥帳布簾，低著頭，急急走進帥帳七尺，單膝跪下，運功改變嗓音，大聲道：「稟報元帥，屬下已得到李無憂的行蹤！」

話音方落，身後一寒，一道巨大勁道已然襲了過來，同時，一個熟悉的聲音在耳中炸響：「大膽李無憂，你竟然膽敢來行刺太子！」

寒入骨髓，那個聲音正是牧先生的！

李無憂躲避已是不能，不及細想，反手一掌朝那暗勁揮出，同時身形一旋，轉過身來。

「喀嚓！」一聲骨節碎裂的響聲發出的時候，李無憂只覺得已然結結實實地印在了一個人的胸口。

但那個人不是牧先生，而是靖王。

「砰！」的一聲響，靖王的雙眼露出一絲絕望中帶著恨意的淒然眼神，軟倒在地，嘴角一歪，頓時氣絕。

「來人啦，李無憂殺了太子！」在靖王倒下去的地方，牧先生大喊起來，難得的是他面露微笑，聲音中竟帶著巨大的惶恐。

李無憂尚未反應過來，無數的槍兵已然闖了進來，而七大高手和士兵們夾擁之中，張承宗、王維和寒士倫、趙虎等無憂軍將士也赫然在列。

「不可能！」張龍第一個驚叫起來。

「元帥你……」趙虎想說什麼，話到嘴邊卻硬生生咽下了半句。

張承宗、王維和寒士倫卻都沒有說話，各自眼中寒光閃爍，似都在思索著什麼。其餘的人卻都沒說話，多是目瞪口呆地看著李無憂，後者恍恍惚惚，只疑自己身在噩夢之中。

「殺了李無憂，爲太子爺報仇！」牧先生神情凜然，大喝一聲，當先一掌朝李無憂打來，七大高手應聲合擊。

掌風近體，李無憂驚醒過來，左手連出兩式陽關三疊，蕩開七人攻擊，右手掐個斗轉星移訣，朝牧先生的掌勢轟去。

但兩掌相觸處，一陣強光透出，隨即一陣巨力自掌心傳遞過來，直入經脈，李無憂但

覺胸口一悶，隨即劇痛迸發，整個人竟被這一掌震得射穿帳篷，飛出三丈，如斷線風箏一般朝地上墜去。

人尚未落地，牧先生後發先至，人在空中，左手背負，右手五指一張，五道無形劍氣已然罩向了李無憂身體五處大穴，後者剛剛在毫無抵抗的情形下被那一掌震成重傷，舊創迸發，元氣再也提不起分毫。生死之際，李無憂眼前刹那間閃過無數人影，同時心頭竟也閃過一些明悟：自己從一進入軍營就陷入了牧先生的陰謀之中，而剛剛斗轉星移之術失效，則是因爲他的照影神功早已大成，白天那次交手他一直在隱藏實力。

「螢火之光！」

忽聽一聲呵斥在耳際響過，李無憂頓覺身體一輕，已然脫出了無形劍氣籠罩，不由自主地朝地下緩緩飛去。

他落得甚慢，但妙的卻是那五道無形劍氣速度不減，卻始終追他不上，這裏面彷彿有了一個奇妙的平衡。

「是結界！」李無憂吃了一驚。天下居然有能讓驚鴻劍氣遲緩的結界。

「什麼人？」牧先生前移的身體彷彿是被一道無形的牆擋住，不得不一個後翻，落到地上。

此時營中眾人也紛紛趕到，見躺在地上喘氣的李無憂身旁，不知何時竟多了一名儒雅瀟灑的中年人，都是齊聲驚呼：「黃公公！」

燈火下，李無憂看得分明，眼前這人正是酷似黃公公的文士。

白天的時候，這人如謎一般忽然冒了出來，並做主要放李無憂走，靖王似乎識得此人，竟是一點也不敢阻攔，只能拿李無憂麾下人性命來威脅。

李無憂走後，這人也忽然在眾目睽睽下消失無蹤。

王維等人問起這人的來歷，靖王心有餘悸道：「你們也看出來了，他就是黃公公。只是他真正的身分則非常特殊，普天之下怕只有父皇才知道。父皇一直不肯告訴我，你們以後也最好別去打聽和他有關的事，不然我也幫不了你們。」

那人就那麼背負雙手站在那裏，卻自有一種讓人心折的風度，雖然眾人明明知道他回來很有可能是來救李無憂，但竟幾乎都生不出一絲與他為敵之意。

那種奇妙的感覺也不是王者之威，凜然不可犯，也不是天神之怒，沛然不可觸，而是……與他為敵便是與自己為敵。

這種奇之又奇玄之又玄的感覺，事後眾人想來都覺得荒誕無比，但當時卻幾乎人人覺得自然而然，沒有什麼不對。

眾人之中，只有一人依然清醒。卻聽牧先生冷聲道：「閣下究竟是誰，爲何兩次三番與我爲敵？」

「與你爲敵？哈哈！」黃公公彷彿聽到世上最好笑的事一般，居然哈哈大笑起來。

這一笑聽來尋常無奇，也無穿雲裂石之威，但話聲才起，牧先生卻頓覺不妙，忙自側身一閃，遁出丈外，再回頭，原地已是箭如雨下，圍觀者中竟有三百多人猛地朝他衝了過來。

「你們這是瘋了嗎？」牧先生驚嚇之餘，忙自喝令住手，但卻沒有人聽他的，依舊發瘋似地衝了上來。

「下去吧！」黃公公微微一揮手，那前衝的三百多人只覺撞到一面無形的鐵牆上，齊齊摔了個筋斗，跌倒在地。

爬起來時，那三百人面面相覷，各自只如做了一場夢。

牧先生一眼看去，心頭巨震：那三百人中，無憂軍、柳州軍、斷州軍將士都有，本自對立的諸人，居然在刹那間形成合力來殺自己，這……這人的精神力居然一強如斯！

黃公看了看驚魂未定的牧先生一眼，卻沒有說話，但後者卻理解了他眼神中的意思：與你爲敵？憑你也配做我的對手？

牧先生深吸了一口氣，重複剛才的問題道：「閣下究竟是誰？」

這個問題是場中所有人都想知道的，一時人人屏住了呼吸，深怕自己漏過了一個字。

黃公公灑然一笑，袍袖一捲，眾人只覺得眼前一花，再看時，他已然帶著李無憂飛出十丈之外。

人影已逝，餘音卻如在耳畔：「昨夜長風花謝事，悠悠歲月眼前人！想知道我是誰，去問謝驚鴻吧！」

牧先生一怔，隱然想到什麼，卻不得要領，正自呆疑，忽有一名靖王的親兵跑了過來，低低在他耳邊說了一句話。

「什麼！」從來泰山崩於前而面不改色的謝驚鴻傳人，生平第一次失聲驚叫了起來。

時年大荒三八六五年，八月初六。

星垂平野，黃公公帶著李無憂一路在高空御風飛行。

月湧雲動，大地在他腳下延展，遠遠看去，長袍飄飛的兩名男子一如神仙中人。

江湖中論及御風術，均以大仙慕容軒和天巫掌門燕飄飄爲尊。人人皆說慕容軒以九龍擊天大法御風不是御風，而是在乘龍駕雲，瞬息百丈；而燕飄飄則是如鳳舞九天，矯健婉轉，只見火鳳三點，人已在千尺之外；也有人說，李無憂的御風術因爲融合了輕功的關係，只如閃電劃空，更加迅捷飄逸，但李無憂此刻卻知道，自己這些人比起黃公公，簡直就算不得御空，而是在玩小孩子的把戲而已。

尋常法師的御風術與武者的輕功相若，一次飛掠及高及遠都不出五丈，而小仙位法師可上十丈，大仙級法師光及高便可輕易達二十丈以上，並且只要靈氣不絕，便可一直飛行不落，是以愚人多稱之爲仙。

李無憂在北溟之時，曾將御風術與御劍術交替使用，練成萬氣歸元之術，憑此升上了萬丈高空。只是此刻見到黃公公的御風術，依然自嘆不如，倒不是說他速度或高度比自己強多少，而是自己等人是在御風，他卻本身已經是一陣風，時而狂暴，時而溫婉，帶著自己依然是瀟灑自如，九萬里蒼穹，一如閒庭信步，任意馳騁。

悟出萬氣歸元，神功大成以來，李無憂從來未在晚上飛上如此之高，只見滿天星光月影在眼際閃爍，雲彩清風在腳下流動，閒情俗事竟是一空，雖剛經大難，心頭竟是說不出的暢快。

也不知飛了多久，忽聽黃公公道：「李無憂，這種種陰謀，你可都想明白了？」

李無憂不料他帶著自己風馳電掣一般飛行之際，居然還能夠開口講話，如此功力，已直追魔驕古長天和謝驚鴻，比自己可是高明多了，心頭欽佩更甚，當即畢恭畢敬道：「除了一件事想不通，其餘大致都明白了。」

「說來聽聽！」

「靖王想代我攻打雲州，樹立自己的政治威信，方便順利繼位，楚問正忌憚我兵權越來越盛，自然准了他的奏，發了九道金牌召我回去。只是這一切都被牧先生所利用了，身為謝驚鴻的弟子，他的想法和他師父一樣，都認為蕭如故才是真命天子，所以乘機算計了我和靖王。他先派來的八個欽差表面是給我施加壓力，其實是乘機收買我手下的人做內應，不過他沒想到我的人沒有一個中計的。只是可惜寒士倫不甘心我就此交出兵權，才設計讓唐鬼破壞這次會盟，從而輕易被牧先生利用讓靖王和我翻臉。他知道楚問並不想我死，在靖王身邊還布下了你這步棋，是以乘機利用你放我走，既賣了你的情面，又為後來的計畫留下了伏筆。因為他知道我雖然被打成重傷，但晚上一定會回來探察手下人的生死，而我能帶走手下人的方式就只有去劫持靖王，這個時候他再設計讓我殺了靖王，一箭雙雕，然後放了我的手下回秦州，楚國立刻便會內亂，自然會退兵，我是生是死，都已然不重要了。」

「你還算有點見識，不枉我救你一場！」黃公公面無表情道，語聲中不見感情波動，

「只是事實也並非完全如你所想。牧先生雖然可惡，但好歹和靖王師徒一場……」

「明白了！他是讓靖王假死……」

「不錯！不過現在嘛……嘿嘿！」

「你真的將靖王殺了？」李無憂吃了一驚，頓時想起離開前牧先生爲何聽到親兵回報而大驚失色，心頭越發肯定。

黃公公詭異一笑：「明明是你殺的，怎麼賴到我頭上了？」

李無憂頓時語塞，二十多萬人有目共睹，無論如何，這筆賬還是要算到老子頭上的了，看來以後這楚國雖大，卻斷無自己容身之處了。無憂軍，嘿嘿，看來也要改名字了，不過無論改什麼，以後都和自己是沒有任何關係了。

黃公公卻不理他感受，只是道：「但我想不通的是，我明明將你打成重傷，必定會因真元無法恢復而假死三日，你怎麼這麼快就復原了？」

「不是您不惜真元……」李無憂話說了一半，卻止了聲。

他和黃公公都已然想到究竟是誰治好了他的傷——牧先生。

沉默片刻，黃公公又道：「這些事情你都明白了，還有什麼不解的嗎？」

李無憂道：「我之前很肯定你是楚問的人，但現在卻覺得不像。」

「何以見得？」

「以你這樣的身手和氣度，楚問雖然貴爲一國之君，也是請不動你的。」黃公公淡淡看了他一眼，道：「你拍馬屁果然有一套！」

李無憂乾笑兩聲，轉移話題道：「慚愧！晚輩所不知道的是前輩你究竟是誰，救晚輩目的究竟何在？」

「昨夜長風花謝事，悠悠歲月眼前人。你師父沒跟你提過這兩句話？」

「我師父？」李無憂眼中閃過一絲茫然，隨即反應過來，忙道：「家師未曾提過！」

黃公公是何等樣人，當即冷聲道：「原來你不是蘇慕白的弟子！」

「前輩……」李無憂暗呼了聲厲害，隱隱猜到他多半是蘇慕白的故舊，而自己能活命全在於這個蘇慕白弟子的身分了，但他深知避實就虛的道理，自己若堅持強撐，定會被他識破，當即順水推舟道：「前輩果然慧眼如炬，不錯，我確實不是蘇前輩的弟子。」

「哦？」黃公公果然中計，半信半疑道，「那你究竟是何人門下？」

「我……我……」李無憂故意吞吞吐吐，看了看黃公公臉色，終於似下定決心一般，咬牙道：「晚輩師承本是個大秘密，但前輩既然垂問，晚輩當知無不言。其實晚輩的師父正是當今黑道最神秘的神龍見首不見尾的第一高手宋子瞻！」

「什麼？你……你說你是宋子瞻的徒弟？」黃公公大驚，一臉詫異，「你真是他的徒弟？」

「如假包換！」

黃公公冷聲道：「那你去給我換一個來吧！」

話音才落，李無憂忽覺腰間一重，整個人忽然自雲端落了下去，不禁大叫：「前輩救命啊！」

但任他如何呼叫，黃公公依舊是頭也不回，御風遠去。

寂夜裏，有重物墜地的聲音，接著是一聲淒厲的慘叫劃破方圓十里地的寧靜，空中一個聲音漸漸遠去：「蘇慕白英雄一世，怎麼會教出如此孬種的一個徒弟？」

身體像是泡在溫水裏，水氣透過全身每一個毛孔，鑽入經脈穴位，與身體裏一道熱流融合，更加暢快地流動，流過身上的痛楚之處，微微發癢，卻迅即陣陣爽快，在丹田轉了幾圈，帶走丹田的鬱積，最後又自全身的毛孔穿出，這一進一出，那懶洋洋的舒服仿似融進了骨子裏，李無憂沉浸其中，暖暖舒爽，只盼得一直這樣下去，永世不用起來。也不知道過了多久，李無憂忽然覺得身體發冷，臉上一陣濕淋淋的感覺，嘴角似乎有一股鹹水滲了進來，口渴的他忍不住細細吸吮，卻剛吸了兩口，耳邊忽然傳來陣陣嬉笑之聲，半睜開眼來，依稀發現眼前無數對明亮的黑水晶正閃閃發光。

「別鬧了，讓老子多睡會！」他嘟囔著揮了揮手。

「小三，這人喝了尿還那麼高興，準是個傻子！」一個童稚的聲音興奮地叫了起來。

「真的耶！傻子，傻子，快給我當馬騎！」另一個同樣童稚的聲音興奮道。

李無憂覺得有人在搬自己的腰，惱怒地一掌拍了過去。手掌才一觸到一片柔軟的肌膚，他卻嚇了一跳，翻身欲坐起，腰間卻是一痛，復又躺了下來。

「哇！他打我！」一個童子的哭聲響起。

「扁他！」

有人叫了一聲，李無憂頓時覺得劇痛如雨點般落在了全身上下每一寸角落，強撐著睜開眼睛，依稀可以看見打自己的正是一群垂髫童子。

李無憂想提元氣震開這些人，卻悲哀地發現自己被牧先生續接上的經脈又已斷裂，丹田中也是空空蕩蕩，再無半絲氣息流轉，大驚大悲之下，卻又是好笑又是氣結，堂堂大荒雷神，居然淪落到被一群童子欺負。

心頭悲苦，李無憂卻深知好漢不吃眼前虧的道理，慌忙求饒，但那群孩子卻頑劣異

常，渾不知深淺，打得興奮下，哪裏肯停手？

痛了一陣，李無憂忽然心念一轉，扯著嗓子慘叫一聲，同時咬破嘴皮，一口鮮血噴了離他最近的孩子一臉。眾頑童這才大驚失色，作鳥獸散。

李無憂苦笑一陣，掙扎著想站起來，卻當即覺得左膝和胸腔又是一陣劇痛傳來，伸手將全身檢查一遍，頓時悲哀地發現幾乎全身都是傷，肋骨斷了三根，左腿自膝而斷，其他部位也是皮開肉綻，唯一慶幸的是雙手和腦部無損。

想起這大半是拜黃公公這老閹人所賜，他頓時破口大罵起來。罵了一陣，卻沒了力氣，轉動眼珠打量四周，才發現天已大亮，自己身在一處密林之中，身周枝丫橫折，顯然是自己從高空墜下來時所砸斷，數丈之外，尚有一個大坑，應是自己落在此地，然後反彈到了這邊。

這顯然是借物代形之法，難怪從那麼高的地方摔下來自己也沒死。自己功力全失，想必是那老閹人的手筆了，他如此做只是想教訓自己一下，並非是真想要老子性命，一念至此，當即大喜過望。

一面等黃公公的到來，一面運功提氣療傷，但丹田內卻依舊空空蕩蕩，渾無半絲氣息，他這次才真的慌了起來。

以他此時功力，按理無論受多重的傷，休息一陣，丹田自然吸收天地靈氣重新補充元氣，斷不至於丹田一絲氣息也無。忽地想起上次功力全失的經驗，當即去乾坤袋找大鵬神親自配的封功散的解藥。

乾坤袋的開啓之法，其實並不需要靈氣，只需其第一任主人將封印訣打進以後的擁有人體內，而後者只要念對靈訣就可以開啓，這個秘密向來不爲人知，是以在梧州的時候，任冷、獨孤千秋和柳青青這三大魔頭才前赴後繼地上當。

服過封功散解藥半個時辰，丹田內依然沒有半絲元氣波動的跡象，李無憂心下更驚，猛地想起自己昏迷之時，那種種異狀似乎與傳說中的散功之狀竟是一一吻合，莫非老子竟是中了別人的散功招數？對自己下毒手的人是……牧先生！

對了，就是牧先生，傳言謝驚鴻的照影神功練到極處，確然是有一種將人功力化去的神奇功效，想必就是之前動手，牧先生將照影神功化入驚鴻劍氣射入了我體內，我未受傷時自然可以憑元氣化去，但傷重功力耗盡之後，卻無法抵擋照影真氣，被其一一化去了苦苦修練良久的功力……

一念至此，他又驚又怒，心下卻是一片冰涼。

下一刻，他破口大罵牧先生來，可惜此地無人，不然將其罵詞記錄成書出版，定能賺個鉢滿盤滿。

一直罵到太陽落山，他幾乎連抬嘴皮的力氣都沒有了，也不見黃公公現身，心知自己猜錯了，這老烏龜就算不是真想要老子的性命，也是想讓老子自生自滅。但天可憐見，以前聽評書，英雄落難的時候，總有美女或者世外高人來搭救，現在倒好，別說美女的倩影，連世外高人的毛都看不到一根，莫非老子縱橫天下，居然算不得英雄？

正自胡思亂想，忽聽一陣草木摩挲聲傳入耳來，李無憂頓時毛骨悚然：「不是吧，辣塊媽媽不開花，這個時候和我開這個玩笑！」

下一刻，密林裏一聲慘叫劃破了靜寂：「我討厭蛇！」

又不知過了多久，腦門一片清涼，身體漸漸舒爽，有一刻，猛然醒轉過來，睜開眼，卻將眼前人嚇了一跳，定睛看時，卻是那叫小三的童子。

「你……你別過來啊！」小三似乎很怕他，但隨即卻緊張地叫了起來，「你別亂動了，你的蛇毒尚未完全清除。」

李無憂咦了一聲，勉強擠出一絲笑容，道：「多謝你！」

「嘻，原來你不是傻子啊！」

小三笑了起來。

李無憂苦笑，隨即問起緣由。

原來小三回去之後，想起自己將這傻子打得吐血，心存內疚，卻不敢和家裏人說，左思右想，終於決定來看一看，見他被蛇咬了，順便就找了些草藥替他解了毒。

李無憂覺得身上毒傷果然好了許多，不禁大奇，這孩子不過六七歲光景，居然懂得這些醫理！細問之下，才知道老閹人帶自己飛了一夜，竟已到達西琦境內的桂、惠兩州交界處，這裏是一個名喚月河村的小村子，小三的父親是村裏的郎中，家學淵源，多少懂得一些療傷祛毒之法。

聊了幾句，兩人漸漸熟絡，李無憂口水神功了得，對付這個垂髫童子更是不費吹灰之力，很快便騙得小三將祖宗十八代的臭事都一一交代了出來，末了更是從家裏拿來清水和食物。

用過食物，李無憂讓小三將他拖到村外，在一處隱秘山洞中安頓下來。翌日有獵戶入林捕獵，見此地憑空多了一個人形深坑，百思不解，後有巫祝說其夜觀天象，有神人趁流星降凡，不慎墜入大地所致，全村譁然，此後日夜供奉，香火不斷。有久婚不孕愚婦趁夜無人之時，以手撫那人形陽根部位，次日即得孕，鄉人爭相模仿，據稱靈驗異常……

李無憂本身醫術已是不凡，這些日子來，戎馬倥傯之餘，更是有空就研究紅袖給他的

《巫醫奇術》，對醫術的造詣更是突飛猛進，當即叫小三和眾童子幫他採些草藥，慢慢平復傷勢。

村人有聽孩子說及這忽然冒出來的怪人，來探時發現這人衣衫襤褸，蓬頭垢面，說話語無倫次，多當是個傻子，看了兩次，除有善良寡婦時而來接濟他一下食物外，就再不管他，由他和孩子們胡鬧。

如此在小三的悉心照料之下，李無憂的外傷漸漸好了，腿骨和胸口的骨節也開始癒合，漸能坐起。

每日吃些粗米素菜，李無憂嘴裏很快淡出鳥來，便叫小三去偷些雞鴨來烤，後者本對他百依百順，卻獨獨於此猛搖其頭，堅持不肯。李無憂無奈，只得教他一些捕捉鳥獸之技，不想次日這小子就抓了一隻野兔回來。

李無憂大喜，當即又教了他烤兔之法，後者初試身手，居然搞得似模似樣，李無憂歡喜之餘，更是傳了他一些醫理，後者聰明絕頂，均是觸一通十。李無憂讚嘆不已，閒來無事，又傳了他一套修習內力之法，後者初時難窺門徑，但入門之後，卻是一日千里，激烈猛進。

時光荏苒，如此過來一段時間，小三內力竟已能運轉小周天，而李無憂自己，內外傷俱已全好，卻更加肯定自己內力確然已被照影神功化了個乾淨。

此時他重新修煉內功，只是體內斷裂經脈雖有佛玉汁接續，但卻通而不暢，他雖早已練成萬氣歸元，全身經脈穴位皆可直接吸收天地之氣化爲己用，但此時任督二脈和奇經八脈皆已堵塞難通，那吸來的微弱的天地之氣只有極少一部分流進丹田化爲元氣，想是照影神功的後遺症所致。

經脈和丹田兩相連累，李無憂已與常人毫無兩樣，好在他自幼飽經憂患，近年來更是歷經大難，心頭雖然悲苦，倒也不至於呼天搶地號啕大哭。

月河村地處偏僻，與外界消息難通，李無憂通過小三等人向村人打聽前線戰事，只是徒勞無功，這日屈指一算，到此已是整整四十天，心知此時若再不離開，多半會被楚國霄泉的人找到，但想到去處，頓覺茫然，何去何從呢？楚國是不能去了。蕭國人視自己如洪水猛獸，而且現在蕭國又被三國聯軍占據，兵荒馬亂的，自己身無功力，實在是危險至極，也是不能去。陳和西琦都與楚國結盟，這兩國也是不能久待，看來可去的就只有渡過天河，去那魚米之鄉的天鷹或者藝術之都的平羅了。

當夜便留了一封書信給小三，趁著月色悄然離開破窯。月河夾在密林之間，月色下，彷彿是一條玉帶自黑林裏穿過。

李無憂功力雖失，不知爲何天眼卻尚在，漆黑的夜裏，看任何事物也依舊是清晰無比。很快穿過鄰近村子的密林，來到了月河畔。

正要過橋，目光卻不經意間落到河畔當日落地時那個人形深坑上，想起自己被黃老閹人從半空扔下來的情形，心頭卻是一顫：李無憂啊李無憂，人在亂世，若無本事，在哪裏都是任人魚肉，平羅和天鷹雖好，卻也非久戀之家啊！

想通這一點，頓時明悟。

看來眼前首要，還是恢復功力爲上——只要打通了身上堵塞經脈，自己憑藉萬氣歸元從天地間吸收靈氣，或者可以恢復功力。

只是要打通經脈，至少需要聖人級武者或大仙級法師不惜功力才能打通，但自己認識的絕頂高手不少，肯定願意爲自己如此犧牲的，除開若蝶，怕也只有三位哥哥和四姐了，大鵬神八成肯，慕容軒原來也是有五成肯的，如今卻要打個問號，任冷也要打個問號，謝驚鴻和古長天不能揣測，牧先生卻是決計不肯的，黃公公這個閹人的想法也不可揣測……

至於那四宗的人，雲海老禿驢多半不肯，其餘三宗的人，也沒什麼交情，大概都不會願意爲我一個廢人而得罪楚國。

若蝶肯定在找自己，但此時自己不方便露面，也找不到她，唉，看來唯一可行的只有厚著臉皮回崑崙山求四姐他們幫忙了，只是回崑崙要經過楚國……

靠！最危險的地方就是最安全的地方，老子功力雖失，智力卻還在，這天下又何處不能去了？

想起乾坤袋裏尚有一張朱如離開時送的人皮面具，正要伸手去取，忽覺腦後一陣陰風吹來，一個淒厲的陰惻惻的慘叫聲道：「李無憂，還我命來！」

「什麼人？」李無憂大駭，驀然轉身，一長髮半遮的慘白容顏幾乎沒貼到了他鼻尖，一雙死魚樣的眸子一動不動地望著自己。

「媽呀！鬼啊！」李無憂慘叫一聲，昏倒在地。

「喂！不會吧？這麼不經嚇？」那鬼卻頓時慌了神，撩開頭髮，俯身去看，臉頰近李無憂尚有三寸，後者忽然醒來，一嘴吻到了她臉上，前者頓時嚇了一跳，反射動作一個後空翻，退出三尺。

「死老公，壞死了！」那鬼朝臉上一抹，嬌嗔著叫了起來。

李無憂一愣，月色下，眼前少女白衣如雪，雖是發嗔，清秀的眉目間卻滿是喜色，卻是……

下一刻，李無憂狂喜，大叫一聲「秋兒」，撲過去將那少女緊緊擁入懷裏。

那少女正是葉秋兒。

月光淡淡，河水潺潺，伊人幽香直沁心脾，李無憂一時只覺相逢在夢，恍如隔世。

此時無聲勝有聲。正自沉醉，忽有人很不識相乾咳了兩聲，葉秋兒猛地一窘，一把推開李無憂，躲到一邊去，後者一愣，轉過頭來，卻見身後不知何時已多了一仙風道骨的少年道士。

李無憂頓時火了：「靠！小兄弟，你知道不知道這麼鬼鬼祟祟的很容易嚇死人的？看你年紀也不過十四五歲，怎麼就不知道學好，偷看大人親熱？來，乖，叔叔給你銀子買糖吃，哪涼快哪待著去！」

少年道士苦笑著搖頭，看了看葉秋兒，似乎希望她說話，後者卻輕輕哼了一聲，偏過頭去來了個不理不睬。

道士又是一陣苦笑。

李無憂從包袱裏拿出一塊碎銀硬塞到道士手裏，邊將後者推了出去，道：「好了好了，拿銀子買糖去！下面的內容少兒不宜，以後有空回去找你母親大人請教！」

「撲哧！」葉秋兒忍俊不禁，終於笑出聲來，「李大俠，你可真是夠膽子，百年來，你可是第一個敢如此和我師父說話的人呢！」

「師父？」李無憂嚇了一跳。

正自一呆，忽見一人走近，邊走邊叫道：「師父，葉師妹，原來你們在這啊，害得我一陣好找……咦，這不是李少俠嗎？可找著你了！」

李無憂覺得那人眼熟，一時卻又想不起在哪裏見過，遲疑道：「這位兄台是？」

「哈哈，少俠果然貴人多忘事，在下玄宗太虛門下馬翼空，上次航州天下武林大會，曾領教過少俠高招的！」

「哦！是你啊……」李無憂終於想了起來，然後指著那年輕道人目瞪口呆，好半晌才遲疑道：「這位，這位、小，小，前輩莫非就是尊師太虛道人？」

那少年道士苦笑道：「莫非我這樣子真的不像世外高人嗎？」

「不像！」李無憂斬釘截鐵道，隨即卻是一臉崇敬，「怎麼能說像呢？根本就是嘛！看前輩你神光內斂，骨骼清奇，一舉一動莫不合乎天地生滅之理，晚輩可真是太笨，居然沒有想到前輩道法通神，已達返老還童之境，以凡夫俗子之眼光來揣測前輩，真是該死，該死！」

太虛子苦笑著摸了摸鼻子。

馬翼空笑道：「李兄真是會講話，難怪秋兒會那麼喜歡你，天天苦纏師父，十年沒出門一步的師父也熬不過她，陪她千里迢迢來陳國找你！不過李兄，這一舉一動莫不合乎天地生滅之理？這也未免太玄了吧，我跟了師父十幾年了，怎麼就從來沒看出來呢？」

李無憂心道：「別說是你，老子都還沒看出來呢！」口中卻道：「馬兄這就不懂了，所謂大道無形，太虛前輩的舉動正因合了天地之理，是以無形無跡，馬兄日日受前輩薰陶，久處芝蘭之室而不覺其香，才不容易輕易看出，我卻是旁觀者清，是以明白！」

葉秋兒不屑道：「切！我看大師兄是久處茅廁之間而不覺糞臭，你是久處馬廄之中而不覺馬屁之臭吧！」

童言無忌。太虛子與馬翼空尷尬一笑，李無憂也笑，心頭卻發誓有空一定要好好整治一下這小妮子。

眾人又說了一陣廢話，太虛子收斂笑容，對葉秋兒和馬翼空道：「你們倆在這繼續監視那妖女的行動，李賢侄，請跟我到這邊來，有些事我想和你說說。」說完自掉頭朝河邊走去。

葉秋兒望了望李無憂，欲言又止，後者笑道：「別擔心，相信我！」

第六章　龍游淺水

過橋到了村外，李無憂恭敬地行了個禮，道：「前輩何以教我？小子洗耳恭聽！」

太虛子道：「無憂，你可知我道門修行之宗要是什麼？」

李無憂想不到他會問這個問題，詫異之餘，卻還是恭敬道：「是求窺破天道，達天人合一，與天地同壽，日月齊輝！」

太虛子點了點頭，接著卻又搖了搖頭，道：「你說得不錯，只是我們卻一直做錯了，並一錯再錯。老子著《道德經》的本意是想告訴世人順其自然，莫與自然對抗，後世弟子不孝，卻借其中所載功法創立道門，來求長生，真是緣木求魚，何其愚蠢！」

這個道理，李無憂曾聽大哥青虛子說過，但據後者說，他也是近三十年來才領悟到這一點，沒想到這個太虛子不過百歲，居然已懂了，真是有大智慧的人，當即道：「前輩見識非凡，晚輩真心佩服！」

「真心佩服？呵呵，明知故犯的人又有什麼值得佩服的了？」太虛子苦笑，「你或者

還不知道，秋兒是我請吟霄、可人他們出手從你營中劫走的。」

「什麼？」李無憂著實大吃了一驚。

「你可知為何？」

李無憂很快冷靜下來，想了想道：「以前輩的見識，自然不會以為我偷了你四宗的秘笈。你人稱『情道』，想必年輕時也是風流瀟灑，曾因情多誤美人吧，不想讓秋兒步你那些紅顏知己的後塵？」

「你也未免太看得起我了。」太虛子又笑了笑，「真相你不肯說，我就厚著老臉替你說吧！其實抓秋兒回來，確然是我陳國三皇子的主意，他本意是想藉此威脅你，好在打下蕭國之後，多取一些地。」

「食君之祿，擔君之憂！」李無憂嘆了口氣，同時心下也是一陣明悟，如今自己殺了靖王，再也不是楚臣，葉秋兒這步棋那是再也用不上了，陳羽索性賣自己個人情，讓太虛子帶人來找自己，這裏面的拉攏之意，可謂再明顯不過了，只是事情未必真能如他所願吧！

果然，卻聽太虛子又道：「無憂，你是聰明人，我來此的目的，我不說，你也知道。你意下如何？」

李無憂深吸了一口氣，正色道：「前輩，無憂身遭大難，如今已是心如死水，再也無心兵戈之事，只想找個世外桃源平淡度過此生。秋兒若是願意跟我走，請前輩成全；若她不願，請前輩代我照顧。此恩此德，沒齒難忘！」

「暮色棲橋坡，停舟看寂寞。漁唱三更多少事，浮生江心自蹉跎。難悔北來歸劍早，胡馬窺江左。秋夜看天河，渺渺江流，寂寂雕弓，時時悵舊波。」

這半闋詞傳爲蘇慕白掛冠後所作，新月下，太虛子吟嘯之音頗低，但和著月河裏的流水聲，岸上秋風過草聲，自有一番說不出的蒼涼刻骨，李無憂本非真的已對萬事淡泊，聞之悵然若失。

太虛子趁熱打鐵道：「蘇前輩雖是楚國人，卻甚得我玄宗門敬仰。你是他徒弟，想必也明白他畢生之志，非在大荒，乃是徹底平復古蘭，讓後世子孫能不處強敵威脅之下，永世平平安安。你是他的傳人，怎可稍受打擊便意志消沉？『渺渺江流，寂寂雕弓，時時悵舊波』，那種滋味，可並不好受。」

李無憂笑了笑。太虛子也許是個很好的說客，可惜他依舊搞錯了件事，自己並不是蘇慕白的徒弟。但這個問題卻不能說，是以他只是道：「哀莫大於心死，晚輩對這些居上位者的人心已看得很透，這天下姓陳還是姓楚，和我已再無關係！」

「是嗎？」太虛子狡猾一笑，「你一手所創的無憂軍如何了？雲州是不是已經破了？你那幾位紅顏知己又如何了？這些你都不想知道嗎？」

李無憂默然半晌，終於道：「無憂軍是生是死，都已非我所能掌握，雲州破與不破，也和我無關。只是她們的下落，前輩若是知道，還請賜告！」

太虛子嘆了一聲，道：「果然是個情種！不過無憂，非是我現實，想秋兒是我玄宗最傑出的弟子之一，你若無一個顯赫的地位，叫我如何將她許你？」

李無憂不是未經世事的少年，聞言頓時一窒。玄宗門非但在江湖上尊崇至極，在陳國朝廷也是地位顯赫的，門下弟子婚嫁的都必然是與之有對等身分的人，不是在江湖上名動一方的豪傑，就是各國政要，李無憂若是甘於寂寞，去隱居避世，即便太虛子肯成全他們，玄宗門中長老們也未必肯答應。

其實這樣的情形，還可以推想到小蘭的身上，慕容軒怕也是知道靖王這個楚國太子要對付自己，才改變初衷要將小蘭嫁與靖王。想到小蘭，他忽然發現，小蘭和秋兒很多地方竟是驚人的相似，一樣天真率直的性格，一樣顯赫的出身，都是對自己一見鍾情，最後卻注定要離自己而去……

正自傷神，卻聽太虛子又道：「秋兒這孩子什麼都好，就是性子太也固執。我將她抓回來，固然是受了三皇子所託，但卻也是希望能讓她和你徹底地了斷——一個男人有多個女人，自可說是風流，只是對那些女人而言，卻未必是件幸事。唉……她卻以死相逼，我無法，才帶她出來找你！這短短一月間，我們從秦州一直找到了航州，又從航州找到了這裏，她可是吃夠了苦。」

聽到航州兩字，李無憂先是一愣，隨即明白過來，天下最危險的地方通常就是最安全的地方，玄宗追蹤之術冠絕天下，但人海茫茫，漫無頭緒，他們先從航州找起，乃是有大智慧的人的明智選擇。

太虛子見他不語，只道已經動心，當即又道：「大丈夫處世，鬥的並非匹夫之勇。你今日功力雖失，但頭腦卻在，自可恃之縱橫天下，何必於枝末耿耿於懷？再說了，我觀你氣色，有經脈堵塞之兆，若能打通經脈，恢復功力未必無期。」

聽到最後一句話，李無憂心頭頓時一動，正色道：「前輩願意助我打通經脈？」

這話問得雖然簡單，但其言下之意卻有深意。打傷李無憂的是謝驚鴻的弟子，打通李無憂的經脈，從某種意義上說，那就是與天下第一高手謝驚鴻爲敵，另一方面，李無憂殺了靖王，助他則是與楚國爲敵，將來陳楚交兵，若陳國兵敗，楚國大軍壓境，難保陳國朝廷和玄宗門不會迫於壓力，捨車保帥，作出犧牲太虛子而換取楚國退兵等權宜之計。

太虛子卻不說話，探手抓起李無憂的雙手，一寒一熱兩道真氣便注了進來，後者暗自搖頭苦笑：「怎麼和大哥一個脾氣！」

奇的是，太虛子那兩道真氣在李無憂體內流動卻通暢異常，渾無半絲阻力，兩人的臉色都漸漸地變了，最後太虛子長嘆一聲，道：「謝驚鴻真神人也！」看李無憂的眼神便多了幾分愧疚。

李無憂灑然一笑，道：「得失由心，萬事隨緣，前輩不必放在心上。」

太虛子正要說什麼，卻見馬翼空飛掠過來低聲道：「師父，那妖女來了！」

太虛子點了點頭，道：「你先和秋兒穩住她，我和李少俠馬上就到！」

馬翼空領命去了，李無憂苦笑搖頭道：「前輩你自去吧，我幫不上你什麼忙，這就走了。秋兒那裏麻煩你跟她說，就說，說我對不起她。」語罷掉頭便走。

「走？你要走去哪裏？」太虛子笑了起來，「四大宗門、三大魔門的人已將這村子方圓十里圍了個水泄不通，你以爲你走得出這個村子嗎？」

「前輩又何必唬我？」李無憂淡淡一笑，「晚輩何德何能，怎麼擔得起這許多高人的看望？」語畢再不廢話，轉身朝村外走去。

「欹！」一陣尖銳的破空聲響起，隨後一聲慘叫「媽呀！」響了一半戛然而止。

太虛子輕輕一抖道袍的雙袖，十餘支利箭掉了出來，轉身見李無憂一臉慘白，好心道：「無憂你沒事吧？」

「沒事！」李無憂迅疾恢復正常，淡淡一笑，瀟灑地擺了擺手，「本帥什麼大風大浪都過來了，這點毛毛雨還未放在心上！」

「欸！」一陣箭雨飛過，有人趴在地上手足亂抖：「媽呀，各位好漢，大家往日無怨，近日無仇，你們饒了小的這條狗命吧！」

太虛子先是目瞪口呆，隨即暗自大搖其頭：「功力失了，卻連膽子也丟了，這樣的人也被世人捧上了天，當真是當世無英雄，方讓豎子成名！」想歸想，卻走過去將他扶起，朗聲對彼岸林中喝道：「各位皆是成名人物，一個時辰未到，莫非竟已等不下去了嗎？」

「嘿嘿，牛鼻子，老子不是等不下去了，只是李小子可也是今晚的主角，想這麼輕易地走掉，咱們可是誰也不會答應！你勸他還是安分點，否則別怪我們無情！」林中一人怪笑道。

「任冷！」李無憂猛地叫了起來。

「靠！你這臭小子真他媽是個怪胎，老子明明運功改變了聲線，你居然還可以聽出來……」任冷嘀咕著，聲音卻漸漸小了。

「太虛兄，你和李少俠還是快些行事的好，若是遲了，小妹可也擔待不起。」林中一個柔弱的女子聲音又傳了出來。

「嘻嘻，太虛道兄，燕仙子等不及，我柳青青可是很有耐心，你們不妨慢慢行事，等李無憂和寒山碧的兒子都出世了再通知我們進去也不算遲！」

又一個女子的聲音響起，但李無憂已經無暇分辨這是不是柳青青的聲音了，而之後似乎還有人說了一句俏皮話，他卻也不記得是誰，此刻他腦中一片空白，「寒山碧」三個字在迴旋不絕，原來他們說的妖女，竟然就是阿碧，只是……只是……這究竟是怎麼回事？

「勞煩各位再少待片刻！」太虛子虛恭了一禮，轉身帶著已經目瞪口呆的李無憂離了石橋，穿過密林，朝村中掠去。

太虛子邊飛邊道：「今次正邪兩道，七派聯手，爲的是追蹤你那位紅顏知己寒山碧姑娘。其實我本來也料不到你會在這裏，只是我們剛到航州不久，門下弟子就傳來消息說有人看見寒山碧和你在這月河村現身，這才千里迢迢地趕了過來。」

李無憂此時已然恢復冷靜，奇道：「你們口口聲聲說要找寒山碧，我在這一個多月怎麼從來沒見過？」

「嘿！」太虛子笑了起來，「你功力已失，自然是看不到她了！只不過，我聽說這一個月多來，霄泉已經派了五批人到過這個村子，若不是她，你以為你還有命在？她卻也因此而暴露了她的行蹤，四宗和魔門的人也就此盯上她了，只是大家互相牽制，各自都隱而不發罷了！」

李無憂驚了一驚，這麼多敵人覬覦在側，我卻一點沒有察覺，可說是十分無能了，卻復又想起一事，道：「你們找我或者可以向楚問邀功請賞或者別的什麼目的，而禪林或者有找阿碧麻煩的理由，其餘三大宗同氣連枝，或者可以為虎作倀，但魔門的人是吃飽了撐的嗎，居然也來湊熱鬧？再說了，對付一個寒山碧，即便你們不知道我功力盡失，怕也用不著這麼多人一起出馬吧？」

「匹夫無罪，懷璧其罪。」

「能讓這麼多人緊張的寶貝，一定是非同凡響了？」

「嘿嘿，豈止是非同凡響那麼簡單，簡直可說是驚天動地！」太虛子笑了起來，聲音居然微微有些顫抖。

「那是什麼？」

太虛子卻沒有回答他的問題，忽地停下身形，正色道：「今次正邪兩道為求奪寶，將會不擇手段。為了秋兒，我厚著臉皮使出詐術才得以最先進村和你率先溝通，無憂，你這

人至情至性，希望不要自誤誤人。」

他說得雖然隱諱，李無憂卻終於聽出了來龍去脈。

原來最先找到自己的居然是久未露面的阿碧，而她到此之前，似乎得到了一件曠世奇珍，搞得四大宗門和三大魔門的人都極其緊張，精銳盡出前來奪寶，只是在進村之前，這些人互相牽制，誰也不肯讓別人先進，但卻也不願意互相拚鬥而讓他人漁翁得利，於是採用了類似抽籤的法子，最後卻是太虛子這一系的人得勝，率先進來了。

是什麼樣的寶物，居然引得黑白兩道破天荒地攜起手來？他心念百轉，表面卻笑道：「前輩多慮了，我與那妖女其實並無瓜葛，一直都是她自作多情而已，此次見面之後不兵戎相見已算是客氣，又怎會不顧自身安危，白白爲她送了我的小命呢？」

太虛子將信將疑，卻也不點破，抓起他再次飛掠，很快到了一處臨河的山崖之上，崖上一間破破爛爛的小屋透出昏黃的燈火，李無憂識得這裏正是村中唯一的神廟。

葉秋兒和馬翼空二人正神情緊張地守在門外，見到二人到來，正齊齊鬆了口氣，忽聽屋中一人笑道：「可是玄宗太虛前輩來了？請進來吧。」

語聲清脆，一如珠玉，卻正是阿碧的聲音。

太虛子道聲佩服，推門進去，馬翼空隨著跟進，李無憂正自發呆，葉秋兒卻走了過來，一把挽住他的胳膊，拽了進來。

西琦人雖也信奉創世神與五大神，但卻因馬背民族的關係，也信奉一些自己創造的偶像神，並一廂情願地將其與創世神拉上關係。這個神廟裏所供奉的便是西琦神話傳說中的英雄達爾戈，李無憂閒暇之時，曾到這裏看過，只是他怎麼也想不明白月河村這個民風淳樸的小村，居然也信奉達爾戈這樣的戰爭之神。

破敗的神廟縱橫各十丈，高五丈，看來宏大異常，但廟裏除了正中心一個高達三丈的巨大達爾戈塑像和塑像前的三個蒲團之外，再無他物，整座神廟顯得空空蕩蕩，說不出的蕭瑟。

但這個仲秋的涼夜，那長髮如雲白裙飄雪的女子，就那麼隨意地背立在神像下，整個大殿倏然溫暖起來。

「阿……阿碧！」李無憂吃力地張了張嘴，發出一聲輕輕的囈語。那白裙女子半露的雙肩微微顫了一顫，驀然轉過身來。

霎時四目相對，兩處癡呆，一樣複雜心情，是相思之苦還是重逢之甜，是別來傷心還是覓處彷徨，尋尋覓覓，覓覓尋尋，波哥達峰頂李無憂決絕而去，別來已是兩月有餘，二人各經風霜，再相顧，卻均已非當時少年，各自相顧一笑，千言萬語卻已了然於心。

「原來這位就是碧姐姐，小妹常聽相公提起你，今日一見，果然是天仙化人，天生的美人！」葉秋兒碎玉一般的聲音響起，此時無聲勝有聲的意境終於蕩然無存。

李寒二人這才想起眼前有人，寒山碧目光左移，落到葉秋兒和李無憂互挽的雙臂上，微微滯了一滯，輕笑道：「這位妹妹是？」

「玄宗門下葉秋兒見過碧姐姐！」葉秋兒脫了李無憂的手，躬身施了一禮。

「原來如此！」寒山碧微微笑了一笑。

笑聲落在李無憂耳裏，不知爲何竟是微微有一絲悲涼，他想解釋什麼，話到嘴邊，卻凝滯難語，一個「我」字出口，後面卻沒了聲息。

正自黯然，卻聽寒山碧笑了一聲，大聲道：「天下男兒皆薄倖，總將新人換舊人！這句話，我終於是信了！李無憂，你很好！當日波哥達峰頂說要與我長相廝守，今日卻帶著你的新娘子來殺我，你……你可是對得起我？」

「不……我……」李無憂剛想說什麼，耳際已是風聲銳起，卻聽太虛子大喝一聲「閃開吧」，身子已不由自主地向左側撞去。但剛飛出丈許，卻如撞到一道軟牆上，猛地被彈了開來，身形未定，卻聽耳畔一聲掌勁相交的巨響，人已經撞入一個軟玉溫香的所在，一陣熟悉的幽香驀然鑽入鼻息。

「嘻嘻，相公，原來你心裏還有奴家啊，這麼性急就朝人家投懷送抱！」寒山碧一招得手，頓時嫣然一笑，情深款款，引得葉秋兒將信將疑，側目而視。

李無憂一時答是也不成，答不是也不成，只能搖頭苦笑，作聲不得。

太虛子惱寒山碧不打招呼，便出手硬搶李無憂，與寒山碧對掌時暗中使了七成力，但卻兩人依然秋色平分，當即吃了一驚，暗道這妖女年紀輕輕的，功力竟也已達至聖人級，今日之事，看來棘手之至。

他自重身分，當即收招還式，道：「寒姑娘，如今你已是眾矢之的，你搶得李少俠又能如何?不過是為他多惹些殺身之禍而已!你若是信得過貧道，將他交與我，我答應你護他周全，豈不比跟你一起送死的強?」

葉秋兒亦道：「碧姐姐，如今你自身難保，何苦一定要連累相公?」

寒山碧咯咯笑道：「你們能維護他的安全，莫非我就不能嗎?秋兒妹子，你想和我搶人就明說，何必用這樣卑鄙手段?呵呵，不過我勸你還是別亂動，否則我大不了一掌宰了這負心之人，咱們一拍兩散，誰也得不到他!」

「不要!」葉秋兒嚇了一跳，「我不亂動，他暫時交給你保管好了!」

這話將場中幾人全都逗笑了，李無憂聞言好笑之餘卻覺一陣悲涼，什麼時候，名動大

荒的雷神李無憂竟然落得要他人保護，輾轉於婦人之手了！

太虛子乾咳一聲，說道：「寒姑娘，莫非你真的以爲你能夠帶著李少俠逃出我們的包圍？」

「呵，寒山碧雖然愚鈍，但還不至於如此天真……」寒山碧看了看李無憂，娓娓說道，語聲至此，卻猛地一陡，「更深露重，各位若不嫌棄，便請進來一起暖和暖和吧！」說時纖手一揚，於空虛畫了個圈。

「轟！」的一聲巨響過後，神廟四面的石牆和天花板同時洞開，皎潔的月光透了進來。石牆消失的地方多了四組人馬，數十人看似隨意地站立，卻將這小小的神廟圍了個水泄不通。

「寒姑娘，快將東西交出來，龍某向各位前輩說個情，或者諸位寬宏大量，能放你一條生路也不一定！」北面一人大聲道，李無憂側目看去，卻是老相識禪林龍吟霄，身旁一名美女顧盼流兮，正對自己嫣然一笑，卻是天巫傳人陸可人。

龍陸二人身後，分別是一群身著黃色袈裟手持長棍的白眉和尚和一群如畫美女，美女之中，有兩人叫柳容和夏倩，卻是在航州的比武大會上見過，顯然禪林和天巫這次行動也是精銳盡出了。

卻聽一人嬌笑道：「龍賢侄真是英雄出少年啊，居然這麼輕易就替我們這些老傢伙做了主，真應了那句老話『長江後浪推前浪』，看來我們這些前浪都該死在沙灘上了呢！」

聲音自南面傳來，說話的卻是魔門無情門主柳青青。

她身後五位年紀甚輕的俊男美女俏然而立，李無憂功力雖失，眼力卻在，一眼便看出這些人功力雖然略略不及柳青青，卻無一不是江湖中千挑百選的頂尖高手，暗想難道這就是無情五老？

「柳前輩，晚輩不是這個意思……」

「一會兒拿到東西怎麼都要見分曉，那麼多廢話做什麼？」東面一人不屑地冷冷哼了一聲，這次不用看，李無憂已經知道是任冷。

任冷身邊並無旁人，也不知道是天魔門的人都埋伏到了外面，還是任冷狂傲慣了，自持武功，不屑帶人前來。

西面沒有人發話，但李無憂依舊掃了過去，首先落入眼簾的卻是面有愧色的文治，文治的身邊，是一名與文載道容貌依稀相近的儒衫中年人，如果不出意外，應該是當今正氣盟主文九淵了。

二人身後是一群長袖儒冠的書生，顯然是正氣盟的精銳弟子。

見此，李無憂深深吸了口氣：「正邪兩道齊集於此，好大的場面！這個死阿碧，到底又惹了什麼禍？」

卻聽太虛子冷聲道：「各位都是成名人物，答應貧道要等一個時辰讓我處理這件事，怎麼這麼快就出爾反爾？」

三大宗門的人都是略略臉有愧色，但魔門中人卻神色如常，絲毫不以爲意。

最終還是陸可人道：「太虛前輩，那東西本來最初是屬於你玄宗門的，所以我們是答應給你一個時辰，絕對沒半點要反悔的意思。大家都到這裏來，只是怕妖女狡猾走脫，來給你壓陣而已！你千萬莫會錯了意！」

這個理由雖然牽強，但卻說得冠冕堂皇，眾人皆是暗自鬆了口氣，隨聲附和。太虛子見此淡淡笑了一笑，不再作聲。

見眾人談笑之間已然向圈中逼近了三尺，寒山碧一手舉起，冷冷道：「你們再過來，再過來我就將李無憂殺了！」

「你殺就殺了！一個小白臉，關老子屁事？」

聽到這樣不負責的話，李無憂只差沒氣得吐血，一眼看去，果然就是任冷這老匹夫。

「是嗎？」寒山碧淡然一笑，猛地一掌擊向李無憂頭頂，同時喝道，「既然大家喜歡，就讓蒼引隨著他煙消雲散吧！」

「慢！」數十人驚慌失色，同時高呼。

但寒山碧卻毫不理會，這一掌依舊無半分遲疑地朝李無憂頭上落去。

「啊！有人謀殺親夫了！走過路過不要錯過啊，有錢的捧個錢場，沒錢的捧個人場！」李無憂大駭之下，扯著嗓子大叫起來。

「撲通！」人倒了一片。

「冤家！」寒山碧嬌笑著啐了一口，落到李無憂頭上的玉手卻變做了溫柔撫摸，「人家還等著你娶我過門好好伺候你呢，怎捨得輕易殺你？」

「難說！」李無憂抗議似的大聲叫了起來，「那蒼蠅明明就不在我身上，你卻陷害我，是不是想讓我當你的替罪羊，你自己卻逃之夭夭？」

此言一出，眾人都是心頭一動，而寒山碧臉色卻頓時變了，冷聲道：「既然不願意幫我，那你就去死吧！」話音一落，眾人便覺眼前一花，慘叫聲中，李無憂的身體已朝空中飛去。

眾人萬萬料不到寒山碧這妖女居然狠辣如此，剛剛還柔情蜜意，轉瞬間見無利用價值，就棄之如廢物，眼見李無憂朝空中飛去，都是大聲驚呼救命，卻生怕自己一個不慎，不是被別人襲擊就是寒山碧讓別人給抓了去，叫聲越大，足下越穩如磐石，數十人仰望星空，竟是誰也沒有去追。

眾人定睛看時，卻是葉秋兒。

「老公！」忽有一人驚叫一聲，白影一閃，風馳電掣一般追了上去。

「哪裏走？」

「留下吧！」

卻聽兩人同時叫了起來，只是前者是一聲冷哼，後者則是一聲嬉笑。

同一時間，一人猛地揚掌朝神像擊去，而另一人則發出一道黃色劍氣朝神像左側三丈高空射去。

「噹！」一聲金屬交錯的鈍響，劍氣縱橫，火花四濺中，一道白衣人影顯出身形，隨即硬生生被逼得落下來，正又是一個寒山碧。

這個寒山碧落地之後，先前立於地上的寒山碧便朝這邊橫移過來，移動之中，身影漸漸變淡，最後兩個寒山碧合爲一處，與先前無異。

「分身術！」有人正自驚叫一聲，那神像同時發出一陣嗡嗚悶響，一道藍色人影自石像中驀地滾了出來，卻是本已該飛上天去的李無憂。

這個時候，空中葉秋兒一把抓住「李無憂」，入手卻是一塊小石片，而李無憂的人影已然消失不見，落回地上，卻見李無憂已然跌坐寒山碧身旁，正愁眉苦臉道：「死阿碧，老子早說過這招行不通的了，這不被人識穿了吧？」

小丫頭一時茫然不解，呆在原地。

馬翼空過來拍了拍她肩膀以示安慰，暗自卻是搖頭不止：「小師妹武功雖高，但論及心機，卻連一個幼童都不如！今後如何在李無憂的妻妾群中立足？」

寒山碧挨了罵，卻不以爲忤，反是嫣然笑道：「魔門中人人各自爲戰，要柳掌門和任門主這對冤家聯手對付兩個後生小輩，別人一輩子也未必能盼來的福氣，咱們倆一次占了個全，你還嘮叨個什麼？」

出手的正是柳青青和任冷。

方才一掌裂開四散石牆之時，寒山碧順勢從身畔的石像上削下了一小塊石頭，看似將李無憂推了出去，其實是使了個借物代形的障眼法，同時以無上妖術反手將李無憂溶入到了身側神像之中，同時她自己施展出魔門分身術逃走，不想瞬間便被柳青青和任冷同時看穿，並破了法。

聽寒山碧如此說，諸人都是齊齊一驚，而深諳二人恩怨的李無憂更是暗自叫苦：「奶奶個大西瓜，任冷恨柳青青入骨，這次爲了那隻蒼蠅，竟心甘情願地與後者聯手，難道那隻蒼蠅還是黃金蒼蠅、鑽石蒼蠅，狗屎蒼蠅不成？等……等，蒼蠅，蒼引，他們說的是古琴蒼引！」

在北溟之時，他聽慕容幽蘭和朱盼盼論及神器仙器之屬，說到流落人間的神器時，除開倚天劍和破穹刀外，還有一張叫蒼引的古琴和一件魔化的神器蚩尤刀，威力也是驚天動地，足以與二者相抗。

是了，阿碧所帶的若非就是那張蒼引古琴，又如何能引來正邪兩道趨之若鶩並破天荒的聯手？

正自沉吟，卻聽任冷道：「碧丫頭，你不必出言相激，這場中六十三人，除開李無憂這什麼都不知道的傻小子外，都是衝著蒼引來的，又豈是你三言兩語就能分解我們聯盟的？識相的就快乖乖交出來，免成眾矢之的！」

寒山碧咯咯笑道：「任前輩，你們興師動眾來追我，難道就不怕被人愚弄……若那蒼引根本不在我身上又如何？」

任冷尚未說話，卻聽一人已道：「寒姑娘說笑了。月前三國圍攻雲州城，蕭帝忽然帶五萬蕭兵現身城外，聯軍傷亡慘重，姑娘卻現身力挽狂瀾，免了聯軍全軍覆沒之厄。此事大荒消息靈通人士皆知，莫非姑娘以爲還能夠瞞天過海嗎？」

聲音柔和溫厚，卻又鏗鏘有力，其中自有一種說不出的大威嚴，讓人不可正視，正是正氣盟主文九淵。

久處鄉村，幾與外界隔絕，李無憂本以爲自己已徹底置身戰火紛飛之外，乍聞前線戰況，心頭卻忍不住一顫：「聯軍竟然敗了！怎麼會敗了？寒士倫他們又如何……」

身側的寒山碧看了他一眼，對文九淵笑道：「文前輩是天鷹國的人，我是不是救了三國聯軍，和你老人家又有何干係？」

文九淵微微皺眉，卻還是道：「寒姑娘又何必明知故問？當日三國聯軍，圍城之人不下七十萬之眾，且盡是精銳，蕭如故只帶了五萬人馬來襲，卻能將其一一擊敗，憑的可不就是破穹刀嗎？」

聽到「破穹刀」三字，場中諸人除李無憂外雖然都早已知道這個消息，但此刻卻是和李無憂一樣猛地一顫，而後者更是心念電轉：據大哥說，破穹刀明明要再過兩年多才能出世，爲何竟是提前了？出世也就罷了，卻偏偏落到蕭如故手中，他奶奶個大西瓜哦……

新月如鉤，夜深寂寂。

一時間，眾人或震懾於破穹之威，或想到月前那場大戰，一時誰也沒有說話。

也不知過了多久，還是文九淵先嘆了口氣，道：「據說當時破穹刀一出，天地變色，蕭如故連出十刀，而每一刀揮出，均有破碎蒼穹之力，一刀即殺千人，十刀成萬！聯軍不戰自潰，疲於逃命，自相踐踏，死傷無數！蕭如故率軍追出百里，七十萬大軍所剩不過三成，這個時候你攜蒼引古琴如仙而降，硬是憑藉琴聲連擋蕭帝三刀，將其重傷，二十萬殘存聯軍才得以各自回國。」

說到這裏，他彎身深深朝寒山碧鞠了一躬，在眾人詫異莫名眼光中，緩緩續道：「無論姑娘初衷如何，文某都代大荒百姓謝謝姑娘阻止了一場殺孽，避免更多生靈塗炭。」

眾人先是被他舉動嚇了一跳，隨即卻是一片喝彩聲如雷，正道中人紛紛讚譽其大仁大義，竟肯為了天下百姓向一個後生晚輩魔門妖女行禮，魔門中人反應雖不激烈，但也多少有些佩服他能放下身段。

「假惺惺！」忽聽一人冷冷哼了一聲，彷彿是油鍋裏滴了一滴水，立時引起軒然大波。

眾人怒目看去，卻見說話的正是天魔任冷。

文治見父親受辱，頓時大怒，厲聲道：「任老魔，你說誰？」

「誰搭腔我就說誰！」

「你……」文治更怒，手指猛朝配劍劍柄摸去，卻被文九淵輕輕一拂，手腕一麻，劍再拔不出半寸。

文九淵擺擺手，讓眾人靜了下來，方道：「九淵自做自己該做的事，旁人願怎樣看都在自便，各位無須理會！」

太虛子嘆道：「正氣文家，以文載道，毀譽隨人，果是先賢遺風！貧道佩服！」

龍吟霄也道：「文前輩胸襟廣闊，難怪敝師祖論及當世豪傑，對前輩推崇讚嘆不絕。」

陸可人笑道：「話都被師伯和龍師兄說完了，可人還真不知該說什麼了呢！不過古人云『胸有詩書氣自華』，今日得見文前輩，這話晚輩算是明白了。」

文載道大見惶恐，忙謙虛地連說「過譽」，正道眾人齊聲附和，紛紛讚文九淵胸襟廣闊，欽佩之情，溢於言表。

李無憂見此暗自嘆了口氣，心道：「文九淵這人，若不是大賢大聖，就是大奸大惡了！無論是哪一種，今日的事怕都不能善了。」一念方畢，轉瞬卻又失笑，「這場中哪一個人又是善類了？老子現在的實力是一個都應付不了，還是靜觀其變吧。」

任冷本想再說什麼，卻見柳青青向自己使了個眼色，終於沒再吭聲。

四宗眾人溜鬚拍馬一陣，也各自冷靜下來。寒山碧明眸善睞掃了諸人一眼，笑道：「我魔門中人向喜捕風捉影也就罷了，文盟主、太虛掌門都是德高望重的正派豪傑，龍兄和陸家妹子也是江湖中的年輕翹楚，見識非凡，竟也相信這樣的無稽之說？我若有蒼引在手，豈容得你們對我和我相公如此無禮？」

「那只是因爲你與蕭如故一戰，兩敗俱傷，此時你已無法使動蒼引罷了！」文九淵尚未說話，一個悅耳的女聲自北面由遠而近，到「了」字吐畢，一個翠羽綠衫的女子已落到陸可人身畔。

「師父！」「燕前輩好！」陸可人和龍吟霄同時躬身行了一禮。

李無憂記起方才在樹林裏聽見柳青青叫了聲「燕仙子」，之後卻沒見她與陸可人一起現身，莫非眼前這風華絕代正值妙齡的女子莫非竟是年已近百的天巫掌門燕飄飄？

寒山碧瞥了燕飄飄一眼，笑道：「喲！原來燕掌門也來了，看來小女子的面子倒真是不小呢！呵，錯了，是蒼引的面子才對呢。」語聲至此一頓，白裙一繞，身體轉了一圈，眼光迅速掃了眾人一眼，復嫣然笑道：「即便事實真如燕掌門所說，不過各位，小女子依舊有一事不明，不知各位能否給我解釋一二？」

看她明眸顧盼，人人均覺其清麗眼神是獨獨落到自己身上，無論男女老少，均爲其絕代風華所懾，竟同時一滯，除有限數人外，均是莫敢與之直視。

文九淵見此微微一笑，朗聲道：「姑娘但說無妨！」

發聲時，卻暗自運上了浩然正氣，場中爲寒山碧風華所迷醉的人同時一怔，回過神來，暗叫了聲慚愧。

寒山碧淺笑吟吟道：「各位都是江湖上的成名人物，想來也都是講理之人吧？我魔門中人唯強是尊，要強搶我蒼引也沒什麼好說的。但文盟主，你們動輒仁義滿口，今日小女子就和你說說仁義。這古琴蒼引是小女子最先找到，乃是我家傳寶物，各位如今卻連袂來搶，是不是不仁？我力挽狂瀾免了大荒兵災，你們不知感恩，卻反恩將仇報地聯合我魔門中人來搶琴，是不是不義？各位若還尙存一分廉恥之心，做出如此不仁不義之事，還有臉站在此地嗎？」

四宗的人來之前雖都有被譏諷的心理準備，但寒山碧綿裏藏針，話裏並無任何髒字，卻將諸人都罵了個狗血淋頭，多是慚愧不堪。

文九淵搖頭道：「姑娘此言差矣！你所說的只是小仁義，我們講的卻是大仁義。你於大荒百姓有恩是不假，但你力挫蕭如故，其實只是北上去追尋李無憂的下落，適逢其會罷了！魔門中人嗜殺成性，寒姑娘於此更是頗負盛名，蒼引乃上古神器，若由你掌控，難保

不引來血流成河！我們強行向你暫借蒼引保管，固然是有失仁義，但卻是爲更大的仁義，雖是不得已，卻是必須爲。」

文九淵神態誠摯異常，語氣懇切，這番話本是聽來強詞奪理，但由他說來卻自有一番道理，無人能懷疑這不是他肺腑之言，四宗的人各自點頭。柳青青與任冷對視一眼，各自微微搖頭苦笑。

寒山碧淡淡一笑，眸光望向了李無憂，後者當即大聲道：「阿碧啊阿碧，你這個蠢丫頭，人家都擺明車馬要來硬搶了，別說強詞奪理，便是指鹿爲馬也是應該的嘛！你還非要和人家講什麼道理，這不是自己找鬱悶是什麼？」

剛剛自我感覺良好的四宗弟子聞言都是齊齊汗顏，畢竟大道理雖然人人會說，但事實擺在眼前，卻是勝於雄辯太多，柳青青和任冷都是一陣偷笑。

寒山碧似乎恍然大悟，道：「還是相公英明啊！好了，好了，現在人都到齊了，諸位想一哄而上還是一個個來，不妨說來聽聽，小女子夫婦人單勢孤，卻也不會怕了各位，相公，你說是不是啊？」

「是，是……寒姑娘英雄本色，自然不懼強權，小弟身單體薄，命賤得很，恕不奉陪了！」李無憂乾笑著，全然不顧寒山碧詫異目光和眾人鄙夷眼神，轉身朝任冷處行去，

「任大哥，咱們兄弟往日無怨，今日無仇，你不會不讓小弟置身事外吧？」

「李兄弟，咱們兄弟情深，你選從我這走，是看得起我，老哥哥我自然是沒有什麼問題……」任冷和聲細語，一臉真誠，話說一半卻猛地一揚掌，正自滿臉喜容的某人立刻無端飛了起來，砸中神像，跌落下來的時候卻聽見任冷後面半句話，「不過這次找你的正主是四大宗門，你得先問問他們才成啊！」

寒山碧攤攤手，淺笑道：「好相公，我早說過這行不通的，這下丟人又現眼了吧？」

李無憂吐了口血，覺得很受傷，當即怒道：「靠！好你個天魔，做了四宗的走狗就明說嘛，非要他媽的搞那麼多冠冕堂皇的藉口才爽啊你？」

任冷淡淡一笑，不發一語。

燕飄飄望了文九淵、太虛子和龍吟霄一眼，復對李無憂道：「李少俠，聽可人說你懂得我天巫的朱雀火羽、三昧真火，而龍賢侄又說你會禪林失傳已久的法術片葉須彌，而據雲海禪師說，你更精通我四宗的十面埋伏大陣，你對此事的解釋是說你是蘇慕白前輩的傳人，但昔年我四宗給蘇前輩的典籍之中卻並無這些法術，很明顯你不是蘇前輩的弟子。今日你若不能給我們一個合理的解釋，就算不計較你和寒姑娘的關係，我們也不會放你離開！」

此言一出，不單四宗的人，連柳青青、任冷和寒山碧等人也是露出了好奇神色。

近半年來，李無憂如彗星般崛起，其出身，江湖上早傳得沸沸揚揚，各種無稽傳說甚囂塵上，而且每月翻新，只差沒說李無憂是四宗祖師轉世成一人了，只是誰也搞不清楚其中真假，如今終於可以聽見他本人的回答，均是頗爲興奮。

「嗯哼！」李無憂清了清嗓子，露出一本正經神色，「看來這個問題不說清楚，各位朋友一定會寢食難安，是以小弟決定這次就當著四宗和魔門的面，一次解釋清楚。七年前，小弟途經崑崙山，在一處山崖下奇怪地睡著了，夢裏遇見一個怪老頭，非說我是千年難遇的奇才，又是毒打又是求爹爹告奶奶地死皮賴臉要教我一些好玩的東西，還威脅說，我若不肯學，他就找根褲腰帶上吊。大家也知道的了，小弟我一向慈悲爲懷，憐憫他這一把年紀不容易，人家又那麼有誠意的樣子，就勉爲其難地答應他了，和他學了些亂七八糟的東西！誰知一覺醒來，那些東西就好像在我腦子裏生了根一樣再不能忘記，身邊還多了一堆破爛……我在崑崙山中待了七年，才將這些東西學會，誰知道我一出山，你們卻說那些都是你們四宗的不傳之秘，你們問我那人是誰，我又問誰去？」

眾人雖然均知道李無憂的出身一定很奇特，萬萬料不到居然是一場大夢就學會了四宗武術，一時半信半疑，各自面面相覷，作聲不得。

好半晌，才聽文九淵道：「敢問李少俠，尊師容貌如何？」

李無憂搖頭道：「那老傢伙雖然傳了我武術，卻是和我平輩論交的。至於容貌，嗯，著紅衣，個頭挺高，白髮很長，臉卻生得很是秀氣，愛繡花，若非有很小的喉結，我幾乎要懷疑他是個女的了！」

眾人聽得這樣一個人，都是大驚，暗自狐疑那人莫非是個太監？

卻不知當日出山時，大荒四奇一再交代李無憂莫要洩露他們的行止，這才搞得李無憂於出身之事上狼狽不堪，受盡四大宗門的猜忌，於此，李無憂一直耿耿於懷，之前還諸多隱藏，今日索性將四奇的容貌綜合到了一起，創造出了一個似男非女的怪物。四奇得知，不知會作何感想。

文九淵、太虛子、燕飄飄和龍吟霄、陸可人等面面相覷了半晌，均覺匪夷所思。

最後，龍吟霄道：「李兄，我四宗之中，玄宗和正氣立派都只在兩百年間，除蘇前輩外，其間並無出現過有人身兼四宗之長的特例，你說你夢到一人傳你四宗法術，這未免有些……有些讓人難以置信吧？」

「好！那你告訴我，我是和誰學的法術？」李無憂反問，「在……在場的各位大都是各門的成名人物，想來不會像某個沒見識的小丫頭一樣，可笑地認為老子是偷了你四宗的

秘笈吧？」

他雖沒說那沒見識的小丫頭是誰，但眼光卻望向了陸可人，後者微微一笑，躬身道：「可人年輕識淺，上次確實是太冒失了，這裏給李兄賠罪了，還望李兄大人大量，莫與可人計較！」

李無憂色迷迷道：「不與你計較也不是不可以，只要陸姑娘挑個晚上能夠好好地陪我……媽呀，有人謀殺親夫了！」卻是話音未落，已經被寒山碧在他屁股上狠狠踹了一腳，應勢飛到了太虛子和葉秋兒身前。

葉秋兒心疼地扶起李無憂，怒道：「碧姐姐，你怎麼可以這樣對老公？」

「還是秋兒可愛啊！老子明天就將那兇巴巴的女人休了！」李無憂抓住葉秋兒的手，感激涕零。

話音方落，「乓」的一聲巨響，身體不由自主地再次飛了起來，和神像再次親密接觸後，落到地上。

「這樣才對嘛！」葉秋兒輕輕拍手。

第七章　曠世豪賭

眼見李無憂一臉血汙地在地上輕輕呻吟，達爾戈神像兀自顫抖不止，小丫頭卻一副輕描淡寫神情，場中諸人齊齊劇寒，冷汗不止。

寒山碧嘆了口氣，輕輕將李無憂攙將起來，笑道：「你現在終於知道究竟是誰對你最好了吧？」

「是……」李無憂趴在香肩上，輕輕吐了口氣，溫熱的氣息搞得寒山碧的脖子一陣酥麻，但下一刻她全身卻真的一麻，再不能動彈分毫。耳邊李無憂略帶歉意的聲音再次響起：「阿碧，你騙我一次，我也騙你一次，大家扯平了！」

語聲一落，一隻熱呼呼的手掌已輕輕探進她懷裏。

當李無憂的右手再次從寒山碧懷裏出來的時候，已多了一把三寸長一寸寬的五弦琴。

「呵呵，這麼小個玩意，莫非竟是那古琴蒼引嗎？」李無憂嬉笑著看了看寒山碧，見後者怒目而視，並不作聲，當即搖了搖頭，「你不說難道我就不知道嗎？」將那五弦琴左

右晃了一晃，那琴迎風變大，定下形狀時已比方才大了十倍，五根琴弦依次變做了金綠藍紅黃五色，神光湛然，琴身作白色，璀璨奪目，卻似金非玉，看不出是何物所造，只是在背後有兩個龍飛鳳舞的古篆。

「蒼引！」不知是誰失聲驚呼了一聲，所有的人都群情激動，便要撲過來。

「都別動，否則我毀了它！」

李無憂撇開寒山碧，舉起那琴作勢要朝神像上撞去，眾人齊聲驚呼「不可」，腳下都是再不敢上前半寸。

李無憂將那古琴又晃了一晃，見那琴立刻便又變做了三寸，當即笑道：「古琴蒼引，因風而長，因風而藏，果然不假……」語聲至此，聲音陡地又是一高，「任大哥，你若再上前一步，我立刻就將這琴捏碎，你信是不信？」

任冷本打算衝上搶琴，卻足步方動已被李無憂洞悉，當即乾笑道：「嘿！李兄弟多心了，大哥我不過是想上前看得更仔細些罷了！只是兄弟你原來功力未失，固然可喜可賀，卻騙得哥哥我白擔心一場，真是太不夠意思了吧？」

聽他這麼一說，眾人均是一怔，方才李無憂一招便制伏了寒山碧，如今卻輕易發現了任冷的企圖，果然是功力未失模樣，都是心驚不已：「既然他功力猶在，蒼引落入他手中，要想奪來，豈非千難萬難？」

正自沉吟，卻聽太虛子朗聲笑道：「各位，貧道已然完成任務，以下的就按原計畫執行如何？」

「啊！是天雨無根！可人明白了！太虛師伯果然高明！」眾人不解之際，陸可人已率先叫了起來。

天雨無根？傳說中一門可以借功力與他人的內功心法？場中眾人皆是見識非凡之輩，聽陸可人一呼，而葉秋兒更是暈倒在地，被玄宗門下女弟子攙扶去救治，都迅即明白過來，同時鬆了口氣。

原來太虛子早已勸服李無憂與他合作，而後者果然功力已失，方才葉秋兒踢他那一腳，卻已然用上了天雨無根，借了功力給李無憂，後者才恃之點了寒山碧的穴。

這種借功力的法子固然厲害之至，接受的人甚至不需要有任何的武功基礎，只是借出去的功力最多能持續半刻鐘，迅疾便會消失，而對借出者本人也有莫大的損耗，輕者元氣大傷，重者功力大損，是以玄宗門下雖多有人通此法，卻均不敢輕易嘗試，而寒山碧也萬萬料不到葉秋兒竟敢用出此招，這才著了道。

寒山碧的眼光自太虛子和葉秋兒臉上依次掃過，最後落到李無憂臉上，不見喜怒道：

「以牙還牙！無憂你果然不愧是我寒山碧選中的相公，很好，很好！」

「過獎，過獎！」李無憂嘻嘻一笑，回頭看了一眼太虛子和葉秋兒，復又轉過頭來，語重心長道：「阿碧啊，我這也是爲你好！這場中諸人除開燕姐姐、柳姐姐以及秋兒和可人等美女，其餘個個兇神惡煞、面目猙獰……看什麼看，你們再用力瞪著我我也是這麼說！那個誰，說的就是你，任大哥，你躲什麼躲……好了，好了，別吐口水了，老子不說你還不成嗎……」

「廢話連篇，你到底想說什麼？」寒山碧微微皺眉。

李無憂收拾起嬉皮笑臉，正色道：「阿碧，你是不是決定這一輩子非我不嫁？」

寒山碧料不到如此節骨眼上他居然問出這句，不禁一呆，隨即卻肯定地點了點頭，清晰吐字說：「是。」

李無憂點了點頭，目視蒼引緩緩說道：「匹夫無罪，懷璧其罪。你既然決定以後要和我白頭到老，還要這勞什子做什麼？既然大家都想要，我們何不做做好事成全大家？大夥兒說對不對？」

「對啊，對啊，李少俠高義！」頓時喝彩聲一片，神情振奮，便是四宗的掌門人眼中也都露出異彩。

「你好得很！」眾人歡呼聲中，臉色蒼白的寒山碧咬了咬玉牙，擠出這四個字，再沒出聲。

李無憂輕輕揮了揮手，見眾人立時靜了下來，當即舉起蒼引，朗聲道：「今日到場的諸位，可說都是衝著這蒼引而來！太虛道長說了，只要我能讓寒姑娘交出此物，諸位便將與我二人的怨仇一筆勾銷，是與不是？」

「是！」眾人知道此時乃是關鍵所在，斷不願意節外生枝，都是依次應聲點頭。

「那好，我相信諸位都是成名人物，說一不二，這蒼引我就交與太虛道長，小弟這就告辭了！」李無憂說完這句話，背起寒山碧，緩緩邁步朝太虛子處走去。

「且慢！」忽聽一人高聲喝止，同時李無憂腳前一道勁風滑過，地上石板上憑空多了一道深及三寸的鉤形長痕。

李無憂罵了聲娘，卻應聲止步，復又後退半步，回到神像旁，抬眼看時，說話那人卻是柳青青。

燕飄飄皺眉道：「柳青青，來之前大家明明講好了的，先由太虛兄來找李無憂和寒山碧，拿到蒼引之後大家再比試決定歸誰，現在莫非你後悔了要強奪嗎？」

此言一出，場中正邪兩道均是一驚，各自劍拔弩張，便要動手。

柳青青笑道：「燕妹子想錯了，我魔門的人雖然心狠手辣，但斷不會像各位名門一樣言而無信，食言而肥的事我柳青青還是不屑做的！」

李無憂心道：「說得真是漂亮，你就帶那麼幾個人來，以寡敵眾的蠢事你當然不會做了。」卻嘻嘻笑道：「那柳家妹子又想如何？」

眾人聽他一會兒稱呼柳青青爲前輩，後又變做姐姐，現在卻又換作了妹子，都是暗暗好笑。太虛子、燕飄飄等人卻都是微微皺眉。

柳青青卻不以爲忤，笑道：「高見是說不上了。只不過嘛，今天四大宗門的人精英盡出，而我魔門除了小妹的手下外，便只有任大哥一人，一旦蒼引到了四宗的人手裏，他們先來個攘外再安內，我們還不吃不了兜著走？」

四宗的人聞言齊齊皺眉，臉上都有了怒色，倒是文九淵道：「柳門主雖有以小人之心度君子之腹的嫌疑，但江湖險詐，謹慎些也不無道理。但不知柳門主有何高見？莫非要李少俠先將蒼引交給你不成？」

「青青倒也不會以爲自己有文盟主那麼大的面子！」

柳青青明亮眸光四顧，哧哧笑了起來。眾人無論男女，都覺得那眼神中有種說不出的綺意，軟綿綿的仙音仿如兩根游絲從雙耳直入心上，不免爲之心神一蕩。

場中葉秋兒、寒山碧和陸可人均是絕色美女，但秋兒甚稚，與小蘭一般乃是天真無邪之美，寒陸二人顧盼之間也是風情萬種，眉目生香，只不過比之柳青青這一顧一盼，卻少了種勾魂奪魄的成熟風韻，而燕飄飄雖有此特質，因習練火系法術，爲人卻反不苟言笑，予人冷豔之感，與柳青青也自不同。

各人暗叫聲妖女厲害，各自默運玄功相抗，卻聽柳青青又笑道：「蒼引放在我這妖女處，各位四宗的大俠女俠少俠老俠也定然不肯放心，所以嘛……我建議這勝負未分之前，蒼引還是由李……呵，我的李大哥保管，不知各位以爲如何？」

此言一出，場中諸人皆是一呆，思量片刻，卻都是齊聲叫好。

唯有李無憂功力雖失，定力卻在，當即頭大如斗，忙不迭地擺手拒絕，但無人理會。

新月如鉤，深秋寂寞，六十三人或俊朗瀟灑，或風華絕代，或飄逸瀟灑，背劍帶刀，習習夜風中衣袂飄飛，一如神仙中人，但和一尊神像一起被這些人團團圍在中央的李無憂卻只覺周身皆是寒意，看了神像旁雙眸含怒的寒山碧一眼，神情中竟平添了幾分蕭瑟和無奈，低低歉聲道：

「我早該知這江湖是非，本就易進難出，我卻妄想你交出蒼引便能抽身此劫，原是癡了。先前逞能封你穴道，此時卻已無法解開！阿碧，抱歉了！但無論生死，李無憂今日當

與你不離不棄。」

寒山碧輕輕嘆息了一聲，依舊沒有說話，只是眸光卻終於柔和起來，不復先前鋒芒畢露。

李無憂將蒼引收入懷中，轉過頭來，對正自商議比武事宜的眾人道：「各位可商量出如何個比法了？」

眾人分正邪散成兩邊，四宗的三大掌門和龍吟霄一起點了點頭，而另一邊柳青青卻問任冷道：「任大哥，就這麼辦如何？」

任冷淡淡道：「你都作出決定了，又何必再問我？」

柳青青訕訕道：「禮貌上總是要問一下的嘛！」語畢看了看四宗的人，復對李無憂道：「李兄弟，比武之事，我等已有計較，只是想委屈你和寒姑娘作個見證，不知尊意如何？」

李無憂心道：「老子現在是砧板上的肉，又能有什麼鬼的意見了？」表面卻欣喜道：「能親睹四宗兩門的人一展風采，無憂當然是榮幸之至，呵，榮幸之至……我看大家都等得太久了，光說不練也不是個事，要不咱們這就開始吧？哦，對了，不好意思，你們究竟怎麼個比法來著？」

柳青青沒有說話，望向了四宗那邊，太虛子當即出列道：「除地獄門外，四宗三門都有人到此，可謂盛況空前。而除開禪林外，各派掌門人也均在場，是以我們最後決定由各門派出一人，角逐勝負，一戰而定，勝者繼續對壘，直到決出最後勝利者即可得蒼引，不知李少俠以爲公平否？」

李無憂知道雖說是四大宗門向來齊名，但其中卻以玄宗和禪林的實力最爲雄厚並不相伯仲，禪林掌門不在，這主持比武的重任自然當仁不讓地落到太虛子頭上，只不過大家都知道老子和你的關係，你還叫我「李少俠」，未免太假了點吧？好，媽的，你想做戲，老子就陪你玩到底！

當即假裝沉吟道：「太虛前輩啊，這個法子原則上很公平，只不過你各宗掌門都已然到此，禪林寺卻只有龍吟霄這個後輩，傳出去各位的名聲不怎麼好聽吧？」

太虛子果然一窒，龍吟霄卻笑道：「多謝李兄美意，只不過蒼引乃是神器，只要不落到魔道中人手中，便是蒼生大幸。至於是不是爲我禪林所掌握，並非重要。倒是吟霄能有機會向各位師叔伯和柳、任兩位前輩請教，實是不世奇緣，李兄不必在意！」

「好，好，這才是領袖江湖近千年的禪林寺的胸襟！不錯，不錯！」李無憂鼓掌叫了起來，心頭卻不免暗罵了聲蠢材。

「既然如此，那咱們就抽籤決定秩序吧？」太虛子叫了聲，自懷裏摸出一把黑白棋子。

「且慢！」柳青青忽然揚了揚眉，高聲阻止，「李無憂這小鬼素來奸猾得很，如今雖說功力全失，但就這麼放著，我還真是不放心呢！」

說時也不待眾人反應，手袖輕輕一揮，李無憂和寒山碧頓時身不由己，猛地飄了起來，朝達爾戈神像飛去。

達爾戈神左手持著一支兩丈上下的長蛇形神槍，右手是一支丈長的天平，李無憂和寒山碧二人身形止時，正落在天平的兩個托盤裏。

那神像乃是巨石雕成，兩個托盤均離地三丈，李無憂功力全失，若貿然躍下，必然是斷臂折腿，甚至命喪當場，更何況他還不能不顧及寒山碧的安危，當下暗罵柳青青這婆娘果然陰毒，讓老子丟人現眼。

但更丟臉的卻在後面，那個天平做得巧奪天工，惟妙惟肖，竟與真的一般無二，李寒二人分別落入兩個托盤後，托盤竟然如真天平一般分別一上一下地動了起來，只是晃了幾晃之後，寒山碧的那個托盤竟然在李無憂之下，讓眾人大跌眼鏡。

李無憂藝成之後從來沒被人如此戲耍，心頭頓時惡念叢生，已在猶豫將來功力恢復後是將柳青青先姦後殺還是先殺後姦，表面卻大笑掩飾，對寒山碧道：「哈哈，好老婆，你是不是該減肥了？」

後者輕輕哼了一聲，沒有接口，那邊太虛子卻哂笑道：「年輕人真是會得了便宜還賣乖，不過是柳門主怕你摔下來，偏心多給了你幾分平衡之氣，你又得意什麼？」舉手輕輕一拂，一道藍光飛出，落到李無憂身上，頓時化作了一個薄薄的藍色光罩，將其連人帶托盤籠罩其內，而這個托盤頓時慢慢下降，寒山碧那個托盤反而升了上去。

「呵，柳門主偏心，太虛兄也偏心，李少俠的安危固然重要，但寒姑娘的性命卻也該一視同仁才是！」

向來不苟言笑的燕飄飄忽然笑了起來，玉手輕輕一翻，她與寒山碧之間的空間裏頓時布滿了翩翩飛舞的一片片火羽，下一刻，每一條火羽都以高速在寒山碧的周圍按各自的軌跡環繞飛舞，凝成一個紅色的羽罩，將那白裙如雪的女子和托盤籠在其中，這個托盤慢慢又降了下去。

諸人微微一愣之後，都暗自喝了一聲采，大叫厲害。

柳青青和太虛子出手，均是落在了手持蒼引的李無憂身上，固然是給前者加了一個防護罩，可以讓其免於被一會兒諸人大戰時的餘波波及，但其主要目的卻是不著痕跡地在李

無憂身上留下了禁制，防止李無憂逃脫，而旁人若是想趁他們比武時去打李無憂的主意，也首先會突破這層禁制，以達阻撓之效。但燕飄飄卻沒有步二人前塵，反將朱雀火羽的禁制留在了寒山碧身上，可說是高明之至——李無憂無論如何奸詐，絕不會棄寒山碧不顧，而二人相距以尺計，禁制在寒山碧身上，卻也隨時可以反彈到李無憂身上，留在寒山碧身上與留在李無憂身上其實一般無二，卻更顯大方。

「不錯，不錯，燕門主之言深合聖人之道，天下大同，男女本一體，原該一視同仁才是。」文九淵一面點頭大讚燕飄飄，一面掌指連動，無聲無息地拍出十八掌。

十八掌拍出，並無任何異兆，但李無憂和寒山碧卻同時悶哼了一聲，而兩個托盤上升下降之後，卻破天荒地左右平衡起來，再無上下之分。

這一手看似尋常無奇，但是先要計算出先前各人施加給李寒二人的武術力道、二人本身的重量以及托盤的重量等等，乃是眼力和功力都達絕頂境界的體現，比之前諸人所展示的功力和胸襟都實是高明許多。

眾人這番出手，雖都是小試牛刀，但立時便見了高下之別，各自嘆為觀止一回，目光落到尚無動靜的任冷和龍吟霄身上。

任冷冷哼了一聲，紋絲不動，全無要動手的意思，龍吟霄見此淡淡笑道：「有各位前輩大展神通在前，諒李兄伉儷已不會因我等比武而被殃及池魚，晚輩也無須畫蛇添足，徒丟人現眼了。太虛師伯，咱們這就抽籤吧！」

「好！我現在手裏有六枚棋子，黑白各三枚，背面依次寫有『乾、坤、震』三字，待會兒拿到相同的字爲一對，按乾、坤、震的順序依次比試。各位準備……起！」

太虛子說時猛地右手手腕一抖，一黑一白兩道光華脫手飛出，兩道光華飛出之後，均是一分爲三，層次相疊，呈星羅狀散布開來，霎時空中人影交錯，掌風劍氣破空聲不絕。當一切歸於平寂，各人已然飛回原位。

柳青青率先攤開右掌，走出列來，笑道：「燕妹子，真是巧啊，這第一局竟是要我們倆來先比了！」

「柳姐姐既然處心積慮想和小妹較量一二，小妹焉敢不捨命相陪？」燕飄飄也輕輕攤開了手，自天巫眾人中走了出來。

眾人聞言望去，卻見二人右掌心的黑白兩色棋子的背面果然寫著個「乾」字，正是第一局對敵的兩人。

李無憂尙未橫空出世時，江湖中共有三位大仙位法師，燕飄飄便是其中之一，雖然也有人說柳青青也早臻至此境，但卻因爲罕有人見她出手，這也只是個傳聞罷了，之後雪滿

航州一役，柳青青被葉十一逼退，聲望跌至谷底，大仙位傳聞不攻自破。

但兩月之前，江湖中卻傳出消息說，魔門三巨頭聚首梧州捉月樓，柳青青輕取冥神獨孤千秋，並讓後者形神俱滅，聲望頓時如日中天，隱有超過神秘高手宋子瞻，成為魔門第一人之勢。

但江湖傳言多不可信，今日終能見到柳燕二人動手，事實如何，即可見分曉。

當今江湖中實力最強的兩個女人，對視一眼，同時嫣然一笑。兩人皆是風華絕代的大美女，任意一人笑便已有了勾魂奪魄的魅力，此時同時一笑，一如雨破嫩冰，一如春風拂花，端的是亂花迷眼，顛倒眾生。

但場中眾人皆是各派精英，見識非凡，都知道這直如春曉之花的動人一笑之後，必然是驟雨狂風，雷霆萬鈞，各自屏住呼吸，拭目以待。

但這個時候，忽有一人大聲叫了起來：「兩位美女等一下！小弟有話要說！」

能在如此時候出來殺風景的，捨李無憂其誰？柳青青看也不看他一眼，對燕飄飄道：「這人向來沒正經，燕妹子還是別理他，咱們這就開始吧！」

「柳門主所言甚是，師父不必理會！」陸可人深悉李無憂的作風，深怕師父一個不慎著了這傢伙的道，鬧出笑話來，忙也出聲相阻。

「李少俠請講！」誰知燕飄飄卻輕蹙娥眉，一本正經地應了。

「嘿，還是燕仙子心胸廣闊！不像某些人，徒具好皮囊，卻缺乏一顆同樣美麗的心啊！」李無憂朝陸可人撇嘴，在後者氣得怒目而視，便要發飆之際，話鋒已然一轉，「今日難得江湖中最具盛名的正邪兩道高手齊聚一堂，實是十年難遇的盛事。今日一戰，少不得會成爲百曉生修改正氣譜和妖魔榜的主要依據，如此盛事，若不來點彩頭湊趣豈非太也單調？」

「你又想玩什麼花樣？」陸可人皺眉道。

「嘿嘿，是這樣的！小子湊巧懂得不少這四大宗門已失傳很久的武術，很想物歸原主，只不過嘛，傳授我那人卻一再要求我不可輕易外傳，我好不爲難。但今日見諸位比武，卻想出了一個好法子，那便是賭！」

「怎麼個賭法？」眾人一聽頓時興奮起來，四宗的弟子更是歡呼雀躍，異口同聲地問了起來。

各宗掌門與龍吟霄雖依舊矜持，但眼中也滿是異彩。

「很簡單！這每一場比武，你們都可以拿自己的寶物來押注，我會給你估價，告訴你，這寶物都值那些武術，如果你覺得合適，那就成交。勝負分出之後，你勝則我說秘笈

給你，如果你敗了，那麼對不起，你的寶物就歸我了。呵呵，我老人家是太公釣魚，願者上鉤，童叟無欺，來不來隨便你們，不過我先聲明，過了這個村可就沒這店了哦！要下注趁早！」

眾人面面相覷，一時都沒有反應過來。

場中的柳青青卻撇了燕飄飄，煙視媚行地走到神像下面，眾人見此皆是一驚，不知她有何圖謀，均是凝神定氣，手按上了兵刃。

但聽柳青青咯咯笑道：「你會的是四宗法術，可不會我魔門的法術，我和任大哥就算賭勝了，也只能得你的武功，豈不是虧大了？」

李無憂捲了捲左右衣袖，露出一副光棍模樣：「好，好！媽的，老子今天就跳樓大拍賣，柳家大妹子，我身上所有的東西除開蒼引你都可以押，包括老子這顆聰明絕頂的好頭，只要你捨得你那顆美人頭！這總成了吧？」

「呸，你那狗頭很漂亮嗎？誰希罕了！」柳青青啐了一口，隨即似笑非笑道：「那好，我和燕妹子這第一局我賭我自己勝，我的賭注就是——我若贏了，你就得乖乖認本姑奶奶做乾娘，不知這個注可不可以押？」

「可……可以！」李無憂哭笑不得，「那你輸了又當如何？」

「我就認你當乾兒子唄！」

「……」李無憂徹底失語，柳青青卻打蛇隨棍上：「你不說話就當是答應了！」語罷也不管李無憂的反應，復又煙視媚行地回到場中。

眾人哄堂大笑。

「既然柳姐姐這麼好的興致，那小妹也來湊個熱鬧！」李無憂正自尷尬莫名，本要立刻就和柳青青動手的燕飄飄忽似想起什麼，也輕移蓮步走了過來。

李無憂見這姑奶奶面上神情頗見詭異，後背頓時一寒，忙道：「要下注可以！但我先申明，不能再賭要當我乾娘……嗯，那個乾姑奶奶也不行！」

眾人又自大笑。

燕飄飄也不禁莞爾：「小鬼想得倒美，你肯我還不肯呢！」但笑容一閃即逝，隨即正色道：「李少俠，我天巫的《朱雀寶典》裏曾記載了一門祝融大法，不知你是否聽說過？」

「祝融大法！」眾人聞言，皆是心頭一震。

傳說當年創世神秦乾因爲練功走火入魔，元神一分爲五，這就是上古五神。因爲上古五神分別掌管五行神力，所以也叫五行之神。五神分別是金神軒轅、木神蒼龍、水神夏禹、火神赤炎和土神玄黃。傳說上古洪荒之時，人皆不懂用火，茹毛飲血為生，有大英雄祝融不畏艱險，遠赴火神殿向火神赤炎求得天火，荒人得以告別無火時代。

祝融飛升前，曾將運用火的秘密散布人間，歷兩千餘年傳承，及至八百年前，一代奇女子李九真以通徹天地的大智慧，總結前人用火經驗，並自出機杼，寫成《朱雀寶典》並開闢了天巫一派，而寶典中所載的祝融大法，正是昔年祝融求自赤炎的無上用火法門，向為天巫門最高心法。

此刻燕飄飄如此問，莫非祝融大法已經失傳了？

眾目睽睽下，李無憂微微一笑，輕吟道：「赤地無涯何所似？炎行九天亂舞袖。祝融一出萬眾伏……」

「是了，就是它！下面的口訣呢？」燕飄飄大喜如狂，忙不迭催問。

李無憂但笑不語。

燕飄飄這才想起自己失態，忙收斂神色，道：「李少俠，我與柳門主這場比賽，我想下注買我贏。我若勝了，你就將祝融大法全卷寫給我。」

祝融大法竟然已經失傳了嗎？四姐好像沒跟我說過。李無憂微微一愣，隨即想到事隔兩百多年，什麼事都有可能發生，頓時釋然，同時大感振奮，敲竹槓的時候終於來了，當即笑道：「好，好，這個沒問題。不過……嘿嘿，不知燕仙子拿什麼來押注呢？」

聽李無憂這麼一說，眾人也都是一愣，是啊，祝融大法乃是天巫至高心法，燕飄飄能拿什麼來換？除非是天巫鎮派之寶黑巫權杖！但黑巫權杖是歷任掌門人的信物，如何可以輕易給外人？雖然李無憂未必就是外人。

卻見燕飄飄微微一笑，忽地一指點向陸可人，朗聲道：「我若輸了，我就將可人輸給你，做丫鬟也好，做妾也好，一切隨你！你看如何？」

什麼?!眾人只疑自己聽錯了，一時都是呆若木雞。

陸可人更是大聲驚呼：「師父你殺了我吧！」當日波哥達峰一會，陸可人與李無憂互相鬥法，惡毒招數層出不窮，對這無賴可謂已經知根知底，要清高如她者給李無憂爲奴爲妾，受盡折磨，那自比殺了她更難受百倍千倍。

太虛子和文載道亦是齊齊皺眉道：「燕師妹，你是說笑嗎？」

燕飄飄臉若冰霜：「兩位難道以爲我會拿自己徒兒的名節來說笑嗎？」

李無憂意味深長道：「燕前輩，這個玩笑未免開太大了些吧？」

燕飄飄臉色一沉，喝道：「李無憂，你什麼意思?莫非以爲可人這樣活生生的一個如花少女，竟比不上一卷書嗎？」

「這個……」李無憂眼見這婆娘大有一言不合便要動手扁人的架勢，雖然在多重「保護」之中，卻頓時心怯了，心頭一陣亂罵，表面卻不得不好聲好氣地解釋，「晚輩不是這個意思，只是可人妹子天仙一般的人兒，要給我做丫鬟未免太委屈了，要是做妻妾呢，你也知道我和好幾位女子都有婚姻之約，我怎麼也得徵得她們的同意才能再娶的不是？」

燕飄飄未說話，任冷卻怪笑道：「李兄弟，這就是你的不是了。大丈夫三妻四妾很尋常嘛！陸姑娘那般人才，是個男人見了都會動心。若非老子年紀大了些，說不得要和你爭一爭的。燕掌門將人許給了你，你心裏明明樂開了花，表面卻假裝推三阻四。又想做婊子又要立牌坊，天下哪有那麼便宜的事？」

李無憂暗自罵道：「辣塊媽媽不開花，死老鬼你站著說話不腰疼啊！陸可人漂亮是漂亮，但這婆娘人又陰險，心計又深，只有你這樣的老烏龜才會喜歡她！老子可是半點興趣都欠奉！」

他心頭罵歸罵，此刻卻不敢得罪任冷，陪笑道：「任大哥所言甚是，兄弟受教了。只不過怎麼也不能委屈了陸姑娘的不是？」

燕飄飄淡淡道：「我說不委屈，那就不委屈了。李少俠，我下的這個注，你到底接還是不接？」

李無憂騎虎難下，眼光瞥向另一個托盤裏的寒山碧，後者一如既往地閉目養神，連大氣也不出一下，李無憂一時摸不清楚這妖女的想法，見燕飄飄逼得緊，咬咬牙，硬著頭皮道：「好，雖然可人妹子確實比不上那本破書。但這個注老子接下了！還有沒有人要下注的？」

燕飄飄走回場中，餘者面面相覷了一回，卻終於再無人上前下注。

李無憂笑嘻嘻道：「好了，買定離手！兩位美女，開局吧！」

「請！」「請！」燕飄飄與柳青青二人互相抱拳。

下一刻，場中已是亂影如鴻，那三丈之內，鋪天蓋地都是二人的影子。

神廟四壁上原有燈火，只是方才寒山碧一掌裂四牆，牆化作碎石飛走，牆上油燈也早已不知去向，好在今日會盟眾人都是高手中的高手，包括李無憂在內皆有夜視之能，才能在淡淡月光下巨細無遺，但此刻燕柳二人一交上手，能看清楚二人動作的頓變得寥寥無幾，看不清的四宗魔門弟子紛紛自覺後退，免得被殃及池魚，而隨著二人交手時間加長，靈氣波及的空間越來越大，周遭的人越來越少。

二人先是以快打快，空中只見血紅色火光和黃黑色的土光疾來疾去，但打了一陣，二人的速度卻漸漸慢了下來。

只是如此一來，觀戰諸人所承受的壓力卻是不減反增，更多的人退了下去，有的人甚至到了孤崖的邊上，只差一步，便要被逼得落下崖去。場中僅有太虛子、文九淵、任冷、龍吟霄和陸可人五人還保持在離燕柳二人五丈之外靜靜觀看，載著李無憂和寒山碧的兩個托盤雖然有多人的法術真氣維護，卻也開始微微晃動。

江湖傳聞，燕飄飄本是大仙位法師，而柳青青只不過是小仙位，但以後者目前所表現出來的實力，顯然是也早已達到大仙位了。

仙位法師的爭鬥，江湖中本就是難得一見，而大仙位法師的交手就更是可遇而不可求了，是以留在場中的諸人也都是凝神定氣，細細觀看，不發一語，生怕因此而驚擾了二人。

巧的是，燕柳二人的實力竟是在伯仲之間，燕飄飄手裏的黑巫權杖和柳青青的無情絲也都是仙器至寶，互相克制，二人明暗法術同施，情絲阡陌，杖影翩翩，足足打了半個時辰，卻依舊是勝負難分。

觀看的諸人雖都是絕頂高手，但皆看得如癡如醉，從中獲益良多，神情振奮。但慢慢地，二人交手所帶起的風聲中漸漸多了一種古怪的雷聲，那雷聲初時也不甚響，但卻以一個奇怪的頻率不斷重複，並有漸漸洪亮之勢。

眾人初時尙不以爲意，只道是某種法術引起的反應，但漸漸卻覺察出不對，那聲音竟是從神像身上發出來的，餘光瞥去，托盤裏，李無憂盤著膝，雙目微張，頭頗有節奏地上下輕點，嘴角一根晶亮的細線隨著托盤的上下顛簸而延伸縮短——風雨飄搖中，偉大的雷神大人不知何時已酣然入夢，並發出足以地動山搖的鼾聲。

「李無憂！」陸可人恨聲大叫。

「什麼事？打完了嗎？」李無憂一個激靈醒了過來，四處張望，見到柳燕二人依舊打得不亦樂乎，頓時露出失望神色，「既然你師父還沒輸，叫我做什麼？那麼著急當我老婆嗎？」

「你……」陸可人恨得牙癢癢，卻氣得說不出話來。

這個討厭的傢伙，可以觀看我師父與柳妖女決戰，乃是江湖中人難得的奇緣，他……他竟然睡著了，而且一醒來就說出如此憊賴的話！是可忍，孰不可忍！她正要上前，心念卻猛地一轉：自己今日是怎麼了，居然如此容易動怒？

她自幼冷靜，不是個喜怒形於色的人，小小年紀便已頗有大家風範，向來爲師門長輩稱道。只是上次波哥達峰一會，兩日旅途，卻數次被李無憂搞得怒氣勃發，事後鬱悶非常，而今日重見李無憂後，不知爲何處處覺得不自在，竟是更容易被後者激怒，大失往日

鎮定，難道這無賴當真是自己命裏的剋星不成？若是師父輸了，自己真的變作他的人，那以後還不被他折磨死？

李無憂卻無暇顧及她心頭的波瀾，嘟囔道：「沒話說？沒話老子先睡了，等打完了再找我！真是的，小丫頭一點禮貌都沒有，胡亂打擾老人家睡覺是要遭天譴的！啊呼～～」

陸可人怒極，但一貫伶牙俐齒的她一時卻怎也找不到話來反駁。是啊，別人愛睡覺，干卿何事？

一側的龍吟霄抱不平道：「李兄，兩位前輩正在印證武術，你卻大睡特睡，是否有點太不尊重了？」

「唉！」李無憂伸了個懶腰，輕輕嘆了口氣，「龍兄你有所不知啊，這兩人輩分雖然很高，但法術卻也太稀鬆尋常。你看……譬如柳妹子以玄黃訣操縱無情絲本就是敗筆，燕前輩只要先使十次朱雀火羽封住無情絲的去向，再集中三昧真火於一點，猛攻其中一條無情絲，柳妹子早已敗了十次不止……」

他與龍吟霄本隔了五丈之遙，似乎怕後者聽不清楚，說話聲音便異常的大，場中交手的燕柳二人自然聽得清清楚楚，燕飄飄聞言頓時如夢初醒，果然使出了一招朱雀火羽。

柳青青漫天飛舞的無情絲果然立時處處受制，眼見燕飄飄掐指念訣，空中飛舞的火羽只如飛絮一般越來越多，當即又氣又惱，笑罵道：「乖兒子，果然是有了媳婦忘了娘，陸丫頭還沒嫁給你呢，你就忘了你娘先去討好人家師父了？」

李無憂嘻嘻笑道：「那我可不敢！其實連發朱雀火羽這招雖然厲害，但你若捨得幾滴鮮血，對無情絲使出玄黃咒法，將無情變有情，反轉極性，使出『有無之間』，那燕掌門便要吃不了兜著走……」

他話聲未落，場中柳青青果然已咬破左手食指，朝無情絲彈出幾滴鮮血，霎時那漫天慘綠的無情絲頓時變做了紅綠色，一條條如活了一般，一根化十，十根化百，百根化千，百十千千，無窮無盡，彷彿漫天都是紅絲，穿過火羽的縫隙，化作一條條紅色的虯龍，朝燕飄飄吞噬過去，後者雖然聽到李無憂說出這一招，但一時卻未想到紅絲會化龍，頓時被攻了個手忙腳亂，忙將三昧真火收回，在身周化作一片火罩，以抵擋那漫天虯龍。

「錯了，錯了！『有無之間』後施『舞龍術』本是妙手，但『有無之間』本是幻術，你不分真假一律都用上了舞龍術，等於多耗費了十倍功力，若此時燕前輩使出星火燎原，兩相硬碰，你……」

李無憂話音未落，眾人驚呼聲中，燕飄飄的權杖上果然飛出了一點比火羽顏色濃了百倍的藍火，藍火飛出後，全數化作了點點火星，以漫天花雨之勢朝那千萬頭虯龍撲去。

虯龍本是無情絲所化，原可擋得三昧真火所化的火星，但因柳青青太分散功力的緣故，那千萬虯龍一觸到真火便不戰自潰，柳青青本人也臉色慘白，後退了三步。多虧她退時聚土放出了一個幻影，勉強將剩餘的數點火星吸引過去，才躲過了這次焚身之禍，但先機已失，燕飄飄的黑巫權杖卻不停指點，每一指過處，都是一點星火爆射，直搞得她左支右絀，倉皇躲避，極其狼狽。

李無憂看得大搖其頭：「柳大妹子也太蠢了，我若是你，傷都已經傷了，何妨傷上加傷？若這一局你不能勝，就算你會顧影大法，難道還能從四宗聯手裏偷走蒼引嗎？」

「臭小子，你怎麼知道我會顧影大法？」柳青青驚呼聲中，身影顫了一顫，頓時化作了兩個一模一樣的柳青青。一個柳青青依舊在原地躲閃權杖射出的星火，另一個柳青青則避開星火，飛身而起，手指掐訣，一掌朝燕飄飄攻來。

「疾！」燕飄飄也是手指掐訣，卻是採取了與柳青青這一掌對轟。

「燕掌門小心身後！」李無憂驚呼聲中，燕飄飄只覺腦後生風，忙側身一避，但終究遲了一步，另一個柳青青的左掌已然按在了她左肩之上，她被這一掌擊得飛出丈外，方穩下身形，回頭看時，柳青青佇立掐訣，似乎是要發動什麼大法術，而另一個柳青青卻依舊在數丈之外與那些星火糾纏，仿似剛才根本沒有攻擊自己一樣！

但肩頭火辣辣地疼，這一掌卻是誰打的？轉頭看時，掌印所在位置已然化作了一片焦黑色，忙運氣封住肩頭數個大穴，足下忽有異動，忙飛身飄開，再回頭看時，先前立足之處憑空多了一個尖尖的小土丘，自己若非躲避及時，已然雙足被廢——但兩個柳青青都遠在丈外，如何能發動這個法術？不及細想，身前身後又已是空氣異動傳來，忙自瞬移開去。

剎那間，她只覺四周風聲鶴唳，無一處不是柳青青的攻擊範圍。

場外觀戰的諸人，只見兩個柳青青，一個呆若木雞地佇立不動，另一個卻掐指亂點，無數無形有形的攻擊便莫名其妙地產生，而堂堂江湖三仙之一的燕飄飄立時被攻得左支右絀，都是驚訝莫名，更想到李無憂談笑間就讓場中局勢幾次峰迴路轉，暗自揣測這小子除了精通四宗武術外，竟然對魔門法術也熟悉異常，究竟是何來路？

卻不知大荒四奇未遁入崑崙隱居時，心中假想敵乃是古蘭魔族第一高手燕狂人，無事時便研究其武術，年深日久，對魔族武術熟悉異常，而李無憂除繼承了這些見識外，更因誤食五彩龍鯉可修習五行法術的緣故，對魔族土系法術也多有修煉，只因一直未遇良師，造詣才不如四宗法術，及至遇到北溟二老，習成玄心大法和化石大法之後，對魔法的認識更是突飛猛進，後來在天地洪爐中開了天眼，又得千年妖女若蝶日日妖術薰陶，因魔法妖

術同源的緣故，先前許多未解之處，也一一豁然開朗，此時單論對魔法的認識，李無憂已可達大宗師的境界。

當今魔門的法術傳自古蘭，小異大同，柳青青用什麼法術，他自然一看便知。

太虛子見陸可人眼神焦急，不時瞥向李無憂，顯然是希望他說出破解這顧影大法的法門，但後者卻視如未見，假裝全神貫注地觀戰，且不時發出一些長吁短嘆，只氣得陸可人恨恨不已，卻又無可奈何，暗覺好笑，當即問李無憂道：

「無憂，我早聽說魔門中有門失傳已久的法術叫顧影大法，沒想到柳門主居然練成此法，卻不知這門法術的威力爲何如此匪夷所思？」

李無憂也是好笑，老牛鼻子問話時雖然裝出一副不經意的樣子，但隔了這麼遠大聲和自己說話，瞎子也知道他是想幫陸可人和燕飄飄了，當真是掩耳盜鈴。但太虛子是葉秋兒的師父，怎麼也得給他個面子，便笑道：

「顧影大法，顧影大法，顧名思義就是『顧影自憐』，其實這兩個柳青青都是假相，真正的攻擊者，是她的影子！」

話音方落，陸可人已冷笑道：「胡言亂語！兩個人身後明明都沒有影子！師父……」

卻是她說話的工夫，場中燕飄飄又已被一無形攻擊擊中，小腿以下頓時化作了石塊。

而淡淡月色下，兩個柳青青的背後果然都沒有影子，眾人皆是大奇，齊齊望向李無憂，後者雖依舊鎮定自若，神情中卻露出了一絲驚愕。

只聽任冷嘆了口氣，道：「倒沒想到青青居然也練成了化石大法，呵，李兄弟，你也有看錯的時候，這場比試，不出意外的話，看來燕門主要輸了！」

李無憂這個時候似乎想通了什麼事，恍然大悟似的笑了笑，搖頭道：「大哥，你這次可看走眼了，柳妹子厲害不假，但燕飄飄成名數十年，豈是省油的燈？好戲才剛剛開始！」

第八章　豔福逼人

這個時候，場中柳青青已將燕飄飄下半身全數石化，褐色的石跡已延展到了後者纖腰。

燕飄飄雖然雙手合一，結了個真靈火訣，身體放出一陣淡淡的藍色火焰苦苦抵抗，但化石大法乃是魔門中極高深的一門法術，真靈火訣雖是天巫極厲害的防護結界，但依舊擋不住石跡慢慢上延。

柳青青一面繼續加強靈氣，一面笑道：「燕妹子，既然撐不住了，又何必再撐？這麼辛苦又何必呢？便如你苦苦等了慕容軒二十年，他卻一點……」

「住口！不要提他……」本是文靜的燕飄飄忽然臉色慘白，厲聲大喝。但這一怒卻帶得心緒一亂，指印頓時顫了一顫，那褐色的石跡便又上延了一尺，攀上了挺拔雙峰。

「燕妹子，你輸了！」柳青青高呼一聲，兩個身形同時一動，化作兩道淡淡的黑光，猛地朝燕飄飄射來。

「那也未必！」本是大怒的燕飄飄在這一瞬間忽然又恢復了冷靜如冰雪的容顏，雙手指印變作合十狀，全身的藍色火光中猛地多了一層淡淡的紅色，眼明如李無憂者，透過她纖纖玉手和那藍紅相間的火光，隱隱看見她雙眸中忽然多了一種淡淡的笑意。

下一刻，纏繞在燕飄飄身上褐色的石跡猛如潮水一般落了下去，同時一道淡不可見的黑影自她身後飛出，與柳青青所化的兩道黑光合爲一處，變作一條極細的紅光，朝燕飄飄雪白的玉頸射來。

那紅光纖弱柔細，似乎一觸即斷，但卻偏偏給人一種極其溫暖的感覺，觀戰的諸人心頭都或多或少地起了一絲怪異的綺念。陸可人終於明白過來，原來柳青青施展顧影大法所成的影子不在自己身後，卻是與燕飄飄的影子合到了一起，自然是無人能夠察覺。

「一線牽！她竟然練成了一線牽！」一直保持冷靜的任冷見到這點紅光，猛地低呼出聲，但隨即臉上卻露出了一絲詫異，「但，但是……」他驚呼未畢，卻聽又有四個人同時大叫：「祝融大法！」

叫的人是太虛子、文九淵、龍吟霄和陸可人。

卻是那一條紅線便要劃過燕飄飄脖頸時候，美若仙人的燕飄飄整個人忽然變作了一個手持火炬的高大威猛的壯漢——那本是奔向燕飄飄咽喉的紅線，忽地受到了火炬的吸引，不由自主地改變軌跡，如飛蛾撲火一般朝火炬飛了過去。

「手下留情！」又是四人齊聲高呼，但這次出聲的卻是太虛子、文九淵、任冷和李無憂。

這一聲呼喊才畢，周邊圍觀的眾弟子卻見眼前一陣刺眼的強光迸射，各自下意識地閉上了眼睛，再睜開時，已然塵埃落定——燕飄飄臉色慘白，嘴角一絲血跡殘留，而柳青青佇立在離她丈許開外，臉上神情似乎悵然若失，又彷彿心有所喜，躊躇滿志。

眾弟子無論正邪，皆是面面相覷，誰也不知究竟是誰勝誰敗，而場中圍觀的諸人卻也是神情各異，不見喜怒。

良久之後，卻見柳青青嘆了口氣，對燕飄飄道：「燕妹子，多謝你手下留情。我輸得心服口服！也只有你這樣的人物，才配得上慕容軒。」

這話雖然沒頭沒腦，但話中柳青青認輸之意卻再也明顯不過，周邊四宗和無情門下弟子，聞之皆是一片譁然。

燕飄飄淡淡道：「你本不該敗，只是可惜你不明白『月印千山，雁過寒潭』，雖然風過留痕，但那痕跡卻會被歲月所消磨，很多事過去了就是過去了。」

柳青青看了任冷一眼，輕嘆了一聲，再未說話。

卻聽李無憂朗聲道：「好，現在我宣布，無情門柳青青對天巫燕飄飄一戰，燕飄飄勝！」

說完這句話，見周邊眾人議論紛紛，但臉上皆是一片茫然神色，他眼珠一轉，陡地再提高聲音道：「各位，各位，有誰想聽剛才一戰的真相的，趕快扔銀子過來！若是有那位美女妹妹沒有銀子的，用肚兜代替也可以啊，要聽趁早！下一場比武馬上就要開始了，快啊，快啊！」

剛才還議論紛紛如鬧市一般，立刻鴉雀無聲。

「算了！既然沒人想聽，那我宣布第二……」

「劈里啪啦！」一陣巨響將李無憂嚇了一跳，定睛看時，神像面前的地上已多了一堆小小的銀山，銀山之中夾雜著三四十條做工精美樣式新潮的肚兜。

對此，李無憂終於相信了兩件事：一、四大宗門和三大魔門果然是大荒最有錢的門派；二、越是名門大派的淑女，脫衣服的速度越快。

太虛子、燕飄飄等人臉如豬肝，回頭望向門下弟子，卻個個神情嚴肅，彷彿那堆肚兜是絕對和自己沒有關係的，一時除了嘆息搖頭，卻也無法。

李無憂當即喜笑顏開道：「好，既然大家這麼有誠意，那我就將剛才這場內幕複雜的比試的詳細說一說。想必大家都看到了，比試開始之前，天巫燕掌門和我打賭，想向我要《祝融大法》的秘笈，這就是燕掌門布局的開始，她向我要秘笈是假，想痲痹柳門主是真，她要讓後者以爲她不會這門法術。但很可惜，這一計被柳門主很快識破，並且將計就計，比試的最後，使出了一門雖然極其厲害但卻恰好只能被祝融大法克制的魔法『一線牽』，在一線牽即將完成的刹那，卻又改使出了與『一線牽』完全相反的一門法術『流星雨』。這兩門法術呢，前者是將所有的魔法力集於一線，從而在瞬間產生巨大的殺傷力，而後者則是將魔法力分散，以無數個不同的虛幻角度攻擊敵人，任意一角度擊中敵人，這一點流星光芒都可化虛爲實。而祝融大法與一線牽一樣，卻是將三昧真火擊中於一點，產生百倍以上殺傷力的一類大法。由上古魔神蚩尤親創的流星雨，正是祝融大法的剋星。」

眾人這才知道二人比試的最後那陣強光，原來就是流星雨的光芒，都是恍然大悟，但隨即卻更糊塗了，當即有人大聲問道：「既然流星雨正是祝融大法的剋星，爲何最後敗的卻是我們門主？」

場中的太虛子等人雖然看懂了大部分，但終究對兩門的法術不是全部瞭解，於一些細節上依舊不是很清楚，此時聽李無憂的分析，也是用心細聽，而柳燕二人卻越聽越是心驚，這個叫李無憂的少年，究竟是人是神？爲何好像什麼都瞞不了他一樣？

李無憂笑道：「這就是這場比試最精彩的地方了。原來燕掌門所布下的局，並非那麼簡單。她向我要祝融大法的秘笈的時候，就已經算到柳門主會看穿，並設下了第二陷阱，後來柳門主的將計就計其實正落到了她的第二個陷阱當中。大家想必都知道，這天下萬物相生相剋，並沒有任何一種武術是絕對無敵的。流星雨雖然霸道無匹，但天巫正好有一門法術叫『火舞星河』，正是流星雨的剋星。燕掌門化身祝融，其實並非是使出了祝融大法，而是用了一門幻術叫『蠱影巫形』，這種幻術是類似於顧影大法一類的分身法，只不過是將真身藏在假身之中。流星雨近身時，燕掌門的假身自然煙消雲散，而其真身正好使出了火舞星河，二者相拚，自然是燕勝柳敗。」

「哦！」眾人這才徹底明白，一時對二女的心機都是嘆爲觀止。

李無憂拍拍手，道：「限於時間，我就長話短說到此。至於這場比試之中，二人還要了那些小把戲，兩人又是如何利用彼此和慕容軒之間的關係制與反制，任大哥說的石化大法又是何種神通？大家有興趣知道的可以私下向我購買，嗯，友情提醒，各位妹妹記得一定要多穿幾條肚兜哦，缺少銀兩的時候少不得可以替代一下……」

眾人狂倒。看來這廝收集肚兜上癮了。

燕飄飄走到石像下面，對李無憂輕輕拜了一拜，道：「多謝李少俠。」

李無憂奇道：「這布局的人又不是我，你謝我做甚？」

「李少俠見識高明，神眼如炬，能一早就看穿了我的布局，自是能看出我只會祝融大法的上半部。但你明知柳門主會輸，卻寧可輸秘笈給我，也不出言點破我的布局。如此高風亮節，此爲第一當謝。再者你如此作爲，已表明你傾向於我正道中人得到蒼引，乃是肯爲蒼生作想，正是大俠風範，此爲二當謝。最後，面對可人這樣的美女，你卻可以不動心，顯見乃是真英雄，燕飄飄也和天下人一般誤解了你，此爲三當謝。」燕飄飄認真道。

眾人聞之恍然，四宗的人都是大點其頭，對李無憂登時刮目相看，唯有無情門自柳青青以下看李無憂的眼神卻登時冷若冰霜。

李無憂打了個寒戰，心道：「這婆娘也太陰險，明著是誇我，暗地裏卻是在破壞我和魔門的關係，讓老子再不能保持中立。」當即裝出一副愕然神色，道：「這個……我想燕前輩是誤會了，我之所以不出言點破你的布局，除了本著公平公正公開的原則外，那個……主要是我和可人妹妹之間很有些誤會，我實在不想洞房的第二天早上起來頭和身體已經分家……比起性命來，祝融大法雖是至寶，卻也遜色不少，是不是？」

「你……」陸可人怒極，一時卻想不出什麼話來反駁。

旁觀眾人，除了太虛子等幾個穩重之人外，都是笑了起來，其中以魔門眾人笑得最是大聲，更有人大聲應和，說些不堪入耳的話，天巫門女弟子人人面有怒色，多虧柳青青節制，才不至於鬧出火併，但也因此，魔門中人因燕飄飄的話帶來的對李無憂的敵視也倏然冰釋。

只聽燕飄飄嘆道：「李少俠居功而不傲，如此胸懷實在是讓我感動。好！我決定了，那半本秘笈我不要了，今日就當著天下英雄的面，將可人許配給你，不知尊意如何？」

「什麼？」眾人只疑自己聽錯了。天下怎麼有這樣的師父？

李無憂更是瞠目結舌：「那個……燕前輩你可不能賴皮哦！我，我們明明說好，我輸了就將秘笈給你，我贏了才娶可人的……」

「師父……」

「住嘴！」

陸可人臉色很是難看，想說什麼，卻被燕飄飄粗暴打斷，後者更是掉頭目視李無憂道：「哼！李無憂，本掌門不過是看你人才難得，一心成全你罷了。好，現在秘笈我也不要了！我只問你，你給不給我天巫門千餘弟子面子，這門親事，你答是不答應？」

靠！老子娶不娶陸可人這惡婆娘，和你們天巫門千餘弟子有個鳥的關係啊？你人多怎麼不去開妓院啊？李無憂覺得自己簡直是太鬱悶了，原本以爲燕飄飄丰采脫俗，性格內斂而不張揚，沒想到啊沒想到，一旦狠起來，陸可人果然只能算是小巫見大巫，奶奶的，果

然是有其徒必有其師啊！

見場中之人各懷鬼胎，或冷笑，或微笑，或不動聲色，卻一樣虎視眈眈地望著自己，李無憂雙眼微閉，假作沉吟，眼角餘光卻瞥向了一側的寒山碧。

他方才只是點了她的麻穴，但這丫頭不知是賭氣還是做什麼，自眾人交戰以來，她卻再也一點聲息都不肯發出了，自顧自地閉目養神，現在聽到燕飄飄公然逼娶，她卻依舊仿似個沒事人一樣，兩耳不聞周遭事，一心只睡美容覺。

我靠！李無憂低低罵了聲，睜開眼來，眉開眼笑道：「承蒙燕前輩抬愛，無憂卻之不恭，只要場中無人反對，晚輩就答應了。」

「一言為定！」出乎李無憂意料之外，燕飄飄爽快地答應了他的條件。

但李無憂的狂喜只持續了幾息，很快大叫失策——外圈的四宗和無情門弟子議論紛紛，內圈的人面色各異，但卻都無人出聲阻攔。

在李無憂的想法裏，四大宗門雖然同氣連枝，但實際上卻也是各有利益，矛盾重重，除開文九淵可能不會出口阻攔外，太虛子和龍吟霄應該都是有理由破壞自己和陸可人的婚事的——通過葉秋兒，太虛子已將自己掌握，沒有理由再讓燕飄飄插上一腳；龍吟霄和陸可人一向形影相隨，能不動心，那他就不是個正常的男人了，看到自己的女人要嫁給別人，怎麼可能不出手阻攔？再說魔門，若是讓自己這個精通四宗失傳武術的人與天巫再結緣，魔門本就不如四宗，如此實力相距豈非更遠？柳青青和任冷這兩人爲何不反對？最後，連當事人陸可人自己，雖然怒形於色，卻也是一副敢怒不敢言的樣子，打定主意要當怨女，卻是死也不肯張口了。

李無憂本想眾人都有發飆的理由，他這樣一說，眾人自能找出反對的理由，必然群起應和，到時候自己只消裝出一副順應民意的樣子，這場荒謬的婚事就可推得乾乾淨淨，哪料到偷雞不成反失了一把米，弄巧成拙下，錦囊妙計變成自跳火坑的餿主意。

他卻不知天巫門乃是四大宗門之中歷史僅次於禪林寺之門派，實力深不可測。而燕飄飄本人其實是最好面子，今日如此當眾逼婚，幾乎是拉下了所有的面子，若是有人道聲反對，那幾乎等於與天巫結下了血海深仇，實是不智之至，是以無論是魔門還是其餘三宗，心頭雖有千萬想法，卻也不願意出頭。

「啊哈，難道大家都認爲這是天作之合，竟一點點意見都沒有？」李無憂尷尬地望著眾人，一如小丑。

「既然大家都不反對，那麼無憂……」燕飄飄大是得意，但她話剛說一半，卻聽一人大聲道：「我有話說！」

「哈哈！燕前輩，你聽見了，有人有話要說！」李無憂只覺蒼天開眼，自己找到了個大救星，當即大笑。

說話聲中，一人自外圍走了過來，正是正氣盟主文九淵的獨子文治，李無憂的好徒弟。

「好徒弟，乖徒弟！你也不贊成這門婚事是吧？快，快，告訴大家！」李無憂只恨不得衝上去親這可愛的孩子一口。

「胡鬧！這裏長輩們商量事情，豈有你插口的地方？還不給我退下！」文九淵說時驀地袍袖一拂，文治尚未開口，整個人已經如斷線的風箏一般飛退，湮沒在正氣盟弟子群中，再沒了聲息。

文九淵隨即換上一張笑臉道：「李少俠和陸姑娘兩位天賜良緣，我正氣盟上下均是一律贊成，並無半人反對！」

「你……你……」李無憂指著文九淵那張欠揍的臉，欲語淚先流。

「哈哈！看來李兄弟不過是臉嫩，對這場婚事其實是非常高興的，大家看見沒有，他喜極而泣，竟高興得哭起來了！」能說這樣混賬話的正是任冷。

「你……」向來伶牙俐齒的李無憂大俠只氣得徹底無語，雙眼一翻，暈了過去。

「李大俠居然又高興得暈了過去，唉，年輕人就是沒經驗，現在就這樣，將來洞房豈不還得暈來暈去的？陸姑娘，你可得多注意一點哦！哈哈！」任冷放聲大笑，場中眾人各懷鬼胎，除燕飄飄和陸可人外，均是附和著笑了起來。

所謂名門正派，在無恥這一點上，和妖魔其實並無差別。

笑聲中，柳青青已回到任冷身邊，輕輕搖了搖頭，後者眼中難得地露出了一絲溫柔之色，輕聲道：「無妨，一切有我呢！」說完再不看前者一眼，大踏步走到場地中央，將手中白色棋子一揚，大聲叫道：「任某在此恭候，該上來的，請快上。」

他天生嗓門奇大，這一聲叫雖沒有暗自凝聚功力，但依然如虎嘯獅吼，只震得周邊的眾人耳鼓也一陣發疼，人人駭然，但他話音剛落，卻聽一人大笑道：

「任大哥，難道你老人家是窯子裏的姑娘嗎？妾身在此洗淨身子恭候，哪位大爺想上來的，請快來上啊！」

最後一句話他說得陰陽怪氣，噁心肉麻之至，眾人聞之都是哄堂大笑。任冷先是勃然大怒，隨即卻分辨出那聲音正是剛剛暈了過去的李無憂，頓時嚇了一跳，這小子這麼快就恢復鎮定，當即不敢硬拚，決定以柔克剛，皺眉苦笑道：

「娘西皮，陸姑娘是個不錯的女孩，老子幫了你個大忙，你卻反過來消遣老子，如此恩將仇報，難道你的真正出身竟真是我魔門中人嗎？」

「放你娘個狗臭屁！老子其實是正氣盟開山祖師的嫡傳弟子，四大宗門所有人的長輩！消遣你那是老子看得起你！別人求我消遣他，老子還未必肯呢！看什麼看？臭書生，老子說的就是你，不服氣？不服氣你扁我來啊！靠！這麼望著師門長輩，真是沒禮貌啊！」

卻是李無憂說話的時候，文九淵已舉著刻著「坤」字的黑色棋子立在了任冷的對面。

聽李無憂如此無禮，無情門的人自然大聲叫好，四宗的人都是大大地皺眉，而正氣盟的書生們更是怒髮衝冠，手按劍柄，大有只要文九淵一聲令下便要衝上前來將李無憂撕成一百零八塊之勢。

眾人裏，只有龍吟霄和人群中的文治是搖頭苦笑，前者在李家集的時候已被李無憂「冒充」師門長輩狠狠地戲耍過一次，至今記憶猶新，想不到過了這麼久，這傢伙已落得功力全失，依然樂此不疲，真是狗改不了吃屎；後者則是因爲曾在航州的時候拜了李無憂爲師，一時不知該如何面對這層奇怪的關係，另一方面，二人都搞不清楚李無憂究竟是何方神聖，萬一真的是師門長輩呢？

誰知文九淵卻躬身朝李無憂施了一禮，恭敬道：「正氣盟弟子文九淵參見李前輩！」

眾人目瞪口呆之際，他卻又已臉如冰霜，冷聲道：「李無憂，你膽敢冒充我正氣盟前輩，他日查明，無論天涯海角，正氣盟第四任盟主文九淵亦誓要將你斬殺，如違此誓，天誅地滅！」

眾人先是一愣，隨即卻都暗自喝了聲采。

和眾人一樣，文九淵也拿不準李無憂的出身來歷，不知他是否真是師門長輩，是以採取了兩套說辭，前恭後倨，無論李無憂是不是正氣盟前輩，他都不算失禮，同時又向眾人展示了他廣大的胸襟和正氣盟不容輕犯的威勢。

但李無憂卻並不領情，反而冷笑道：「文九淵，你的膽子可真是夠大的了，居然敢質疑我的身分？只要我隨意指點老任幾句，你不出三招就會敗北，你信是不信？」

語不驚人死不休。場中諸人除開親自領教過李無憂厲害之處的文治和龍吟霄狐疑不定外，聞之都是大笑，便是太虛子、燕飄飄之輩也都是微微搖頭。

須知李無憂的輩分或者可以比文九淵高，但後者卻是正氣盟主，年過半百，論修為和對本門武術的熟悉程度，實是比李無憂高出不能以道理計，李無憂卻揚言要指點一個外人三招將文九淵擊敗，不是笑話又是什麼？

這一次，便是自現身以來便保持謙謙君子風度的文九淵也按捺不住，當即變色，冷聲道：「李兄弟說這個笑話未免也欺人太甚了吧！」

李無憂這賤人卻一點也不在乎別人快氣炸了肺，反換了一副悠哉遊哉的神情，嘻嘻問

道：「文盟主認爲我在說笑？」

「正是！」

「那好！這場比武，由我來代替任大哥，咱們也不動手，就在口頭上比劃定輸贏，你敢是不敢？」

「只要任兄不反對，文某悉聽尊便！」

文九淵這話一說出，眾人齊齊變色，誰都知道李無憂詭計多端，真要打還好，畢竟他此刻功力全失，若是用嘴說就定勝負，那便大大不妙了，文九淵幾乎不假思索就應承下來，極有可能已落入了李無憂的圈套。

「呵呵，我沒意見，一切聽李兄弟的！」任冷這話一說出，眾人卻更加目瞪口呆了。他雖然和李無憂滿嘴稱兄道弟，但那只是隨便說說，當不得真的，而後者精通四宗法術，而且出道以來並沒有惡跡，怎麼說也算是正道中人，剛才二者更是剛剛接了一點小仇，萬一李無憂故意輸掉比賽，他這千里奔波便是白費了，而一旦正道中人得到蒼引，魔門從此便要更加受擠壓，他卻一笑間就將勝負的籌碼全押在了李無憂身上，膽色不可謂不驚世駭俗。

「好，好，好！」眾人驚呼聲中，文九淵連說了三個好字，隨即拱手大聲道，「李少俠請出招。」

「呵呵，你是晚輩，當然你先出！」

「你……好！」文九淵雙眉一挑，「第一招，以山河做劍攻你前胸！」

「呵呵，好得很啊，一上手就是正氣八劍。那好，我腳向左踏一步，再向右踏一步，然後出禪林羅漢劍第三招『伏虎醉臥』攻你眉心。」

他話音方落，眾人同時譁然，都道李無憂是不是瘋了？須知正氣八劍是正氣盟的至高劍法，威力之高，不言可知，而山河做劍則更是其中絕招，顧名思義，乃是練到極處，便是天地間的山川皆可爲劍。李無憂卻以禪林寺的入門劍法羅漢劍抵擋，不是譁眾取寵就是腦子有病了。

但場中幾人卻都沒有笑，因爲只有真正的高手才知道無論是武功還是法術，練到最後殊途同歸，即都是化腐朽爲神奇，在大高手手中，任何一招一式使出都有常人所想像不到的大威力。

文九淵臉色變了幾變，顯然是在想李無憂這兩步一劍的奧妙所在，默然半晌，終於道：「你這一招果然巧妙，將天魔劍氣在這兩次踏步之中逼出，逼得我招進一半不得不變向，而伏虎醉我這一劍，更封住了我下一刻的去勢，端的是高明！但我第二招劍勢不停，

順手一拖，使出天地爲心，你又如何應付？」

「伏虎醉臥！」

「什麼？還是這招？」周邊眾人下巴幾乎沒掉下來。

高手過招的時候怎能將同樣一招使兩次，更何況是連使？內圈的七人更是倏然動容。這一招不按常規出招，固然是奇峰突出，但這伏虎醉臥乃是最粗淺的一招，又怎麼能再見奇效？但文九淵卻當即變色：「劍指何處？」

「三分春色，五分流水，兩點桃花！」

「啊！」旁人不知所云，但文九淵卻叫了出來，「你……好眼力！」

原來這招天地爲心，如同玄宗的星河劍法引星辰之力爲己用的原理一樣，乃是以真氣聚集天地間無處不在的浩然正氣，從而形成沛然莫測的劍氣，任何人與之爲敵，便直如與天地相抗一般，生出無力之感。但這一招運氣時候卻要注氣到孤春、百會、乳根三穴，文九淵只練成浩然正氣第九重，分到這三個穴位的力道正是三分、五分和兩分，李無憂說三分春色、五分流水、兩點桃花，正是指他會提前攻這三穴，如此一來，這招天地爲心立刻就會胎死腹中。

「果然高明！但李兄弟，任兄如此施展天魔劍氣，不過是和我比拚內力罷了，這第三招的勝負全在僥倖了，你如何敢言必勝？」文九淵又道。

此言一出，場中諸人在驚愕李無憂招式精妙之餘都是興奮異常。須知文九淵和任冷都是成名多年，且都是當世高手，二人若是比拚內力，勝負在五五之間，誰也占不到便宜，李無憂卻先放出話來說任冷必勝，自是胸有成竹。這個少年自出道以來就屢創奇蹟，四宗的年輕弟子暗地裏其實都將其作爲偶像，若非因爲師門長輩在，早上前來要簽名了，先前見他談笑間就讓燕柳二人的決鬥風向數轉，都是嘆爲觀止，崇拜更增，此刻竟然兩招就逼得文九淵所有的招式全皆失效，落得只能比拚內力的境界，都是神情振奮。

卻聽李無憂哈哈大笑道：「文九淵，你在第一招上就敗了！還有什麼資格與我拚內力？」

「什麼？！」眾人同時目瞪口呆，都是將信將疑，卻誰也想不通究竟是怎麼回事。

「請李少俠指點迷津！」文九淵愣了一下之後，老老實實地躬身道。

「可惜這局開始得太快了，都忘了找人下注，真他媽遺憾啊！」李無憂輕輕嘆息，隨即換了一副語重心長的口氣，「小文啊，這我輩書生生平所求，不外『爲往聖繼絕學，爲生民立命，爲天地立心』三事，你可知道？」

眾人料不到他忽然扯到這個上面，還一副倚老賣老的神情，都是大奇，唯有文九淵卻變了臉色，恭敬說道：「此乃我盟立盟之本，先祖載道公訓示，文某片刻不敢有忘！」

李無憂點了點頭，又道：「你既知此三事爲立派根基，可曾仔細研究過正氣山三事崖上的四聖遺書？」

「四聖遺書！」李無憂這話才一說出，周邊眾弟子多是一臉茫然，不知所云，但內圈的七人卻是同時失聲驚呼。

「這個……自然是時刻不敢有忘，但這只是傳說，弟子一直不敢盡信，莫非這裏邊竟真有絕世武術不成？」文九淵的語氣頓時恭敬起來，竟是自稱弟子了。

「哼，哼，不敢盡信？文九淵啊文九淵，正氣盟怎麼盡是你這樣的蠢材！自守寶山兩百年而不自知！」李無憂又是冷笑又是搖頭嘆氣，一副恨鐵不成鋼的臉色，「兩百年前，大荒四奇四位前輩爲對付古蘭魔族第一高手燕狂人，聚於正氣山三事崖，切磋四宗武術，後將此事書記於千尺高崖之上，從此絕跡江湖。嘿嘿，你們這些蠢材，你們也不想想，四奇是何等樣人？若僅僅是要記述此事，何須如此大費周章？」

場中七人聽李無憂言中盡是將四宗所有的人都罵了，卻沒有還嘴，各自沉吟，一時間誰也沒有說話，而關於四聖遺書種種卻一一浮現心頭。

當日四聖遺書一事傳出江湖，最初很是鬧得一陣沸沸揚揚。其餘三宗弟子見掌門多日未歸，紛紛來正氣盟查探，文載道的兒子文伯謙解釋不清楚，只得讓人帶這些人去三事崖，三宗弟子回去稟報各派代掌門，各宗代掌門自然大覺蹊蹺，紛紛帶人親自來查看，最後也不得不接受了正氣盟的解釋。

但各宗掌門回去之後，江湖中便傳出流言，說那四聖遺書表面是記事，其實正好將各宗的頂尖武功記載在內云云。一時江湖雁起，江湖中凡是和四宗有點關聯的人，紛紛要求來看那四聖遺書，以求驗證掌門失蹤之事云云。

文伯謙卻也是個有大智慧的人，知道這流言止於智者的道理，也不阻攔，各人來了，都是好酒好菜的招呼，直到這些人看夠離去爲止。

歲月荏苒，過了三年，卻無人從中看出什麼武術秘笈，此事最終不了了之，此後天下大亂，陳不風揭竿反鵬，接著戰國群起，各宗弟子各爲其主，也都死傷慘重，多虧菊齋的人屢次調停，四宗才最終度過此厄，沒有真的人才凋零。而經過這場浩劫，江湖精英死傷慘重，即便是四宗中，知道此事的人也少之又少，四宗的人認爲沒有必要爲了那無稽傳說而再起紛爭，是以關於四聖遺書以及大荒四奇去向一事，每派都不再說給新弟子，也嚴禁門下弟子提起，此後兩百年，知曉此事的四宗之中都僅僅是掌門和由掌門指定的下任掌門

兩人而已，是以此時李無憂提起四聖遺書，場外弟子盡皆茫然，唯有場中七人瞭解。

此時眾人聽李無憂的意思，這四聖遺書中竟是真的另有乾坤，一時皆是呆住。

李無憂掃視眾人一眼，又道：「你們可知當日四奇聚集三事崖，究竟是如何切磋武術的？」

「不知。」眾人齊齊搖頭。

遺書上只是不厭其煩地說爲對付燕狂人，自己四人如何在此切磋武術十日夜，至於究竟如何切磋，結果如何，卻並無提及。

「嘿嘿，諒你們也不知道。當日各人都將本派能拿出手的絕技使出，請求其餘三人破招，四人研究十日十夜，最後卻是破盡了四宗武術！四奇這才知道四宗武術皆有破綻，均不可恃，心灰意冷下，這才絕跡江湖，估計是躲到某個烏龜殼裏修煉新的法術去了。」

「什麼?竟有此事?」場中所有的人都是驚得呆住，一時面面相覷，作聲不得。

崖上唯有夜風吹石，寒蛩作鳴，夜色裏，唯有神像的托盤裏，李無憂眉横指點，彷彿俯視蒼生的神祇。

「李兄的意思莫非是說三事崖上三千遺書中，竟然暗藏有破解我四宗武術的法門不成?」陸可人反應最快，此時竟忘了自己已經被許配給李無憂的尷尬，忙不迭地出聲詢問。

「呵呵，還是我老婆聰明啊！」李無憂笑了起來，「不錯，你們也不想想，三事崖上遺書三千六百二十一字，卻全是在說爲何要發起這次聚會，其意義如何偉大，但對聚會的過程和結果卻隻字不提，四個老傢伙又不是吃飽了撐的，幹嘛要說這些？可人所說不錯，那四聖遺書之中，非但有四宗最高武術，而且每一招後都寫了如何破解！」

眾皆動容，一時都被這驚天之秘所震懾住。

但聽龍吟霄道：「難道傳李兄武術的那位前輩，就是學成了這崖上密學不成？」

「聰明！」李無憂點頭。

「敢問那位前輩是誰？」文九淵問道。

「嘿嘿，那個人你也認識的……不過我說了大概你也不會信，咱們還是回到剛才，先讓你輸得心服口服吧！」

「請指教。」

「你的浩然正氣是練到第九重了吧？」

「是！」

「這就對了。正氣八劍，以浩然正氣爲魂，乾坤八劍爲魄，簡單點說，就是以浩然正氣運使乾坤八劍，其中山河做劍這一招，威力巨大，練到極處，山峰河流皆可做劍。此處

地處山崖之巔，這招的威力便主要是在一個『山』字，你出招攻任冷胸膛，他左退一步，右退一步，看似喪失先機，但卻在後退時將天魔劍氣注入了三個腳印之中，這點你想到了，但你卻不知這乾坤八劍之所以叫做乾坤八劍，乃是因爲劍法之中的招式和勁氣都是一陰一陽，譬如『乾坤』、『天地』，『山河』都是一陰一陽，你浩然正氣應該剛練至第九重不出一月，乃是至陽至剛，此時取的『山』勢，乃是陽上加陽，正所謂孤陽不長，盛極必衰，雖然你同時也會注入陰柔功力……嗯，應該是意氣神功，注入劍中，卻因浩然正氣剛練至第九重的緣故，兩者調和上本就存在一絲極小的縫隙，而你在此地施展山河做劍，使得這陽更盛陰更衰。至於任冷的天魔氣卻早已練至陰極陽生的境界，這兩步三印所含的至陰和至陽之氣配合，再次搗亂了你從『山』勢中借得的陽，陰陽失調之下，別說是他這樣的絕頂高手施展伏虎醉臥，便是一三歲頑童也能將你擊倒，你不是敗了又是什麼？」

「啊！」文九淵越聽越是心驚，聽到李無憂說「不是敗了又是什麼」，已是汗流浹背，驚呼出聲，再不敢懷疑李無憂是師門長輩，當即翻身拜倒在地。

正氣盟弟子雖然多數不解，見此也忙翻身拜倒，一時白衣飛舞，蔚爲壯觀。場中諸人皆是精英，聽李無憂在一招間就借勢造勢讓文九淵敗得心服口服，嘆爲觀止之餘，都是欽服至極。

神像托盤裏，李無憂淡淡點頭：「你們這一拜，我受了。傳我武術那位異人，其實就是文伯謙大哥。他一再叮囑我莫要洩露自己的身分，唉，之前我一直多番推託，便是爲此。」

啊！文伯謙還在人間？是他破解了那四聖遺書，從而精通了四宗武術和其破解之法？眾人只覺得今天所聽見的每一件事都是匪夷所思。

李無憂真要是文伯謙的兄弟，那豈非比在場所有的人輩分都要高許多倍？但有他先前單憑口舌就挫敗文九淵的精彩表演，再無人敢懷疑他所說的是假話，甚至更多的人在想，只有如此解釋才更合理吧。

李無憂心道：「奶奶的，老子說是文伯謙的兄弟，這個師門出身算是可以圓過去了，不過這輩分卻無端矮了一輩，你們可算是賺到了！」表面卻裝模作樣嘆息道：「伯謙大哥傳了我武術之後就遠赴東海，唉，不知何年何月才又能見到他了……」

「可惜！可惜！」眾人也都裝模作樣地惋惜自己不能得到文伯謙的指點，各人紛紛上來給李無憂見禮，先說了些對前輩的敬仰之情猶如滔滔口水連綿不絕之類的廢話，接著卻套問文伯謙是不是因爲破解了四聖遺書才精通四宗武術，李無憂模稜兩可，既不否認也不肯定，只是微笑以對，眾人見此更加肯定自己的猜想，除了古琴蒼引之外，心中均多了四

個字：四聖遺書。

鬧了一陣，正氣盟諸人站了起來。

文九淵道：「這一局有李前輩出手，九淵輸得心服口服。正氣盟弟子聽令，自現在起，我盟退出蒼引爭奪，盟中弟子以保護李前輩安全爲第一目標！」

「是！」群聲應和，一如雷鳴。

「呵呵！那我先謝過了！」李無憂又是感激又是欣慰地笑了笑，心頭卻不以爲意——那幫弟子遠在五丈之外，真要發生什麼事，能幫上忙才是怪事，至於文九淵自己，一會兒不會「因故失手，搶救不及」什麼的誰又知道呢？

但這些話大家心照不宣就是，說出來就太沒趣味，是以他迅疾又道：「好了！這第二局是天魔門任冷任門主勝。不用說，這第三局就是玄宗太虛道長對禪林龍吟霄，呵呵，要下注的趕快下注了！來來來，買定離手，要買請快哦！」

太虛子和龍吟霄走到場中。

但本就無甚下注熱情的外圍眾人，這次更是動也不願動。畢竟已經知道莊家隨意一句話就可以翻手爲雲覆手爲雨，還下注的只能是白癡了——湊巧這裏什麼都不缺，真的白癡卻很少。

李無憂頓時意興闌珊，有氣無力道：「看來是沒有人肯下注了，兩位晚輩，你們開……」

「且慢！」忽有一人大聲阻道。

「阿碧！你……你老人家又想搗什麼鬼？」李無憂眼見說話的正是方才一直裝聾作啞的寒山碧，頓時頭大。

圍觀眾人都領略過這妖女的厲害，聞言也是同時大叫頭疼，唯有龍吟霄面色不變，說道：「寒姑娘有何指教？」

寒山碧嬌笑道：「有人設下賭局，卻無人下注，未免也太無趣。李大莊家，小女子想下注，不知道成不成？」

「那個……當、當然歡迎，不過老婆大人啊，那個，你我夫妻同體，我的東西還不都是你的？你和我賭，又有什麼意思了？」

「人家想玩玩嘛！」寒山碧撒嬌道。

「好，好！」李無憂預感到有人要倒楣了，不是自己就是龍吟霄，「那不知道老婆大人想買誰獲勝呢？」

寒山碧咯咯笑道：「我對龍大俠下注一隻手，要是贏了，有人就得賠一隻手給我！」

「啊！」場中眾人均是一片訝色，寒山碧究竟和龍吟霄有什麼深仇，竟然出手如此之狠。

李無憂暗自叫了聲娘，這丫頭還真是夠狠，眼光望向龍吟霄，沉吟道：「這事，怕是難辦啊！這個賭局要龍兄肯答應才成……」

龍吟霄尚未說話，寒山碧卻又嘻嘻笑道：「誰說是賭龍兄的手了？我要賭的可是老公你的手啊！」

眾人大叫有趣之餘，心頭皆是駭然：這妖女，恩怨倒分明得很，先前李無憂騙了她，竟是對其懷恨在心，直到此時終於想出這個狠主意——今日無論戰況如何，她九成性命不保，而李無憂卻因爲和四宗的人有千絲萬縷的關係，且精通四宗武術和其破解之法，正是一個大大的寶藏，多半可逃脫一劫，她要報仇已然無望，此刻終於想出了這個法子，而李無憂功力已失，若再少了一隻手，則更是生不如死，用心之惡毒，不言可知。

李無憂愣了一愣，隨即大笑道：「哈哈，果然是我李無憂的老婆，出手這麼有魄力，很好，很好……只是賭場無父子，自然也沒夫妻。你若輸給了我，便要砍手的，你這千嬌百媚個美人兒，少了一隻手，豈非大殺風景？」

「我有說過我輸了會砍手給你嗎？」寒山碧大是詫異。

「不砍你的手，難道還砍我的手不成？」

「呀！老公你可真是越來越聰明了哦！」寒山碧撫掌道：「我就是這麼想的耶！你自己說的了，你我夫妻同體，你的就是我的，我拿你的左手賭你的右手，你不會反對吧？呵呵，別一副苦瓜臉嘛，區區一隻手就能博美女一笑，比昔年幽王烽火戲諸侯丟了天下可說是幸運多了！」

李無憂對此卻只能苦笑：「奶奶的，看來老子只能把你休了才能免去少一隻手的幸運了！」

眾人哄堂大笑。

「要休就趁現在，不然我現在就拿你的左腳賭你的右腳！」寒山碧半真半假地笑道。

「休了她！哈哈，休了她！」眾人振臂大笑。

李無憂心念百轉：「這丫頭到底是什麼意思？是吃陸可人的醋還是逼我和她撇清關係，不想連累我？唉，不論怎麼想，阿碧啊阿碧，你都未免太小覷我李無憂了！」

他看了眾人一眼，又看了看寒山碧，似笑非笑道：「阿碧，你以爲這就能難住我了嗎？好！這個注，我接下了。」

第九章　神魔之戰

一語驚寂夜。

夜風裏，星光下，眾人齊齊大驚，但那始作俑的女子卻眸光燦燦，面色如常，不發一語。

李無憂掉頭對場中的龍吟霄和太虛子道：「龍兄，太虛前輩……」

「不敢！」龍吟霄和太虛子忙行了一禮，此時李無憂既是文伯謙的結義兄弟，那輩分自然是超出二人太多，二人自是不敢再受他這個稱呼。

「算了，以前怎麼稱呼現在還是怎麼稱呼吧，江湖兒女，不必拘泥於此。」李無憂大度地擺了擺手，龍太二人求之不得，自然沒口子答應，其餘如燕飄飄諸人對此也覺得稱呼一個小鬼爲前輩很是滑稽，聞言皆是振奮，忙隨聲附和。

唯有文九淵對此很不以爲然，堅持要自自己以下正氣盟的人都要稱李無憂爲前輩，後者無奈苦笑，也就隨他去了。

這邊鬧得熱鬧，寒山碧卻不忘潑冷水：「呵呵，相公，你認爲這樣亂拉關係，會有用處？」

「卻也未見得無用！」李無憂笑了笑，轉頭對龍太二人道：「太虛前輩，龍兄，我對兩位這場比試有點建議，不知當說不當說？」

「請說！」二人滿腹狐疑，卻還是齊聲答應。

李無憂點了點頭，道：「太虛前輩德高望重，成名江湖數十年，乃是當今正道的泰山北斗，晚輩一向是仰慕已久了。至於龍兄，乃是江湖上有數的年輕俊傑，武術雙修，後生可畏，呵呵，無憂也一向是敬佩有加。而兩位更是分別代表當今江湖兩大門派玄宗和禪林，我與兩派的淵源也頗深，任何一方的輸贏我都不想看到，是以我希望兩位這局能握手言和，一起晉級下局，不知兩位能否賣我這個薄面？」

「這個……」太虛子和龍吟霄同時沉吟起來。其餘諸人都是愣了一愣，隨即反應過來，這個法子確實是化解寒山碧這個局的好方法，但太虛子和龍吟霄都是江湖上的成名人物，若是輕易就此罷手，說出去未免有些太過沒有面子。

最後太虛子看了龍吟霄一眼，見後者會意點了點頭，笑道：「無憂，你這個要求恕我難以成全。不過，你若是能破解我和龍賢侄的聯合出招，我們就都退出這場爭奪，但若不能，呵呵，那我們也愛莫能助。」

此言一出，場中眾人都是呆了一呆，隨即叫聲如雷。

太虛子和龍吟霄都是江湖中一等一的高手，二人若是聯手，一道一禪，威力增長自不是以道理計，李無憂雖然精通四宗武術並深悉其破解之法，但這兩人聯手便是謝驚鴻親至怕也只能鎩羽而歸，二人如此說，不過是不好駁了李無憂的面子，讓他知難而退罷了。

李無憂若真是答應下來，勝了固然可喜，敗了卻少不得要讓人譏笑狂妄不自量力，傳爲笑柄，名聲受損。當然，從觀眾的角度來說，李無憂一旦答應，三人雖不能真正交手，但即便只是憑空說說，也精彩過千萬場高手的比鬥。

眾人熱切眼光裏，李無憂微一沉吟，朗聲道：「好！一言爲定！」

啊！眾人料不到他居然真的敢接，都是一驚，下一刻卻不是大聲喝采，讚他膽色過人，就是搖頭不迭，罵他狂妄。

李無憂一一微笑以對，心下卻好笑不已：「不過是動動嘴皮子而已，老子輸了又不少根毛，何樂而不爲？名聲？名聲是個屁啊！名聲再大，能當我一隻手還是能當一個活色活香的阿碧？」

太虛子和龍吟霄怔了一怔，二人顯然也沒有想到李無憂居然真的會接受這個挑戰。這下子反是二人騎虎難下了。

須知太虛子乃是玄宗掌門，輩分崇高，於江湖中確實德高望重，而盡人皆知的是，龍吟霄極有可能成爲下一個禪林掌門，乃是五百年內，以俗家弟子身分掌控禪林的第一人，兩人都排在正氣譜前十名，這樣的兩個人，若是聯手對付任意一人，都是讓二人極沒面子的事，勝了都是閒話不斷，而若是一旦敗了，自身受損事小，對兩派的名聲損失更是極大，李無憂就是看準這一點可以利用，才毫不猶豫地接受了二人的條件。

但龍太二人不愧是當世豪傑，一怔之後，均是大笑，齊聲道好。周邊的弟子們不解二人爲何發笑，但內圈的其餘四人卻都點了點頭——無論世人毀譽如何，能聯手和李無憂這樣的絕頂高手過招，乃是一個高手畢生的榮幸。其實在潛意識裏，場中的七人都不自覺的將李無憂當成了足以和劍神抗衡的人物，如此的自然而然，即便是李無憂此刻功力全失，也無法撼動這個不可理喻的印象。

李無憂見二人真的答應，微微一愣後，卻也是放聲大笑。

場中諸人只覺這笑聲也不甚爲洪亮，但那少年縱聲大笑的身影卻有種說不出的張狂，明明知道他此刻身無功力，但卻不知道爲何卻生出一種「莫可與抗，無與爭鋒」之感。

眾人所不知的是，今日一戰，無論成敗，參戰的三人都將流芳後代，而身無功力的李

無憂也自今日起奠定了日後江湖一派宗師的地位，真正叱吒風雲的傳奇便是自此拉開序幕。

時年大荒三八六五年，九月初三。

可憐九月初三夜，露似珍珠月似弓。

深秋的夜，霧色漸漸濕重，好在場中諸人皆是百裏挑一的高手，極目而視，方圓百丈並無阻礙。

夜色裏，月色下，場中央，太虛子和龍吟霄互望了一眼，輕輕點頭，分別自左右跨出一步。

龍吟霄輕輕一拍背上刀鞘，長刀「鏘」地一聲自動彈出鞘來，下一刻，刀已在右手，斜斜前指，左手虛合，彷彿抓著一塊長形的東西，不斷摩挲。

刹那間，場中諸人均湧起玄之又玄的感覺，他明明右手持刀，殺氣凜然，左手動作滑稽可笑，但臉上神色卻仿似一個即將圓寂的老僧，淡定安詳，既無半絲殺氣也無半點可笑，所有人均或多或少地生出一種想頂禮膜拜的衝動，忙自運氣相抗，但真靈氣越是運轉，那玄之又玄的感覺越發強烈，霎時場中不分正邪，竟是倒下一大片。

太虛子見此微微笑了一笑，道袍一撩，提足運氣，猛地向前踏出一步，同時雙手虛合於胸前，彷似懷中攬月。眾人頓時更生一種奇玄的怪異感覺。

人人皆知他雙手合抱處乃是這一招殺氣所在，而他雙手明明是向著李無憂，但自己卻不可理喻地生出這一招是攻向自己，大駭下，周邊諸人幾乎都是不由自主地向後退了一步，而先前拜倒在地者更是不堪，如風掃落葉一般被逼到崖邊，不得已下抓住同門的手，苦苦支撐，搖搖欲墜。而場中其餘四名高手則均是露出肅然神色，雖運氣相抗，足下卻均是不由自主地後退半步。

如果說此刻龍吟霄臉上神色彷彿老僧圓寂，睥睨萬物，天地間一切在他而言都已是昨日黃花，了無掛礙，世人在他眼裏和塵埃並無差別，人人見之自慚，忍不住要拜服在地，那麼衣袂無風自動的太虛子就彷彿是正在飛升的道人，他雖然是站在那裏，但整個人彷彿已要衝霄而起，乘風歸去，那凜冽的氣勢，莫可與爭——只因他已不是塵世中人，因其不爭，故萬物莫可與爭。

一直輕輕吹拂的夜風忽然間被抽了個乾淨，淡淡霧色也消散一空，滿天星斗霎時明亮起來。但驚叫聲卻此起彼伏，原來是周邊諸人終於快支持不住，不斷有人落下崖去。

雖然崖高不過五丈，以諸人的修爲掉下去並不會有性命之憂，但終究是件丟人至極的事，餘者忙各展神通相抗。

場中四人又各自後退了一步，而陸可人功力稍弱，退了一步後卻又踉蹌再退了三步才算站穩。

眾人眼見二人皆是凝勁不發，但氣勢已然驚人如此，心道若是二人這一招真的全力發出，天下究竟何人能擋？

兩個神像托盤雖有好幾重結界和真氣的維護，但此刻卻依舊彷彿是身處暴風雨裏的一葉小舟，隨波起伏不定，寒山碧臉色慘白，但好在不知是不是龍太二人手下留情，她所在的托盤雖然上下起伏，卻並不左右搖晃。

但李無憂所在的托盤卻如鞦韆一般亂晃起來，沒有功力在身的他，身體不由自主地在托盤裏亂飛，撞到周邊燕飄飄等人布下的禁制裏，撞得鼻青臉腫，頭破血流，當即大叫道：「奶奶個熊，快快住手，住手！道詣九式，禪意七劍，很了不起嗎？老子立刻給你破了！」

他話音才一落，周邊諸人均是覺得壓力頓時消失無蹤，互相攙扶著，顫顫巍巍勉強站了起來，場中四人也同時鬆了口氣。

陸可人忽覺涼涼的夜風又再次回到場中，吹過額際時，覺得一陣冰涼，輕輕抬手摸去，才發現不知何時已是冷汗淋漓。

太虛子和龍吟霄均已收招，二人各自對望一眼，前者道：「後生可畏。」後者道：「老當益壯！」然後同時大笑，眼中除開惺惺相惜之意外，其餘皆是慶幸——兩人若真交上手，不過是兩敗俱傷之局而已。

托盤裏，李無憂雙膝坐回盤裏，左右手各出一指，一手指天，一手指地，大聲罵道：「我靠！行了，你們倆還真不知羞呢，都將是我手下敗將了，還有臉在那裏互相吹捧？他媽的，祖宗若是知道你們如此聯手，不知會不會氣活？」

眾人此刻都已恢復過來，記起方才龍太二人之所以停手，正是聽到李無憂說可以破二人聯手，只道是他的緩兵之計，此刻再聽他如此說，都是一驚，心道這小子莫非是被嚇瘋了，見識過龍太二人那等神功居然還敢言勝？

誰知太虛子和龍吟霄見到李無憂那古怪姿勢，卻漸漸變了顏色，越看越是冷汗淋漓，最後同時翻身拜倒，驚惶道：「請前輩指點！」

眾人大驚，難道李無憂這一手指天，一手指地，竟然是破解二人聯手之法？

李無憂淡淡道：「抱磚如何乘風？磚鏡怎麼可映月？」

這狗屁不通的一句話，落到太虛子和龍吟霄二人耳裏，卻不啻一個炸雷，身軀同時巨震，作聲不得。

原來方才太虛子所用的正是道詣九式的抱月乘風，而龍吟霄所使的則是禪意七劍的磨磚做鏡，本都是兩門絕學中的絕招，二人自以爲一旦聯合，威力呈幾何倍數激增，但可惜這在李無憂眼裏卻等於漏洞百出。

禪意七劍，禪意爲先，劍勢在後，其每一劍皆取自一個禪林典故。磨磚做鏡說的是道一禪師年輕時常坐禪，其師懷讓禪師問他坐禪圖什麼，他說是圖成佛，懷讓於是取了一塊磚在廟前石上磨，一問：「磨來做什麼？」

懷讓答：「磨做鏡。」

一問：「磨磚豈能成鏡？」

懷讓反問：「磨磚不能成鏡，坐禪豈得做佛？」

一聞如飲醍醐，於是得道。創磨磚做鏡這一劍的禪林大宗師取其中禪意，讓對手生出自己所作所爲皆在磨磚做鏡的荒謬感覺。

道詣九式，招招不理道理。抱月乘風取意道門宗師列子懷抱明月乘風升仙的故事，青虛子曾對李無憂說他創這一招時，主要是取意列子的瀟灑曠達，不與世俗爲伍之意。

這一招使出來，雖然同樣有影響敵人精神的效果，但其目標已不是敵人——我願乘風歸去，怎還顧得世人？

李無憂的話表面的意思是說抱著磚就飛不起來，用磚磨的鏡子不能反光，但落在太虛子和龍吟霄耳裏，則是大大的不一樣：這兩招本已是最強的招式，聯手之後固然是威力劇增，但兩者卻互相多了一點小小的抵制，對付旁人還不覺得如何，但落在李無憂這個熟悉這兩門武功的人眼裏，頓時就有了一個小小的破綻——李無憂一手指天一手指地，卻是說二人所使武功如天上地下一般有泥雲之分，自己只要立於天地之間，不爲天所動，不爲地所驚，二人的出手便都會不攻自破，到時他再出手輕易便可將二人一一擊破。

太虛子和龍吟霄二人霎時冷汗淋漓，圍觀諸人不解其中奧妙，都是靜靜看著二人。

也不知過了多久，龍太二人互望一眼，同時長長地出了口氣，對李無憂道：「謝前輩指點，我兩派願退出蒼引爭奪！」

啊！眾人齊齊呆了一呆。玄宗和禪林退出，那蒼引的主人豈非只能在任冷和燕飄飄之間產生了？局勢頓時明朗！只是……是不是有些什麼地方不對？

李無憂笑嘻嘻對寒山碧道：「怎麼樣娘子？你相公我聰明絕頂吧？這麼輕易就破解了你的難題，呵呵，我自己都不得不佩服我自己了！」

寒山碧深深看了他一眼，淡淡道：「好，你很好！」

李無憂笑道：「當然！老子若不好，你又怎麼會喜歡老子，死皮賴臉地跑這麼遠來硬

要嫁給老子呢？」

寒山碧沒好氣地白了他一眼，但立時似又想到什麼，竟破天荒地幽幽嘆了口氣。

李無憂卻不再理她，對已走到場中的任冷和燕飄飄笑道：

「任大哥，燕仙子，你們誰要是打贏了，就能得到這可與倚天破穹相抗衡的絕世神器蒼引哦！各位帥哥帥弟帥伯伯帥叔叔，漂亮妹妹漂亮姐姐漂亮嬸嬸大姨媽，究竟誰才是本次奪寶大會的勝出者呢？歡迎下注競猜，買任門主的請將注碼放在神像的左邊，買燕仙子的請放右邊，買一會兒有人不顧信義強奪的請放中間，本莊家來者不拒，快，快，機不可失，時不再來，要下注請早哦！」

此言一出，場中眾人同時怔了一怔，雖然人人都猜比武結束，定然有人不顧信義，動手硬搶，自己到時再順水推舟地加入這個行列，別人也不能指責自己什麼，只是這個念頭卻無人願意說出來，眼見正氣、玄宗、禪林都如此輕易地退出爭奪，這種情形出現的機會大增，各人都暗自盤算一會兒要如何才能既不成眾矢之的，又能順利拿到蒼引，萬萬料不到李無憂竟然毫無顧忌赤裸裸地將其說了出來。

任冷和燕飄飄也是呆了一呆，一時誰也沒動手。

李無憂見此放聲大笑。他本是英俊無匹，但剛才跌得鼻青臉腫滿臉汙血，頭髮散亂，這一笑落在諸人眼裏竟是說不出的討厭。

笑了一陣，李無憂忽然大聲道：「老子不管了！你們自己去搶吧！」說時右手一揚，擲出一團東西。

他擲出時，眾人看得分明，那東西正是蒼引，但意念才動卻又迅疾地冷靜下來，誰也沒動，李無憂人在四人結界之中，東西自然也是扔不出來的，但立刻他們便發現自己錯得很厲害——毫無道理的，那東西居然穿出結界，直直地向任冷和燕飄飄二人之間飛去！

月色星光下，眾人看得分明，那團閃爍著五彩光華的小東西，正是一個五弦琴模樣，不是蒼引又是何物？

見蒼引如一道經天彩虹飛至自己上空，任冷和燕飄飄愣了一剎那，隨即飛身而起，但身體剛做了個起勢，卻猛地順勢向對方攻去！

「哧」的一聲銳響。

「天魔劍氣果然名不虛傳！」

「黑巫權杖果然實至名歸！」兩個人同時讚了一句，卻身不由己地各自向後退去，當即強運功力，不待足尖落地，已然飛身而起，朝蒼引抓去。

兩人離蒼引不足一丈時，任冷運氣於手，虛虛抓了過去，而燕飄飄卻輕輕念了個訣，

身前幻出一隻丈長烈火巨手，巨手的中指正在蒼引之下。

「靠！」任冷忽聽腦後風響，低低罵了一聲，身體猛地於空旋出三尺，竟不停留，如離弦之箭再次朝飛行的蒼引追去。

同一時間，燕飄飄也是暗叫了聲卑鄙，身體忽然旋轉起來，無數的淡綠色火焰從她身際擦了過去。

「轟！」綠色的火焰與偷襲任冷的勁氣撞到一起，發出一聲巨響，如絢爛的煙花一般朝四周炸開，霎時籠罩了方圓三丈，美麗而壯觀。

這一撞，等於分別偷襲任燕二人的太虛子和柳青青硬拚了一記，身形同時滯了一滯後，迅疾地再次各展神通朝蒼引追去，這個時候，任冷和燕飄飄也已緩過氣來，亦自再次朝蒼引飛去，四人均各懸於丈許高空，分占了東西南北四方，但離蒼引的距離卻都是丈餘。

當是時，任冷和太虛子出爪虛抓，燕飄飄出烈火手實取，柳青青指尖射出一道魔門至寶無情絲，四道力量同時作用在了蒼引之上！

這個時候，陸可人和龍吟霄的身形也已分別到了四人的上下方，正待出手爭奪，一種巨大的不安感猛地令二人毛骨悚然，那種感覺是如此的駭人，二人不得已下，竟是棄了蒼引，猛地旋身飛退，但卻依然慢了半步——一道至寒至冷的掌勁無聲無息地同時貼著二人的身子擦了過去。

分別以九重朱雀神功和十層般若心經護身的陸可人和龍吟霄同時覺得如遭雷擊，「乒」的一聲如斷線風箏飛了出去。

「一邊玩兒去吧！」一人大喝，場中正在爭奪蒼引的四人，不分先後同時覺得一股深入骨髓的寒意自腦後射來，均是驚駭欲絕，方動念閃避，卻同時胸口一悶，真靈氣同時一滯，身體如火石電光迸射而出。

除開太虛子和任冷及時運氣凝住身形外，其餘四人皆是收勢不及，撞到周邊諸人，霎時死傷無數，慘叫不絕於耳。

場中自始至終沒有出手的，只有發誓要退出蒼引爭奪並守護李無憂安全的文九淵。

「哦，原來是老黃啊！」卻聽李無憂嘻嘻笑了起來。

燕飄飄、柳青青、陸可人和龍吟霄四人落地後，都是再不能動彈分毫，而太虛子和任冷雖然勉強站立，卻嘴角皆是血跡，人人心頭都是震驚得無以復加：什麼人居然一招間同時擊敗六大高手！

聽見李無憂笑聲，頓時強忍苦楚，都朝場中看去。

神像下，不知何時已然立了一名卓爾不群的黑衣中年人。

他就那樣淡淡站在那裏，卻不知爲何，眾人竟有了一種天地鬼神亦不能侵之分毫的荒謬感覺，而各門弟子眼見掌門受傷，除了有幾位功力高深膽大的來攙扶一下之外，旁人竟是動也不敢動分毫，更別說要找他報仇了。

這人正是月餘不見的黃公公，但太虛子一見之下，眼神卻頓時變了。

「李無憂，好久不見，沒想到你還是這麼頑皮啊！」黃公公嘆了口氣，握著蒼引的手猛地一緊，五顏六色的彩粉如一條優雅的瀑布自他指縫間漏了出來。

假的？任冷等七人大吃一驚！幾人皆是才智過人之輩，先前眼見這蒼引穿過幾人的結界禁制，其身更是環繞五行靈氣，才認定此物正是傳說中的神物蒼引，萬料不到竟是假的！

但就算李無憂功力未失，可以憑藉身具五行法力製造出幻物，但那東西一觸到結界禁制就會現出原形，這究竟是怎麼回事？

「哇！幾日不見，沒想到你老人家竟然老當益壯，連稀泥都捏得爛了，佩服佩服！」李無憂失聲叫了起來。

旁人聽他如此說話，都覺好笑，但懼於黃公公方才一招敗六人的威勢，竟是沒一人敢笑出聲來。

黃公公哼了一聲，道：「小鬼，少油嘴滑舌！快將蒼引給我，咱們走吧，我已經找到恢復你功力的法子了！」

「是嗎？那可真是喜事一件啊！」李無憂大喜著笑了起來，但人人都感覺得到這人裝出的喜悅表情實在是太不專業了，「不過老黃啊，你瞪著我可沒用，蒼引又不是我的，你找我要，不是拜佛找到了道場嗎？」

黃公公皺了皺眉，隨即輕輕揚了揚手，托盤裏的寒山碧身體晃了一晃，隨即覺得自己能動了，飛身自托盤裏落了下來。

李無憂頓時失去平衡，大叫著從托盤裏摔落下來，跌在地上時，已是個狗吃屎的造型，靠著神像坐起時，滿臉血污又重了幾分。

眾人見此又是奇怪又是駭然。

奇的是，李無憂這個架勢分明是功力未復，爲何方才竟能做出幻物並將其穿透結界禁制？駭然的是，這黃公公功力之深簡直是驚世駭俗，他這輕輕一揮手間不但解去了寒山碧的穴道，並且破去了幾人加在李無憂身周的禁制！

人人心中均想：這人究竟是誰，居然厲害如斯，怎麼江湖中竟然從來沒有聽說過有如此神秘高手存在？

唯有太虛子輕輕搖頭，喃喃道：「不，不可能是他……」

李無憂立時對黃公公破口大罵，後者卻不甩他，問寒山碧道：「蒼引在哪裏？」

寒山碧此時已走到了李無憂身邊，聞言笑道：「前輩這話就也太好笑了，蒼引不是已經被前輩毀了嗎？晚輩哪裏又還有什麼蒼蠅蚊子的？」

「對，對，莫……沒有了！」李無憂含糊不清地附和道。寒山碧聽他聲音有異，一掌拍在他咽喉上，後者吃痛張嘴，卻露出一條受傷的舌頭來，想是剛才摔下時所致。

「活該！」寒山碧低低罵了一句，卻終究心疼，忙拿出療傷藥，給他服了。

黃公公拍拍手，抖去手上最後一點彩粉，道：「嘿，李無憂自己都說了，這個蒼引自你懷裏拿出之前不過是塊彩泥，是他借了葉小丫頭的功力轉化爲自身功力製造的假模型罷了。」

「前輩這話未免太也兒戲了，若是這蒼引是假的，爲何它竟能穿越這許多高手布下的結界和禁制？」

「哼哼，你不明白，難道我就不明白嗎？」黃公公冷笑，「不過你既然想知道，我就說給你聽！李小子早就練成天眼通，能洞穿一切真靈氣，看透一切明暗法術，那幾個蠢材自以為聯手布下的結界天衣無縫，卻不知如此一來，各屬性的真靈氣互相抵消，產生了無數隙洞。李無憂體質異常，身體裏直到現在依然還殘留了一點葉丫頭給他的功力，隨便尋一條隙路，就連他自己都能送出來，何況是區區一塊泥巴？嘿嘿！他抛出這個假蒼引，就是想吸引這些蠢貨的注意力，然後脫身出來，解開你的穴道，與你一起逃跑！可惜得很，文小子太守信用，居然沒去爭奪，這才讓他妙計落空，當真是人算不如天算！」

寒山碧和眾人聽到此處，才均是恍然大悟，同時更是駭然，這人原來一早就在此地，這場中幾十人居然誰也沒有發現，他若要偷襲誰，誰又能擋得了？

李無憂忽然神色古怪道：「老黃啊，原來你就是宋子瞻！在楚國的皇宮裏當太監挺過癮嗎？一待就是近百年！」

宋子瞻？魔門最神秘的第一高手宋子瞻？所有的人都睜大了眼睛，太虛子卻是雙眼陡然大亮，神情複雜，分不清是悲是喜，是怒是哀。

「好，很好！」黃公公瞪著李無憂看了半晌，終於點了點頭，「不錯，我就是宋子瞻！是太虛子告訴你的吧？」

啊！眾人聽他承認，都是齊齊大驚，一時竟是說不出話來，唯有太虛子見宋子瞻望來，長長地嘆了口氣，輕輕搖頭，似乎想自夢魘中醒來，但關於眼前這人的種種如走馬燈一般在眼前閃過，揮之不去。

百多年前，正邪兩道的領袖天魔雙驕蘇慕白與古長天神秘失蹤，江湖陷入一片混亂，三年之後，劍聖謝長風橫空出世，群魔懾服，乾坤為之一清。

但好景不長，謝長風不久神秘失蹤，天下重又陷入混亂。又過了七年，謝長風之子，年僅十三歲的謝驚鴻於天柱山一劍擊斃當時的魔道第一人陳玄機，天下震動，尊為劍神，正道為之一振，正值列國休戰，謝驚鴻於是聯絡江湖四宗八派，圍剿魔門，正邪兩道會戰天河，魔門傷亡殆盡，精銳盡失，不得不轉入地下，這一戰史稱第七次神魔戰爭。

次年百曉生重修正氣譜和妖魔榜，劍神謝驚鴻毫無爭議的名列正氣譜第一，而妖魔榜第一卻並非天河一役力敵謝驚鴻三百招才落敗的地獄門主獨孤唯我，而是名不見經傳的新人宋子瞻。除百曉生外，江湖中幾乎無人見過宋子瞻，以至於江湖中人對百曉生的「繼古長天以來，魔門最傑出天才」、「謝驚鴻生平第一死敵」等評語極其懷疑，再加上正道諸人都是意氣風發，互相看不起，對正氣譜的排名幾乎都是頗有微辭，而連帶著整個江湖對百餘年來一直信奉尊敬的百曉生也第一次的生出懷疑來。

一月之後，謝驚鴻收到宋子瞻的戰書，當時年輕氣盛的謝驚鴻正在劍神居與剛接管菊齋的淡如菊飲酒，對宋子瞻這個新人也是不大放在心上，當即對送戰書的使者道：「要挑戰我也行，但他先要將四宗八派三魔門的掌門統統擊敗！」

次日酒醒，謝驚鴻心頭大覺不安，但那使者去後卻再未有回覆，江湖也是一片平靜，他才漸漸放下心來。

但十日之後，淡如菊即將離開劍神居的時候，那使者滿身鮮血地再次回來了，同來的還有十五顆人頭。

謝驚鴻和淡如菊一見之下，驚得不受控制地同時離座站了起來——那十五顆人頭正是包括獨孤唯我在內的四宗八派三魔門的掌門。

見謝驚鴻震驚神色，那使者淡淡道：「你要我擊敗這十五人，我昨天約他們在天河，一次全解決了！現在可以和我比武了嗎？」

原來宋子瞻的使者就是他本人。

八派四宗的掌門不是與謝驚鴻出生入死的兄弟，就是他兄弟的徒弟或兒子，但出乎宋子瞻的預料，悲傷憤怒得幾乎不能自制的謝驚鴻並沒有同意比武，而是搖頭道：「你昨天苦戰一日，又連夜趕路，此時已是筋疲力盡，我雖很想替他們報仇，但此時勝你，我必然會抱憾終身。你休息一月，月後的今日我們在天河見。」

一月之後，謝驚鴻和淡如菊以及四宗八派的新掌門一起來到天河，宋子瞻如約而至。

這一戰中，四宗八派的新掌門除開太虛子外，無一倖免於難。紅了眼的他們一見到宋子瞻，就忘記了謝驚鴻和淡如菊的警告，聯手朝宋子瞻攻擊，謝驚鴻出手阻攔，但被激怒的宋子瞻卻一面與謝驚鴻周旋，一面應付那十二人，雖然最後謝驚鴻終於重創了宋子瞻三劍，卻已然無力回天，那十一人已全數死於宋子瞻刀下，太虛子重傷。

當時淡如菊一直在旁邊觀戰，但卻無力阻止。她生性厭惡武術，主張和平解決一切，因此當時這位新任菊齋齋主乃是菊齋史上唯一一位一招半式也不會的齋主。

此戰之後，謝宋二人同時絕跡江湖，淡如菊返菊齋之後長期閉關，不再理會江湖紛爭，三年之後再出江湖時，卻無人敢與她交手，因為所有見過她的人，在她自創的「人淡如菊」心法面前，根本提不起半絲敵意。

同樣也是受那一戰的刺激，太虛子傷癒之後臥薪嚐膽，開始以十倍於前的努力修練，終於成了一代大家，而玄宗也迅速崛起，超過天巫，及至今日已能和兩千年大派禪林分庭抗禮。

謝宋天河一戰雖然造就了後來的淡如菊和太虛子這兩名絕世高手，但四宗八派卻兩次損折掌門，各派弟子找不到宋子瞻，便拿魔門出氣，魔門本已在大戰中精銳盡失，獨孤唯我又被宋子瞻所殺，此時如何抵擋得住？幾乎沒有被連根拔起！幸好當時魔門有天魔門任冷、無情門柳青青和地獄門獨孤千秋這三位奇才十年內相繼橫空出世，這才擋住了正道的攻擊，但此時正道也是人才輩出，與謝長風同時成名的雲海和雲淺終於嶄露頭角，風頭正健，而燕飄飄、文九淵等四宗天才也幾乎與任冷等人同時彗星般崛起。

第八次神魔大戰持續了四十多年，正邪兩道都是損失慘重，除開當今碩果僅存的十餘名兩榜高手外，中間整整兩代弟子都是所存無幾，這才出現了這些年近百歲的各門掌門的嫡傳徒弟和子女都不足二十歲的滑稽情形。

第八次神魔之戰斷斷續續地持續了四十年之後，大荒諸國戰亂再起，四大宗門不得不互相對敵，而魔門在任冷等人的領導下已經恢復元氣，這之後三十年的正邪之爭反而是魔門占了些微優勢。

好在二十年前淡如菊會四宗掌門於南山，簽訂了旨在讓四宗平息干戈、不直接插手各國朝廷爭鬥的《南山盟約》，正道再次團結一致，勢力再漲，重新奪回優勢。近幾年來，正邪兩道都是忙於培植勢力，恢復元氣。更大的風暴將至前，江湖反而前所未有的寧靜。

彈指算來，近百年來的江湖乃至天下局勢，可以說都是受到了宋子瞻的影響，正邪兩道人人均想殺之而後快。

只是天河一戰後，這近百年光陰，謝驚鴻還偶爾有俠蹤現於江湖，宋子瞻卻真的絕跡

江湖，誰也尋不到他，人們相信他不是已死了就是遠赴異大陸了，如非百曉生依舊固執地每次換榜都依然將他列爲魔門第一，相信江湖後輩們多半不知道宋子瞻是誰了。

只是誰也沒有想到，這個昔日讓天下人談及色變的魔頭，邪道第一高手，竟然躲在楚國皇宮，甘心做一名假太監。

只是這一次，破穹刀和蒼引的橫空出世，忽然打亂了一切，正邪兩道終於再次捲入了風暴的漩渦。沒料到的是，已經沉寂江湖近百年的魔道第一高手宋子瞻，居然毫無徵兆地重出江湖。

太虛子抬頭望天，夜風不知何時已然停了，天邊曙光初現，寂寂長夜終於便要遠去，而這一場九月初三夜的江湖風雨，幾時才能休止？

舊事如水，昨日種種在太虛子眼前流動的時候，李無憂笑道：「昨夜長風花謝事，幽幽歲月眼前人。呵呵，當日你告訴我這兩句似通非通的話的時候，我就猜到你和謝驚鴻這老不死的大有關聯。我記得這老不死的老子好像就是叫謝長風，並且還是你們兩人未出道之前的天下第一高手，你在這前半句裏嵌入了謝長風的名字，意思無非是說謝長風已死，以後的幽幽歲月還要看你這眼前人，能說敢說這樣臭屁話的除了謝驚鴻，當然只有你宋子瞻了。老子若還猜不到是你，豈非蠢得也太厲害了些？」

宋子瞻眼中卻露出了詫異神色，隨即輕輕點頭道：「你這小子果然有些門道，難怪楚小子那麼欣賞你！非叫我來找你回去不可。」

「楚小子？」李無憂愣了一愣，隨即反應過來他說的是楚問，想起自己落得今日田地，正是因爲楚問的鳥盡弓藏，此時宋子瞻卻說這人很欣賞自己，一時竟不知該放聲痛哭還是仰天大笑。

宋子瞻似乎還想說什麼，卻忽然神色一變，朗聲道：「謝驚鴻，來了就來了，藏頭露尾的算哪門子狗屁的劍神？」

「什麼?!劍神謝驚鴻也來了？」這個念頭才在眾人的腦裏轉了一轉，場中已然多了一名白色長袍的背劍老者。

這老者形貌普通得近乎猥瑣，身上白袍也是破破爛爛，若是大街上見了，誰也不願意多看一眼，但此時他才一站到場中，便有數十人高聲驚呼，不過多數人是叫「謝前輩」，另幾人卻是叫「謝驚鴻」，只有一人失聲大叫「老不死的！」這人自然就是此時李無憂最不想見的天下第一高手謝驚鴻。

但謝驚鴻卻首先就找上了他：「喲！這不是小不死的嗎？怎麼幾天不見，搞成這副鬼樣子？說，是誰欺負你，老不死的給你……咦！這不是碧丫頭嗎？哈哈，不用說了，一定是被老婆扁了，這個就恕我愛莫能助了，你們床頭打架床尾算賬吧！哈哈哈！」

場中眾人同時驚了一驚，怎麼謝驚鴻竟與李無憂和寒山碧都很熟的樣子？

寒山碧嬌嗔道：「謝前輩真是越老越不正經了！」

「哈哈！男歡女愛，天地大倫，誰敢說不正經了？小丫頭什麼都好，就是在這上面臉嫩，好玩，好玩！」謝驚鴻大笑。

李無憂強迫自己不去想自己殺了他兒子葉十一的事，接口笑罵道：「好玩個屁啊！老子被你徒弟打得只剩下半條命了，你還笑得出來？」

「靠！你不說還好，一說起來老子就滿肚子的火。你既然能打敗我徒弟，卻敗在宋老兒的偷襲之下，老子要是你，就找塊豆腐撞死了，你還有臉說出口來？」謝驚鴻頓時大怒。

當日秦州城外一戰，在場諸人大多聽說了，此時既然知道黃公公就是魔門第一高手宋子瞻，聽謝驚鴻言下之意，竟是說自己的徒弟都勝宋子瞻太多，雖知他向來詼諧，聞言卻頓時都有些哭笑不得。

宋子瞻卻什麼也沒說，只是面無表情地看著謝驚鴻。

此時謝驚鴻已然走到李無憂身邊，一把抓起了後者的左手，眾人不解神情裏，他的神色卻漸漸凝重起來，而李無憂則哼哼唧唧的，臉上大有痛苦之色。

也不知過了多久，謝驚鴻悵然嘆了口氣：「小不死的，阿牧這次出手太重，宋老兒又自作聰明，這下你麻煩大了！雖然你體內殘餘的照影真氣和驚鴻劍氣我已經幫你化解了，但被照影神功化去的功力卻暫時無法復原了。」

一旁的寒山碧急道：「謝前輩，連你也沒有辦法？」

謝驚鴻搖頭道：「五十年前，我已然厭倦血腥，但有感江湖殺戮太多，不能真的置身事外，於是創了這門能化去別人功力的照影神功。這門武功本分兩層，第一層的威力與禪林洗髓經、玄宗歸藏術一樣，僅能夠將一個人所練的真靈氣化去。但中了這層功力的人，本命真元不會消失，只要得到我本人的救治，為其打通經脈，真靈氣可以重新凝聚，功力可以慢慢恢復。但第二層威力則是針對真元，中了這層功力的人本命真元便徹底被化去，以後不論如何修煉，都不會再恢復功力了。」

「老不死的，你……你的意思是說，我中的是第二層的照影神功？」李無憂臉如死灰。

「本來不是！」謝驚鴻看了看宋子瞻，又嘆了口氣，「我一直覺得第二層功力太過惡毒，生怕弟子不肖，因此練成後並未傳授任何人。阿牧也只會第一重，可惜你中了照影神功之後而不自覺，與我交手近百年的宋老兒卻是看出來了，他自作聰明地給你輸入了他的魔氣來壓制照影真氣，卻不知正邪互消互長，他的魔氣無意間助長了照影真氣的威力，使其達到了第二重威力。唉，本來以你的功力，用不了多久就能覺察出那一層照影真氣，並且完全可以自己化解，現在倒好，他這一番好意卻變成了你一人和他兩人的合力相抗而不自知。如今雖然才過一個月，但你的真元已被化去了十之其九，如你現在從頭練起，要恢復你以前鼎盛之時的功力，所要花費的時間正是你之前所需時間的十倍。」

啊！天下竟然有如此神功！眾人聞之都是一顫，而望向李無憂的眼神裏都充滿了同情。

唯有宋子瞻，眸光中閃過一絲黯然之後，迅疾又恢復冷如冰山一般的酷酷模樣。

須知無論是修法所鍛鍊的靈氣還是習武所鍛鍊的真氣，最初都是源自一個人天生的本命真元，是以本命真元亦稱做根基。而本命真元會因爲真靈氣的增加而增加，當一個人的真靈氣在戰鬥中用光之後，只要真元猶在，通過運功調息，隨著體力的恢復，真靈氣也會漸漸恢復。

但如真元沒有了，真靈氣便再不會恢復，所以一個人的功力深淺，其實就是看他的真元有多少，李無憂練成萬氣歸元之後，功力暴增了三倍，就是因此。禪林洗髓經和玄宗歸藏術雖然也同有永久化去別人功力的效果，但都只是以禁錮封鎖真元，而並不能徹底化去，這一點，場中的七人幾乎都知道，但他們卻不知謝驚鴻的照影神功居然有化去真元的效果，一時都是驚呆。

「無憂，別灰心，你一定可以復原的。」寒山碧見李無憂神情有異，忙出言安慰，只是連她自己都覺得話語蒼白。

「呵呵，你放心吧，相公我是天才，別人練二十年，我只需要練一年就夠了，如此算來，還是大占便宜的，怎麼會隨隨便便就灰心了？」

李無憂笑了起來，只是誰都看得出他的笑容有多苦。經謝驚鴻施治之後，體內堵塞經脈果然復又暢通，熟悉的元氣重新流動起來，但功力果然只有了以前的十分之一。十分之一是什麼概念？以前出十招的時間現在只能出一招，以前一次能掠二十丈，如今只能掠出兩丈，以前一晚能上十個女人，今後只能有一個……何其悲慘！恢復功力需要多久？十倍於前的時間！那就是七十年了？老子哪有那麼多時間？不對，老子之前還服用過五彩龍鯉，又服過玉鯨膽，才有先前的功力。今後若僅憑苦練，七十年？一百七十年也未必夠啊！

罷了，罷了，老子這次是徹底掛了！一個人怕的不是沒有輝煌，怕的是曾經輝煌，現

在卻很落寞。好漢不提當年勇，可那是老了之後的說法，李無憂少年得志，聲勢之隆已幾乎與謝驚鴻相若，如今卻要他在如此年少就喪失功力，比一刀殺了他更殘忍百倍。何況李無憂並不是可以不提當年勇的好漢，只是個小人，一個渴望風光無限的小人而已！

一時山野寂寂，各人看著李無憂，紛紛深陷沉思，誰也沒有說話。

也不知過了多久，謝驚鴻終於再次搖了搖頭，不理會寒李二人，轉過身來，對宋子瞻道：「宋老兒，老子今天心情不好，不和你打了！」

宋子瞻愣了一愣，道：「謝老兒，我們已經十年沒有交手了，這次好不容易再遇到，你竟然說不打了？」

須知武術練到謝宋二人的境界，要求一對手，簡直難如登天，而要想百尺竿頭再進一步，也唯有與對手互相切磋，才能達到，是以高手都異常珍惜與相若的對手交手的機會。是以眾人聽謝驚鴻如此說，也都如宋子瞻一般呆了一呆。

謝驚鴻笑道：「我不和你打，自然有人和你打，只不過，就怕一會兒你頂不住要逃跑！是不是，碧丫頭？」

眾人聞言都又是驚了一驚。場中六派掌門，無一不是近百歲或者過百歲的老江湖，均是知道寒山碧攜蒼引在月河村的消息無端傳出，而六派同時知悉，其中必然有深一層的緣故，但蒼引的誘惑實在太大，諸人明明知道其中可能有陷阱，依然不遠千里而來。

先前李無憂片言隻語就讓幾派自動退出爭奪蒼引，一方面固然是前者見識不凡，另一方面則是因爲人人皆不願在局勢沒有完全明朗之前折損自己的力量，畢竟所謂的信義，在巨大的利益面前早就一文不值，隨時皆可推翻，而正邪聯盟也正是基於後面這個微妙的基礎而建立起來的。

當眾人利令智昏，一起去搶李無憂擲出的假蒼引，宋子瞻現身將爭奪得不亦樂乎的六人一招間全數打敗的時候，眾人都以爲他就是這場布局的幕後人，理由很明顯——正邪自古不兩立，宋老兒忽然心情大好，想玩玩前人已玩了N年的一統正邪兩道的把戲，打發時光！

但緊接著謝驚鴻出現，眾人立刻想到寒山碧之所以在這裏出現，乃是她自己的主意，主要是想引謝驚鴻現身，讓他幫忙治療李無憂。但此刻聽謝驚鴻的口氣，讓寒山碧帶蒼引在此現身的似乎另有其人，而且這人的來頭似乎極大，甚至比宋子瞻的本事還要大。

但當今之世，正邪兩道最頂尖的兩個人都已在此，那人究竟是誰？眾人之中，唯有龍吟霄和陸可人隱隱猜到那人是誰，但迅疾又都搖了搖頭。

宋子瞻一愕，眾人猜疑不定之際，卻聽李無憂大聲道：「人都到齊了！古長天，你還將龜頭縮起來做什麼？莫非閣下是陽痿不成！」

第十章　三仙大會

「轟！」李無憂話音方落，一個霹靂，已然憑空在場子的中央落下。因爲光芒太耀眼，除開場子中央的有限幾人外，周邊所有的人同時閉上了眼睛，當他們再次睜開眼睛的時候，場子的中央，謝驚鴻和宋子瞻之間，已然多了個一身白色長衫的皇者。

本來這人的打扮只是一個書生模樣，但他靜靜地站在那裏，卻淵恃嶽停，霸氣逼人，讓人不得不將他和帝皇聯繫在一起。

宋子瞻雖然也讓人凜然不可犯，但那是一種冰冷得如刀劍鋒刃的危險氣質，與此人的霸氣完全不同。相比之下，謝驚鴻詼諧幽默，很是和藹可親，卻也自有一種絕頂高手的氣度，雖然可親，卻不可褻瀆，讓幾乎所有的人都自然而然地肅然起敬。當然，李無憂是不在此列的。

古長天！這個名字和那種逼人的氣勢，隨著那一聲霹靂炸響，只將場中的七人震得一陣暈眩，除沒受傷的文九淵外，幾乎不能自持，而剛才跑進來扶持各宗掌門的幾名弟子，都無奈退到外圍去，周邊諸人更是不堪，又有一大批人紛紛掉下懸崖去，留在懸崖之上苦苦支撐的，都是各宗精英中的精英，不是長老級高手，就是第八次神魔大戰後碩果僅存的前輩人物，葉秋兒也被馬翼空抱下崖去。

謝驚鴻和宋子瞻雖然沒有動，但躲在寒山碧身後的李無憂卻還是看到了二人臉上閃過了驚訝中夾雜著興奮的神情變化。

一個曾經代表著一個時代的傳奇人物，毫無徵兆地出現在一直崇拜他的人面前，那種震撼，如非親臨，實在是難以感受。

在場諸人中，自以謝驚鴻、宋子瞻和太虛子的感受最深，他們都是在古長天和蘇慕白消失之後，才得以名震江湖，如果說他們是當今江湖年輕人心中的傳奇，那古長天就是他們的傳奇，一個永遠不能企及的傳奇。

一些年輕人雖然不知道古長天是誰，但眼見他全身散發的那種逼人的氣勢，均知此人身上定然有著驚天動地的過去，一時皆是神爲之奪。塵封已久的雙驕時代的風流，就這麼不經意間扯了出來。怔怔望著場地中央的古長天，每一個人的心情都是難以平靜。

古長天自己彷彿也很享受這種闊別多年的受人尊敬的感覺，微微閉上了眼睛，似乎在聆聽靜謐中的旋律。

長夜無聲，東方將曉。但這種莊嚴而神聖的感覺，隨即便被一個極端不識趣的傢伙給破壞了：「哎喲，媽的，這哪裏有茅房？老子要撒尿！」

「撲哧！」有人笑了起來，隨即帶來一片哄笑。古長天睜開眼來，隨即發現方才自己籠罩在場中諸人身上的氣勢被這一陣笑聲激蕩一空，周邊眾人也都平復過來，再無人掉下去。

他自重身分，不好意思再出手，當即唯有冷冷瞪了李無憂兩眼，後者做了個我怕怕的神情，撇嘴道：「老子是想上茅房嘛……難道這也犯法？」

見古長天微微揚眉，寒山碧頓時嚇了一跳，慌忙左手一把將李無憂拉到了自己身後，同時右手持刀朝胸前一橫，卻聽「噹」的一聲鈍響，寒山碧手中短刀斷作兩截，同時整個人和李無憂一起不由自主地倒飛，正撞到神像之上，隨即重重地摔落下來。

啊！眾人大駭，同時一陣茫然。

眾人之中，太虛子和龍吟霄對寒山碧的底細最是清楚，此女武術雙修，武功更是已達到聖人級，古長天不過輕輕一揚眉，她竟無法抵擋，就這麼飛了出去，這是何等神功！

「怒目揚眉，一線傷人！」謝驚鴻和宋子瞻同時驚呼出聲，但驚呼聲裏同時帶出一股歡喜。

這話落在眾人耳裏卻更加茫然，唯有太虛子和任冷臉色倏然慘白。

百年之前，當謝驚鴻、宋子瞻、太虛子和任冷都還未出茅廬的時候，天魔雙驕縱橫江湖，傳說中，古長天的絕技之一就是將視線都已練成實質的怒目揚眉。此刻眼見古長天施展這門神功，謝宋二人驚呼過後都是大喜——天下間終於又多了一個對手！

「很好！你們兩個果然沒有讓我失望！」古長天看了二人一眼，霸氣逼人地點了點頭，隨即眼光鎖定寒山碧，厲喝道：「寒山碧，你的膽子可是越來越大了！為了這個臭小子，偷了我的蒼引出來不算，居然還搞得天下皆知，若非我及時出現，這絕世奇珍落到別人手裏，你百死難贖！」

眾人聞言皆是愣了一愣，難道寒山碧到此居然真的是為了李無憂，而非奉了古長天的命？

聽古長天的話，眾人也才得到一個重要的線索：原來蒼引果然還在寒山碧身上，而在此之前居然是屬於古長天的！

寒山碧正眸光似水地替李無憂點穴療傷，聞言頓時皺眉，轉身冷聲道：「陛下，當日波哥達峰頂，你能脫困，全憑了無憂和我。你倒好，非但不知感恩，居然將破穹刀交給了蕭如故，這不是要累得他兵敗人亡不可嗎？」

啊！再聞破穹刀之名，眾人又是大驚失色。

破穹刀竟然也是古長天給蕭如故的？這個神秘的魔驕，一代魔皇，身上到底還隱藏了多少秘密？李無憂的眼睛也亮了起來。

古長天微微一愣，顯然沒想到寒山碧竟然敢當眾指責自己，頓時臉如寒霜：「大膽！就是你師父也不敢如此和我說話！你別以爲你救駕有功，我就不敢殺你！」話一出口，才覺得太過嚴厲，語聲放緩，又道：「阿碧，你這孩子什麼都好，就是太感情用事。這天下的大計無一不在我掌握之中，又豈會獨獨漏了你情郎？你可知你如此胡鬧，幾乎壞了我的大事？」

「寒山碧一介女流，涉世未深，自不懂得你雄才爲略如魔皇陛下你的心中所想。」寒山碧淡淡道：「只不過你將破穹刀交與蕭如故，是想讓他可以與無憂對抗，好讓三國聯軍和蕭軍拚得兩敗俱傷，你好贏得時間重掌天鷹，同時大耗四國國力，以求坐收漁人之利，此事卻是誰都想得明白，寒山碧雖然愚鈍，卻還不至於例外。不知陛下可曾想過，破穹刀上古神器，威力驚天動地，蕭如故雖然只掌握了其中五成威力，卻已是當世一流高手，誰又能保證無憂能夠擋得下來？我若不竊蒼引，他要死了，這莽莽紅塵，你讓我如何對那百年孤獨？」

她語聲淡淡，只如一道清泉，娓娓流轉，但話中自有一種說不出的剛毅決絕，剛毅之下，卻是掩不住的似海深情。場中其餘諸人，皆是當世風雲人物，但除開龍吟霄和陸可人，無一不是年紀近百，誰又沒有一段刻骨銘心纏綿？聽到後來，都是一癡，聽到寒山碧問那莽莽紅塵，如何對那百年孤獨，不禁都捫心自問：若非有他（她），我是否能獨對這百年孤獨？古長天也是一愣，不知想到什麼，一時竟忘記了反駁。

李無憂身受重傷，心靈被破穹刀一激後，更是幾乎陷入昏迷，迷迷糊糊中耳際傳來寒山碧的話，心中又是甜蜜又是心酸，一時竟將破穹刀抛到九霄雲外去了。

卻聽寒山碧又道：「陛下你又知不知道，當日波哥達峰頂，無憂憤然而去，我當時不知，只道他當真今生今世都不會再理我，你卻不肯讓我去追，當時我只恨不能趕上抓住他，一起跳下崖去，碾落成泥，永不分離！」

啊！正道諸人聽到此處都不禁失色，心道邪道妖女想法果然狠辣異常，但隨即卻和柳青青等人一般，心頭一嘆：「天下竟有這般癡情女子！」

古長天道：「李無憂當日假意激憤離去，是因他自己不肯歸附我，卻怕我妒他之才而殺他，哼哼，他自以爲得計，卻太也小覷我古長天了！若是連自己的救命恩人都容不下，我如何敢放眼天下？他要走，我又如何會攔他？你若去追，豈不是讓他弄巧成拙？你素來

聰慧，才智過人，怎麼偏偏於此事上糊塗了？」

眾人都不知當日波哥達峰之事，但聞得古長天的話，都是慨然而談，魔道梟雄，胸襟氣度果然非常人能及。

李無憂聞言大驚，神智頓時一清，當日我一番做作，可說天衣無縫，卻不知竟然早被古長天看破，此人見識，端的是非同小可，今後相遇……一念至此，卻頓覺好笑，自己今生今世都別想再與天下英雄爭雄了，若真是遇到古長天，別人一個眼神就能要了自己性命，小不小心又有何不同？

寒山碧看了看眼睛似睜非睜的李無憂一眼，幽幽道：「陛下聰明屬下百倍，難道不知女人一旦有了心上人，便會變笨很多嗎？你們兩人的鉤心鬥角，我事後也想通了，只是當日那種撕心裂肺的痛楚，並未隨著我明白而消解，直到今日之前，每次午夜夢回，偶一念及，便心痛如碎，唉，陛下也非無情之人，那等痛楚或者也能感同身受吧？」

一時天地無聲，唯有那女子絮絮叨叨，但眾人聽來竟不覺厭，心潮隨那女子的喜怒哀樂而動，渾忘了歲月短長。

寒山碧又道：「這近月來，我一直在月河村，卻不敢靠近他，只能暗地裏靜靜地看著。唉，在小孩子面前，他一直裝得很快活，只是夜深人靜的時候，他卻一個人獨自望著南方發呆。我由此知道，他終究不甘平淡，不會願意陪我終老泉林，我明知我在此的消息洩露出去，天下群豪極有可能在謝前輩到達之前已然盡會於此，卻別無選擇。我也知道，若是正邪兩道因此一役而被陛下你全數控制，天下人必然會更加唾棄我二人，但我還是沒有選擇，因爲非如此，他不會真的開心……」

李無憂忽覺面上一陣濕熱，艱難翻身起來，趴到寒山碧肩上，將這女子輕輕攬入懷裏，在其耳際柔聲道：「阿碧，我們再也不分開。」

寒山碧緊緊將他摟住，梨花帶雨的臉上慢慢綻開微笑。兩人相擁一處，心下都是一片平和。一時誰也不肯破壞這溫馨的氣氛，不發一語。

此時無聲勝有聲。也不知過了多久，古長天嘆了口氣，道：「罷了！我魔門中人恩怨分明，你們倆對我有大恩，這次的事就這麼算了，你們走吧！今後是敵是友，悉聽尊便！」

寒山碧微微詫異，隨即道：「多謝魔皇陛下寬宏大量。只不過你肯放我們走，別人卻未必同意呢！」

古長天不屑道：「有朕在，誰敢說不同意？你，你，還是你？」

他猛一揚眉，目光如電，連掃柳青青、任冷、文九淵、燕飄飄、太虛子和龍吟霄，最

後又自謝驚鴻和宋子瞻身上滑過。柳青青、燕飄飄和龍吟霄先前被宋子瞻偷襲，已然重傷委地，此刻被他眼光一掃，完全無法抵擋，被眼光掃中如遭雷擊，「乓」地翻了個身，又都吐了口鮮血出來，任冷和太虛子稍微好些，但也踉蹌退了一步，但一直沒有動手的文九淵雖有浩然正氣護體，卻依舊被震得退了半步，謝驚鴻和宋子瞻雖然紋絲不動，卻依舊感覺到那實質的眼光落在身上的巨大壓力。

一時眾人誰也沒有說話。只不過柳青青等三人是迫於壓力無法說話，任冷和太虛子卻是知道說也無益，而謝驚鴻和宋子瞻卻認爲沒有必要說話。

周邊僅餘的十餘名各門弟子，卻是懾於古長天的神威，大氣都不敢喘一下，更別說發聲了。

古長天回頭，彷彿做了一件微不足道的小事，淡淡笑道：「看，沒有人不同意！」

寒山碧也笑了笑，輕輕推開李無憂，自懷裏摸出一把與先前李無憂拿出的一模一樣的古琴，道：「陛下，我想我以後都用不著這個了，還給你！」

「嘿嘿，古琴蒼引！古琴蒼引！」古長天右手運勁將那古琴吸到手中，卻是一陣大笑，眾人大惑不解之際，他握掌成拳，將蒼引全數沒入手心，再張開一揚，滿天五彩粉末飛舞。

啊！眾人失聲驚呼。

「陛下你怎麼……」

古長天擺擺手，黯然道：「我若有蒼引，瓊華也不會和蘇慕白那混賬走了！」

「陛下，你……你是說我偷的蒼引也是假的？但……」寒山碧頓時心如亂絮，以她的絕頂聰明卻也想不透是怎麼回事。

「嘿嘿！你是奇怪為何你能憑藉這琴擋住破穹刀是吧？」古長天笑了起來，「好吧，反正早晚你要知道，今日就一次言明了吧！破穹刀是我此次出山之後偶然得到的，自得刀之日起，我就開始研究其克制之法。到月前終於有了點頭緒，我知道你想救李無憂，便用法術造出了這個假蒼引，並將九魔滅天大法的無上神通灌注其中，上次你使動蒼引時所產生的巨大威力，其實是我透過大法在三里外暗中相助的結果。」

原來蒼引根本尚未出世？一切都是九魔滅天大法！雖然眾人今日已經受足了震撼，但聽到這兩個消息，依然是驚得合不上嘴。九魔滅天大法，乃是魔道至上寶典，據說練到極處，甚至可以得到九名魔神蚩尤的力量，雖然江湖早有傳說古長天已然練成此典，只是聽這傳說中的人物親口證實，那種震撼依然是足以讓人午夜難眠。眾人震撼之後，隨即想到古長天竟然是憑此在三里之外施法和已經能使動五成破穹刀力量的蕭如故相抗，更覺匪夷所思。

「我明白了！我自以爲聰明，原來一切都在陛下你算計中。你造了假蒼引，原來根本就是誘我去偷。」寒山碧嘆道：「你也算定我退了蕭如故後，定然會誘謝驚鴻出來替無憂治病，江湖正邪兩道都會因此蜂擁而至，你正好乘機一網打盡，此後統一天下便易如反掌！」

「全中！」古長天得意大笑，「只是沒有想到，我人還未至，有人卻已經搞得七七八八了，倒省了我不少力氣。」

宋子瞻挑眉不語。

太虛子等人互望一眼，臉上都閃過一絲愧色：雖然來之前，人人都想過這裏面肯定有陰謀，但見到李無憂扔出那個假蒼引，自己依然奮不顧身去搶，才被宋子瞻有可趁之機，一招間便讓群雄束手。

「沒想到是真的！」寒山碧看著古長天張狂的臉，微微詫異，「名利如過眼雲煙，睿智如陛下者，依然還看不透嗎？」

「哈哈！名利？名利算個狗屁！平生不遂青雲志，但願燕然勒石還。男子漢的抱負，你是不懂的！」古長天仰天大笑，「行了，帶著你的情郎走吧！」

「且慢！」忽有一人輕輕吐出兩個字，卻如一柄鋒利的長劍，讓所有人都是一驚。敢擋古長天，是誰如此大膽？

旭日東昇，霞光萬道。

陽光中，一人滿臉得意大笑：「大家就算很仰慕我，也不用這麼色迷迷地看著我嘛，人家會不好意思的了！」

眾人一陣狂嘔，不是因爲說話那人是剛剛叫古長天且慢的膽大包天之人，而是因爲這人正是連站都站不穩而只能趴在寒山碧懷裏的李無憂。

李無憂本打算對此睜一隻眼閉一隻眼，但忽然覺得這樣很容易破壞自己在群眾中間的威信，於是又道：「吐吧，吐吧，吐啊吐啊的就習慣了！」

「賤人！」眾人低低罵了一聲。

古長天笑道：「李無憂，你不肯走，莫非還想和我切磋一下不成？」

「不！不！你老人家神功蓋世，大荒人民共敬仰，老子又不是豬，幹嘛沒事找刺激？」李無憂擺手的激烈程度，充分表明自己對這個荒謬想法的不屑和本身出塵的風骨，「再說老子現在功力全失，身受重傷，正是龍游淺水，虎落平陽，你要是跟我打，豈不是蝦狗不如？」

「撲哧！」寒山碧忍俊不禁，笑出聲來，餘者雖不敢或不屑笑，但也都是神情一鬆，劍拔弩張的氣氛頓時爲之緩和。

「那閣下究竟有何貴幹？」若非看在寒山碧的面子上，對囉唆這種沒有效率的惡習深惡痛絕的古長天幾乎就要立刻發作了，饒是如此，一張臉已經是殺氣嚴霜，絕對的一觸即發。

李無憂猜老古多半不會殺自己，以免留下個忘恩負義之名，但君子不立危牆之下，他也不敢真的將這老傢伙惹毛，忙直截了當道：「在走之前，晚輩想問一問，破穹刀你究竟是如何得到的，魔皇陛下不會不敢答吧？」

「哈哈！不敢？你說天下竟有我古長天不敢說的事？」古長天手撫胸口，放聲狂笑，真氣隨著笑聲迸出，震得石地碎裂，碎石亂濺。

周邊十餘名僅存的四宗弟子竟被這一笑震得體內真靈氣不由自主地亂竄，同時跌下崖去，餘者除謝驚鴻和宋子瞻佇立不動外，盡皆不能自持地整個人後退了三尺，柳青青等人更是又狂噴了一口鮮血。

李無憂雖有寒山碧維護，後退之際卻依舊被一塊細石擦過臉頰，火辣辣生疼，卻不敢罵出聲來，只能腹誹道：「奶奶個熊，古孫子你力氣大沒地方發洩，怎麼不去捉月樓當鴨子，一定賺個鉢滿盤滿，也算是光宗耀祖的不是？」

眼見古長天笑得怒髮衝冠，手舞足蹈，眾人心頭都想：「看來這老傢伙功力雖然高深莫測，但很明顯是驕傲得糊塗，居然如此輕易就中了李無憂的激將法。」正自竊喜可以聽到破穹刀之秘，卻不想古長天猛地笑容一斂，淡淡道：「不錯！你說對了，我真的不敢！」

本以爲自己詭計得逞的李無憂頓時覺得很受傷，當即大怒：「娘西皮，既然不敢，你笑個屁啊？」

「不好意思，今天來的匆忙，沒有換衣服，胸口癢得很，剛抓癢來著，誰知越抓越癢，越癢越是想笑。」

「靠！辣塊媽媽不開花！原來你還真是個孬種！」李無憂想不到古長天也有這樣一面，當即鬱悶而倒，好在他身後是寒山碧的臂彎，頭上因此頓時多了幾個大疙瘩。

這是寒山碧第一次當眾「毆打」李無憂，但誰也不知道這是不是最後一次。

「你儘管罵，反正朕又不少一根頭髮！」古長天又恢復了皇者風範，「但你再罵一句，今天就別想走出這裏！」

李無憂立時用手掩住了嘴和鼻子，深怕某個發音不準確而引起魔皇大人的誤會，心頭

大覺窩囊：「唉，實力不如人，仰人鼻息就在所難免，罷了，罷了，四姐說得不錯，江湖的現實遠遠多過它的浪漫，李無憂啊李無憂，你還賴著不走做什麼？破穹刀到底怎麼到古長天手裏的，又能和一個廢物有什麼關係？走吧，走吧！金盆洗手回家抱老婆去吧！」

「孺子可教！」古長天這次沒笑，但人人都看得出他每根眉毛、每根頭髮都帶著笑意，整張臉都寫著兩個大字：不屑。

寒山碧搖搖頭，知道留在這裏已經沒有任何意義，拍拍李無憂的臉，笑道：「無憂，咱們走……」

她話音未落已被李無憂大聲打斷：「靠！老骨頭，你他媽裝模作樣的，你知道不知道你笑得好像隻狗哦？」

……

眾人同時愣住，只疑自己聽錯了。

李無憂這傢伙怎麼看都不像偉大得或者說是傻得寧折不彎，剛才也明明似要離開了，怎麼忽然態度如此強硬地打算節外生枝？

但吃驚最大的卻是李無憂自己。他重重咬了一下舌頭，一陣劇痛立時沒有意外地傳了過來。很好，剛才的話果然是從這張嘴裏發出來的。

「很好，果然有種！」古長天鼓掌。

「不……不是……沒、沒有……沒有種誰敢到這來？」李無憂最後終於流利起來，但話一出口，卻頓時又將自己嚇了一大跳。

「很好！」古長天笑，好字才一落，人影如電光一閃，一掌已經落到李無憂額前，寒山碧想揮掌去擋，卻恐怖地發現自己不知何時已被一陣強大的勁力鎖定，分毫不能動彈。

「噗！」一聲輕輕的鈍響，兩道人影分開。

李無憂和寒山碧依舊立於原地，並無異樣。

「宋、子、瞻！」古長天一字一頓，如雷鳴九天。

「是我！」宋子瞻淡淡回應，「古長天，你身為我魔門前輩，宋某往昔一直對你尊敬有加。想不到你身為昔年的魔道之皇，卻如此卑鄙。你想殺李無憂，大可光明正大而為，卻以牽機術去控制他說話，給自己找藉口，未免也太有失風度，也丟夠我魔門人的臉。」

牽機術是魔門秘術的一種，乃是修為高深到足以以意御物的時候，以精神力去控制另一個人整個身體或身體的一部分活動，彷佛是一根絲線牽動機關木偶，是以叫做牽機術。

眾人聽到宋子瞻指責古長天對李無憂使用這種法術，頓時皆露出鄙夷神色。

古長天愣了一愣，隨即大笑：「哈哈哈，好，好，老子近百年不用此術，沒想到還是被你一眼認出！既然被你認出，那可留你不得！」說時猛一揚眉，視線已然盯上宋子瞻的眼睛，後者凝目不動，一分不讓地與他對望。

目光相觸，兩人之間的空氣頓時失去流動。下一刻，「嗤」的一聲輕響，兩人目光交會之處，一陣電流火花激蕩，二人同時後退了一步。

這一次目光交鋒，二人竟是平分秋色。

「原來你練成了玄魔眼，後生可畏！」古長天大笑，身形晃了一晃，身上頓時分出另一個身影稍淡的古長天，朝宋子瞻撲去。

眾人剛懷疑自己是不是眼花，古長天身上卻又源源不絕地分出無數個一模一樣的影子，朝宋子瞻攻去，後者身前同時聚集了一大堆的古長天。

「哼哼，天魔解體大法，你當我就不會嗎？」

宋子瞻也晃了晃身子，無數道虛影自身上飛出，迎上空中的古長天們。剎那間，二人相距的三丈之內，竟然充斥了成千上萬個古長天和宋子瞻，每一對古長天和宋子瞻互相廝殺，但每人所用的武功法術、甚至兵刃都絕不重複。

兩人雖是虛影交手，但每一道虛影卻都是真氣與靈氣的結合，與當日李無憂在航州擂臺一人化十八人使出十八羅漢陣有異曲同工之妙。

成千上萬道影子從地上一路打到半空，遮天蔽日，天地為之一暗。周邊僅存的十餘名弟子全數被空氣中激蕩的無形暗勁逼下崖去，而場中剩下的太虛子等人雖然苦苦支撐，也被逼到懸崖邊上，場子的中央，除開李無憂和寒山碧兩人倚在神像上而沒被勁風捲走外，便只有一直沒有受傷的文九淵和當世第一高手謝驚鴻。

這一場魔道兩代最頂尖的高手過招，只看得崖上諸人目眩神奪。天上地下影子無數，但每一道影子所使的招式完全不同，固然是因為兩人出招的間隙極短造成的幻覺，但李無憂用天眼看去，兩人的真實影子數目也是十八道，不禁暗自嘆了口氣：

「奶奶的，老子一直以為只有我的心有千千結才能將武功與法術同使，沒想到魔教的天魔解體大法也能辦到，看來天下武術殊途同歸果然不假。」

想到此處，他忽然又想到一事，大哥四姐他們功力早已出神入化，不可能不會武術同施之法，但他們從來沒有施展過，而我創出心有千千結後，他們對我的讚譽卻近乎吹捧，這一番愛護鼓勵之心當真是……

他正自胡思亂想，卻聽寒山碧叫道：「又合了！」

凝神看去，果然空中千萬道人影已經合為兩道，落下地來，迅疾又打到一處。

「哈哈，古前輩，宋老兒，你們打得熱鬧，也算我一份吧！」謝驚鴻大笑聲中，背上長劍自動出鞘，化作一道白光，朝古長天攻去。

「謝老兒，老子不要你幫！」宋子瞻冷笑，拳腳掌法不斷，身上卻飛出一道淡淡的黑光，朝謝驚鴻的長劍射去。

「妙極！」古長天狂笑，手掌一揚，射出一道土黃色劍光，朝黑白兩道光芒射去。

空中黑、白、黃三道光芒鬥到一處時，謝驚鴻的身影已然飛到古宋二人身邊，大笑道：「好，宋老兒，你不要我幫，我就幫古前輩打你！」說時展開成名絕技照影神功，朝宋子瞻攻去。

「來就來，誰怕誰？」宋子瞻冷笑，出招速度頓時快了一倍，堪堪將二人的攻勢招架住。

但三人功力本就以古長天稍高一籌，謝宋只在伯仲間，如今謝驚鴻和古長天合攻宋子瞻，後者立時落了下風。

忽聽古長天大笑道：「光打一個人沒意思，謝驚鴻，我們也玩玩吧！」說時掌風一轉，猛地朝謝驚鴻攻去，頓時變作他與宋子瞻合取謝驚鴻。

「哈哈！痛快！」謝驚鴻大笑，出招相抵。

三人頓時混到一處，時而是謝驚鴻與宋子瞻合招攻古長天，時而卻又是宋子瞻與古長天合攻謝驚鴻，但下一刻，卻又變作謝古二人合攻宋子瞻。

三人在地上拳腳較量，攻守間早已沒有了武術的界限，通常一招武功使到一半已然一變，化作了一個法術的印訣轟出，或者明明是一個明法術印訣，使出時其中卻一定暗含有一個暗法術，只是三人的眼力都已達到與李無憂天眼通一般的境界，暗法術並不能達到出奇制勝的效果，只是作爲一種和明法術一樣的應變招數而已。

天上的三道光芒卻是三人用意念和真氣使出的御劍御刀之術在交鋒，也是和地上一般混戰，只不過其攻防合縱卻和地上並不一樣，譬如地上是宋子瞻和古長天合擊謝驚鴻，天上的卻可能是宋子瞻的刀和謝驚鴻的劍合擊古長天的劍。

場外觀戰諸人都是看得如癡如醉，嘆爲觀止之餘都是獲益匪淺，許多縈繞心頭的武術大難題，都在二人交手之間豁然貫通或隱然有悟。

而像太虛子和任冷等一直想找謝驚鴻比試，卻恰巧剛才被宋子瞻偷襲不服氣的人，此時也是終於心服口服，即便正面交手，自己窮盡生平絕技，怕也不是三人中任何一人的百招之敵，不禁黯然感慨：過了百年，自己與江湖中最頂尖高手之間的距離不是縮小，而是增大了！

文九淵已然受不了三人凌厲的勁風，和其餘各宗掌門一樣被逼到了崖邊，反是身受重傷的李無憂和寒山碧二人卻依舊處在神像之下，並無半絲不妥，這一面是因爲交手的三人都沒要傷害二人的意思，同時三人乃是當世絕頂高手中的絕頂高手、一代宗師，心中都覺得若是在交手時誤傷了旁人實是奇恥大辱，是以即便打鬥時仍將勁氣從二人身邊繞過。但即便是擦著髮際眉梢，卻也斷斷不會真的傷了二人一根毫毛。

二人初時還暗暗叫苦，過了一陣明白三人的用意，卻也安定下來，便連李無憂這貪生怕死之人也很是一派處亂不驚的風度，不時還和寒山碧評論一下這一招如何，那一式怎樣。

只是卻可憐了二人身後那尊神像，雖然是至堅至剛的花崗石雕成，但如何抵得住這三人的勁氣劍風？不一會兒便已是千瘡百孔，慘不忍睹。

這一場好鬥，直從旭日初升鬥到了正午，無論是交戰的還是觀戰的，卻都沒有一點疲倦的意思，觀戰的人固然因有所得而喜不自禁，交戰的三人卻也已經好多年沒有暢快地打過一架，寂寞至極，今日一下子有了兩名旗鼓相當的對手，都是暢快至極，而許多以前的武術構想也在交手中一一驗證，許多未解之惑也在交戰中迎刃而解，欣喜若狂。

觀戰人中，自以靠得最近的李無憂和寒山碧二人領悟最多，而李無憂自又比寒山碧領悟更多，未失功力之前，他的修爲境界便距謝驚鴻不遠，但卻一直差一點無法突破，此時自三人交手之中吸取精髓，終於打開了一扇邁向當世最頂尖高手的大門。

江湖人都隨身帶有乾糧，過了近四個時辰，太虛子等人的傷自療已久，都好了近三四成，各自取出乾糧和清水，邊用邊觀看絕世高手的決鬥。

掉下懸崖的各派弟子眼見掌門開始用餐，都是大喜，迅疾獵了些活物，就地埋鍋造飯，不時香飄十里，聞之醉人。

唯有正中央的李無憂和寒山碧處於風暴的中心，稍一異動便有性命之憂，只能乾餓著，不敢取食。

李無憂眼見各宗掌門手裏吃著弟子們擲上來的烤魚燒雞，大為憤憤，當即大聲叫道：「老不死的，宋老兒，老骨頭，別打了，吃了飯再鬥不遲！」

古長天等三人打了四個時辰，又都是數線作戰，均是傷痕累累，疲累不堪，聞言互望一眼，默契一笑，各自後退一丈，收回空中刀劍。當即有文九淵和柳青青送上烤雞清水。

謝宋二人尚未說話，古長天吸了吸氣，猛地袍袖一揮，將那燒雞震上天去：「這樣的東西是人吃的嗎？柳青青，正道的人莫名其妙也就罷了，怎麼我魔門弟子中就沒有一個做飯像樣的嗎？」

一旁的任冷當即便要發作，柳青青急急朝他使了個眼色，陪笑道：「我們江湖上混

的，都是些粗人，拿刀使劍的慣了，對於叉子鍋碗難免生疏，請魔皇見諒！」

「算了！」古長天擺擺手，回頭見李無憂和寒山碧吃得正香，怪笑一聲，雙手變掌朝二人虛虛按去，後者頓覺胸前大力湧來，呼吸凝滯，難以抵抗，手不自覺一鬆，古長天變掌爲爪，虛虛一抓，二人所啃的肉乾頓時被他抓了過來。

「靠！老骨頭，你這生兒子沒屁眼的老烏龜臭王八！」李無憂怒極，卻無可奈何，只能一面跺足，一面破口大罵。

古長天卻只當沒聽到，吃得嘖嘖作響，邊吃邊道：「李小子，你廚藝不錯，做的肉乾果然不是那幫廢物能比！快去打點野味來，做幾個好菜孝敬我老人家！」

「靠！你當這是大山大河啊？想吃野味，將你那鳥兒割下來！」李無憂沒好氣道。

眾人聽他說得低俗，都是大大地鄙夷，唯有任冷哈哈大笑：「對極，對極，不過割之前最好先搓大些，那樣肉多！」

眾人噁心不已，齊齊唾罵。

燕飄飄、柳青青和寒山碧三女都是齊齊皺眉，而陸可人甚至臉都紅了，李無憂看在眼裏，暗覺好笑：「這娘們還裝清純呢！你若不明白是什麼意思，爲何要臉紅？靠！」

「嘎！嘎！」忽聽空中一陣鳥鳴，眾人抬頭一看，卻是一群大雁飛過。

「正好！」古長天大喜，忽然虛空一抓，群雁中有五隻覺察出自己身不由己地朝下落，立時驚慌失措，卻無論牠們怎麼掙扎，依舊被古長天的無形掌力所吸引直下。

這群大雁雖然飛得較低，但離地面少說也有十五丈之遙，眾人眼見古長天力戰之餘仍然能一掌吸下五隻大雁，都是佩服不已。

「李小子，過來！」古長天用力一甩，五雁悲鳴一聲，齊齊被撞死在地。

李無憂知道這老小子的意思，雖然不願，卻知道人在屋簷下，不敢真的惹毛這廝，乖乖走過去撿起一隻大雁，手掌自大雁身上撫過，毛羽盡褪，指尖再自大雁腹前一劃，同時朝雁背一按，內臟等物激射而出，飛下崖去，頓時引來崖下咒罵陣陣，叉子器具柴草等物源源不絕扔了上來，李無憂道聲謝了，笑嘻嘻一把抓過。

眾人均知他只剩下十分之一的功力，依舊如此了得，都是嘆服。

李無憂如法炮製，將另四隻大雁也自褪毛去髒，抹上調料，就在神像下燒起火來。片刻後陣陣香氣冒出，場中諸人無論食與未食都是爲之咽了口唾沫，食指大動。

不時大雁烤好，李無憂剛剛熄滅柴火，謝驚鴻和宋子瞻已是迫不及待，施展龍爪手遙手控鶴一類功夫，一人奪過一隻，抓起就啃，古長天更是一次抓了兩隻。

李無憂和寒山碧兩個人卻只能分食一隻，對此，李無憂恨恨瞪了古長天一眼，冷冷

道：「吃得那麼難看，小心死得更難看！」

古長天邊吃邊大笑：「如此美味，被你毒死也是甘心！」

謝驚鴻和宋子瞻也是大快朵頤，聞言齊聲附和。旁人雖未親自品嘗到李無憂的手藝，但卻是走南闖北已久，看李無憂先前動作和那烤熟大雁顏色，自然知他果然是廚藝比武藝似乎更高一籌，紛紛打定主意，一會兒定要請李無憂指點一二。

午飯用過，謝驚鴻三人將雁骨一拋，竟不擦手，又自開打。

此次比鬥雖依舊是混戰，卻已與先前不同。這次三人將刀劍收回，人飛上三丈空中，以兵刃相搏，而出招也不再如先前那般迅如雷電，而是一招一式都顯得慢如老牛，彷彿隨時都要從空中摔下來。

崖下弟子見了只覺滑稽之極，少不得愕然不解，但崖上諸人卻只看得心驚肉跳，冷汗淋漓。

原來那三人動作看似緩慢，實際卻是每一個影子都是由成千上萬個影子疊在一起，比如說崖下的人看到空中的謝驚鴻刺出了一劍，實際上謝驚鴻在那一劍之中至少刺出了上百招同樣的一劍。

自古以來，人人皆知武功都是越能將全身本有的真氣或者借得的天地之力集中於一點擊打而出，威力最大；法術也是能將自身鍛鍊的靈氣或者引自天地的五行之力施展集中到最小的空間內是爲最好。只是知易行難，再加上各門各派招式繁多，見解各異，經過千百年傳承，千錘百煉之後，非但沒有青出於藍，反而走向了以惑敵騙敵爲尊的純技巧當道的歧途。

此時眼見當世最頂尖的三名高手動作徹底的返璞歸真，每一劍每一招都是大巧若拙，卻偏偏威力奇大，自己易地而處，決然抵擋不了，佩服之餘都是汗顏不已。

打了一陣，忽見古長天一劍逼退謝宋二人聯手進擊，住劍不前，嘆道：

「沒想到天河後浪推前浪，睽百年不出江湖，江湖上竟然出了你們兩個奇才！罷了，今日勝負難分，大事因爾等而止，來日再較高下吧！」

「好！」宋子瞻惜字如金。

「哈哈！過癮，過癮，老古，以後一定要多來找老謝切磋！下次老子一定絕不留情，不打得你屁滾尿流誓不甘休！」謝驚鴻大笑。

「嘿嘿，放心，會的！不過你最好隨時警醒著，別被人半夜摘了腦袋就是！」古長天大笑，他也有百年未曾如此暢快地打過架了。

謝驚鴻忽正色道：「老古，咱們打個商量吧！」

「說！」

「在你能堂堂正正擊敗我和宋老兒之前，不要再打整個江湖的主意！」

「倒沒想到你還真的是如此婆婆媽媽！」古長天怪異地看了謝驚鴻一眼，隨即不屑道：「罷了，沒打敗你們之前，動這群廢物也沒什麼意義，好，朕就給你這個面子！」

崖上諸人聽他如此囂張，雖然臉有怒色，卻都敢怒不敢言，畢竟此刻古長天要殺他們實在是比捏死一隻螞蟻難不了多少。

謝驚鴻連忙稱謝，暗自抹了把汗，事實上，剛才的交鋒看似平局，但他和宋子瞻合擊的時候更多一些，無論是宋子瞻還是他自己，都比古長天稍遜一籌，只是後者卻也還不能真的擊敗自己二人而已。

古長天看了一眼地上的寒山碧，道：「你若後悔了，朕隨時歡迎你回來。」

「老骨頭，你自己快滾吧！阿碧要當我老婆，永遠不會回來了！」李無憂雙手作喇叭狀，大聲怪叫。

「陛下保重！」寒山碧拱手，語聲微微有些哽咽。

古長天嘆了口氣，再不廢話，御風東飛。

李無憂見他御風飛行瀟灑迅快，一眨眼已在十丈之外，心頭震撼莫名，喃喃道：

「靠！飛那麼快，小心氣力不濟摔下來！」

「啊！」他話音未落，古長天一聲驚呼，已自高空落了下來。

「不會吧？這麼靈！看來李大廚師得改行去當算命師了。」李無憂失聲。眾皆譁然。

謝驚鴻與宋子瞻大奇，便要御風追去，但剛一運氣，丹田一陣劇痛，全身氣息頓時一滯，身不由己地朝懸崖上落去。

人群中一人飛起，一手抄起一人，落到崖頂。

「文九淵！」眾人失聲驚呼。

請續看《笑傲至尊7無明之火》

笑破蒼穹 ⑥ 神魔大會 (原名：笑傲至尊)

作　　者：易 刀
發 行 人：陳曉林
出 版 所：風雲時代出版股份有限公司
地　　址：105台北市民生東路五段178號7樓之3
風雲書網：http://www.eastbooks.com.tw
官方部落格：http://eastbooks.pixnet.net/blog
信　　箱：h7560949@ms15.hinet.net
郵撥帳號：12043291
服務專線：(02)27560949
傳眞專線：(02)27653799
執行主編：朱墨菲
美術編輯：吳宗潔

法律顧問：永然法律事務所　李永然律師
　　　　　北辰著作權事務所　蕭雄淋律師
版權授權：蔡雷平
初版換封：2015年4月

ISBN：978-986-352-128-0

總 經 銷：成信文化事業股份有限公司
地　　址：新北市新店區中正路四維巷二弄2號4樓
電　　話：(02)2219-2080

行政院新聞局局版台業字第3595號
營利事業統一編號22759935

定 價：280元　特價：199元

國 家 圖 書 館 出 版 品 預 行 編 目 資 料

笑破蒼穹 / 易刀著. — 初版. —
臺北市 ：風雲時代, 2014.12
冊 ；　公分

ISBN 978-986-352-128-0 (第6冊：平裝)—

857.9　　103024454

有華人的地方就有

龍人的作品